桃艺

宋娃 著

江苏凤凰文艺出版社
JIANGSU PHOENIX LITERATURE AND
ART PUBLISHING

图书在版编目 (CIP) 数据

桃艺 / 宋娃著 . -- 南京 : 江苏凤凰文艺出版社 , 2024. 8. -- ISBN 978-7-5594-8894-7

Ⅰ. I247. 5

中国国家版本馆 CIP 数据核字第 2024GH9899 号

桃艺

宋 娃 著

责任编辑	朱雨芯
装帧设计	融蓝文化
责任印制	杨 丹
出版发行	江苏凤凰文艺出版社
	南京市中央路 165 号，邮编：210009
网 址	http : //www.jswenyi.com
印 刷	江苏凤凰数码印务有限公司
开 本	880 毫米 ×1230 毫米 1/32
印 张	9.125
字 数	212 千字
版 次	2024 年 8 月第 1 版
印 次	2024 年 8 月第 1 次印刷
书 号	ISBN 978-7-5594-8894-7
定 价	68.00 元

江苏凤凰文艺版图书凡印刷、装订错误，可向出版社调换，联系电话 025-83280257

如对内容有意见或建议，可向编辑部反馈，联系电话 025-83280207

遇见小说《桃艺》

范小青

大约六七年前，那时候我还在南京上班，宋娃到我办公室来，我们面对面坐着说话，说的什么，具体内容已经记不清了，但有一点是可以肯定的，我们聊的是文学。宋娃那时好像刚从学校出来，也刚开始写作，对她的大致印象就是一位内心对文学充满渴望、一心要走写作这条路的年轻人，她想了解一下有关写作、有关文学的方方面面的情况，我做了简单的介绍，她把她的一些作品交给我，然后就走了。

我读了她的作品，写了几句读后感，再后来好像就没有什么联系了，也许偶尔有，但是我记得不深、不牢，感觉好像一直没有再联系。也许她没有在写作这条路上走下去，而是选择了另一种人生。

一晃好几年过去了，2023年上半年的时候，宋娃出现了，她约了我要见面，我说我已经回苏州居住，她说她知道，她是特意要到苏州来看我。

我拖拖拉拉地没有马上确定时间，她就把她的长篇新作《桃艺》的电子版发给我，还寄来了打印稿。我先看了一下她的简介，才知道她没有放弃写作，自从多年前遇见小说后，她一直就在这条路上走着，她已经发表了不少作品，出版了短篇小说集《对面的人》，她已经是省作协会员，也是南京市文联的签约作家。我竟是十分欣慰和欣喜。虽然选择任何一种人生道路，都不存在高低好坏之分，但是几年后看到宋娃的长篇小说，我为她高兴。

我读了《桃艺》，又写了读后感发给她，还提了几条修改建议，以为这就算是完成任务了。却不料她仍然坚持要来苏州看我，我仍然没有确定时间，她还是坚持要来，到了6月21日，她来苏州了。

约在离我家不远的一家咖啡馆，喝茶、聊文学、聊写作，可算是非常纯粹的一次文学对谈，没有敷衍应酬，也未涉及其他任何话题，就是那种闲话不说，直奔主题的说话。对我来说，也是一次享受。

不知不觉，一下午过去了，我们走出来的时候，夕阳西下，真美。

那个下午，真好。和年轻人谈文学，真是一件愉快而美好的事。

我在苏州也有年轻的朋友，大多也是写作的，我们经常聚会见面，可能是因为太熟悉，反而从来不谈写作，不谈文学，谈吃、谈玩、谈家常，也挺好。而这一个夏天的下午，和宋娃的交谈，更像是和自己在交谈，宋娃所提的一些问题，也正是我一直在思考的问题，有的且能粗浅回答，有的待解。

现在说说长篇小说《桃艺》。

《桃艺》不同于通常所读到的年轻作家写的长篇小说，它是朴素而郑重的，是舒缓而激烈的。一个传统的故事，一种传统的写法，却有着浓烈的现代感、时代感；两男两女爱恨情仇的情感纠缠，在通俗故事的外表之下，呈现出的却是生命的倔强和无奈；在传统简朴的叙述背后，是人生的惊心动魄，是人性的多番考验，是行业的跌宕起伏，是社会的繁复背景和时代浪潮的奔涌向前。

1995 年出生的年轻的宋娃，走了一条扎扎实实的现实主义的路，她创作的长篇小说《桃艺》，写作手法上没有玩什么技巧，也不见有什么先锋的色彩，却是着力地塑造了人物，着力表现了人物内心的复杂、犹豫、多变，和最终的向善等。

一开始李桃香是为了生存才隐瞒已婚身份靠近张根的，但是结果是两个人真心相爱了，在通俗故事的外表之下，悲剧的种子就这样种下了，在几角恋爱中，人物的命运波折，更显得悲凉，也更彰显出其奋斗的价值。

张根对于雕刻核桃的挚爱和执着，是小说中的另一个亮点，宋娃成功刻画了这个人物，他的善良和对事业的追求，他的坚守道义，都让人感动。我想，无论大家对这部作品如何评价，它都有一种力量，就是文学的力量。

为了写这篇小文，为了给我们的那次相聚、相谈增加一些小说以外的话题，也为了更多地了解宋娃的生活轨迹，我特意翻看了宋娃的社交账号，我看到她积极地参加作协组织的采风、培训等文学活动，看到她热情拥抱生活的鲜活生动的态度，看到她的读书心得，等等。就在 6 月 21 日那天，她贴出四张照片，其中有一张照片是她的笔记，上面记着我们聊天时她记下的内容，她还写道："姑苏盛夏的午后的交谈，使《桃艺》的故事更加丰满与深刻。感恩每一次有思想有尝试的交流，让文学之旅变得充盈起来。"

我为宋娃对于写作的用心、用情、用功、用力而感动。

2023 年 12 月

目 录

第一章

—— 初立 ——

张根操一把小剔刀，能把一个只有拇指头那么点儿大的桃核雕刻成猴呀、狗呀、鸡呀的，而且所塑造的形象无不栩栩如生。现在他将雕刻的作品展示在案面上出售。

“买颗鸡。”那人看看。

“买颗猴。”这人瞧瞧。

一般顾客不怎么过分讲究桃艺的内涵，只要对外观满意就爽快付款。而有的不这样，总是把桃艺捏在手上对着它思考，在想不出什么哲理的情况下，就会往下一丢走人，遇到这样的现状，张根不得不施展他的“绝技”。他会跟他们说：“不信？你买一颗戴戴看，今年你八十，明年你就十八；今天你腰痛，明天你腰就不痛。”听这话的人会问他这是什么缘故，他立即作回复：“因为猴有猴仙，狗有狗神，只要你戴上它，神仙就会暗中保佑。”

果然效果很好。

“买两颗！”

“买三颗！”

……

“你真会说，说得连我都有点儿动心。”说这话的人不是游客，是紧靠在张根摊位旁边的一个年轻女人，她是卖鞋垫的。她面前放着一个竹篮子，竹篮子里躺着各种花色的鞋垫，她被张根眉飞色舞的表情逗得眼睫毛一颤一颤的，时而发出笑声。

张根听身边这女人表扬自己，转过脸朝她咧咧嘴表示友好。

“卖鞋垫也有诀窍吗？”她请教他。

“行行有道。”

“我想不出。”

“想知道？”

李桃香见张根不仅没有拒绝自己，还对她表现出一股热情，从他的样子上看，眉眼俊秀深邃，鼻梁挺拔，嘴角微微上翘，不像是长坏心眼的人，这让她产生了兴趣。“很想。”她对他说。

“我教你。”他自然地把脸贴到女人耳边低语两句，女人笑了，她决定采用他的方法试试。她忸怩着身子对顾客说：“你用了我这鞋垫，保证你不生脚气，还能根治关节炎，步行时足下生风。”

“能腾云驾雾吗？”可是当遇上个别顾客调侃她的时候，她就会害羞地把头一低，什么话也不说了。待了半天，手机账户只发出一两声到账的提示音。

张根见自己的桃艺销售得所剩无几，八九百元已进账，就丢下摊案，挨到她身旁。“要放开面子，你看我怎么做的。”他与她交换一下位置。事情就这么怪，张根和她说同样的话，可是产生的效果就是不一样，十分钟没到就被他卖出几双。

这么一交往，彼此从陌生立刻变成了相识，从相识又变成了熟悉。男女之间的距离不仅缩短了，她还进一步对他问起了不一般的话题：“请问帅哥尊姓？家住哪儿？”

张根说：“我姓张，弓长张，家住桃源村。美女你呢？”

女人说：“我姓李，木子李，家住十里河村，离你们桃源村几公里，要不是家旁隔着那条十里河，我们两个村就连在一块儿了。”

“我说你脸怎会长得这样好看，我知道靠桃源村东边十里处有一条弯弯的河流，人们称它十里河，河水养人，听说只要吃了那小河水，脸色就会变得粉中带红，像水蜜桃。”

张根对李桃香的赞美虽说有点儿夸张，却也符合实际。她的脸饱满丽泽，眼睛灿若星辰。更有魅力的还是那个月牙儿口唇，让男人们都有想一亲芳泽的冲动。

“你真会观察人，我猜你的妻子一定是个很漂亮的人。”

“我还是单身呢。”

“哦，自由自在。”

“你不会和我一样吧？”

她笑而不答。

“不瞒你说，现在兜里没几张卡没人理你。”

“你哪像没卡的人。”

“三个月前我刚刚建起了新房，卡里空了，空了。”他把手一挥。见他这么爽朗，李桃香索性从身后搬来两块砖头叠在一块儿，从地上捡起一张广告纸往砖头上一铺，端端庄庄地坐到了张根的身旁，抬着头听他一会儿对自己侃，一会儿对顾客侃。

可是在往下的时间里，卖鞋垫的数量一直没有增加，尽管张根对顾客都要把“牛”吹死了，但收获不像他预计的那样满意，反而累得他额头冒出几粒汗珠。

李桃香坐在砖头上见张根显得力不从心了，心里暗暗替他难为情，她忍不住站起身安慰他说：“没关系，卖了比不卖好，你坐下歇会儿。”她挽住他胳膊肘拉他一下，然后从口袋里掏出一张纸巾对他额头上沾两下。“你说奇不奇怪，一开始怎么灵？”她弓着腰问他，他没回答，只管捂着肚子喘粗气。李桃香忙转身去边上小超市买来一瓶矿泉水，“给。”她把矿泉水塞到他手上。他接下矿泉水，把瓶子放眼前晃一晃，赌气似的把矿泉水往篮子里一丢。这会儿他也不像先前那样大口喘气了，而是抬起手抹下嘴唇：“你怎么选择做这行？”

“没办法呀。”李桃香歪着脑袋，齐肩的头发倾向一侧。

张根伸手从篮子里把那沓厚厚的鞋垫全抓在手上，他站起身，把鞋垫往怀里一揣：“别难过，我用得着。”然后摸出钱夹子，抽出一百块钱往她手上一塞，什么也没说就转身回到自己摊位前。虽然还没过晌午，太阳在头顶上正放射着暖洋洋的光芒，现在他决定提前回家制作桃艺，时间一时一刻也不能浪费。在平时正常情况下，张根回家没这么早，都会等到傍晚的太阳完全从木子古镇上空湮没在桃树林中以后，他才收摊，因为在木子古镇游玩的人一直精力充沛，即使是在夜间那不明不暗的灯火中，街巷上都有人做买卖。

李桃香一只手捏着钱，另一只手将钱上有褶皱的地方抹抹平，接着再捏住边角把它卷成管状放眼前细细端详，她又将钱往手心一攥。

张根正顾着收拾案面上的东西时，忽然一只手压到他手面上。他抬眼看，原来是她。两人互相对视有一分钟后，李桃香撑不住了。

“你——想帮我？”她声音不大，但很清晰。

“不，我只想买你的鞋垫。”他盯着被她按着的手说。

“可你掩饰不住内心。”在这个时候，他把头抬起来，她也把头抬起来，相互都不再回避对方的目光了，他明显看到她眼里有几根血丝，弄不好还会流下一串眼泪。

“你把手移开。”他对她淡淡地一笑。

“除非你答应教我刻桃艺。”

“好。”他微微点点头。从这一刻起，他们才缓解了僵局。他坐到凳子上，拍了拍左右手臂。她也从案前绕回来，坐到他身边的那两块砖头上。

“不是我不愿教你，你这年龄学了也运不稳刀子。”

“果然我没看错人，口是心非。当然，谁会帮一个陌生人，看来，我就是苦命。”她说着，就抬起手放眼角上揉起来。

张根没反应。

“人命苦已经不容易了，还要被别人伤自尊。”她把嗓音又提高些。

“你说我是那样的人吗？既然这样说我，我教你就是，从明天起你就开始练功。”张根果然受到刺激。

“不会又是故意刁难？”她问他。

“不叫你受点儿苦你不知道厉害。”他将那条手臂伸出，“就是这个样子，在上面挂一块砖头。我从十三岁就开始练，可不轻松。”张根说着，就做出一个练功的姿态。

“有什么奥秘？”

“一练气力，二练手稳。”张根收了架势，“今年我都二十七了，除了上三年院校间断过，算起来干了十多年，尽管人家称我‘张小刀’，夸我刀法出神入化，可我仍然觉得自己功力没练到位。”

她不再说话，确定自己是真的干不了。

见她这样，他站了起来开始拆卸桌案支架，再连同案板一起寄存到别人的铺子上。安排好以后他又回到原处，提起双肩包放进摩托车后备箱里，跨上车座扭钥匙。

“哎——”李桃香忽然对他喊一声，“你这就走啦？”

张根转过头望着她，犹豫一会儿走下摩托车，将手伸进口袋里摸一摸，向她折返回来。他把那只手伸到她面前，慢慢地张开五指，看到是桃艺后，李桃香显得有些诧异。张根告诉她把桃艺挂在篮子提手上，也许有人问。李桃香很快明白了他的用意，她也不推辞，忙接下数了数，一共是五颗。

“叫价多少呢？”李桃香问他。

“二十元一颗。”他说完就转身往摩托车走去。

“等等——”李桃香对他喊一声。她站了起来走到他摩托车前，“这几颗卖完怎么办？”

“货款奖你。”

“我不是这个意思。我想说，以后我都卖桃艺，行吗？”

“不动刀子、不练功，你倒是轻松。”

她莞尔一笑，把垂着的头发往耳后捋捋：“我从你手上进货，你算我批发价，我去十里河吴东古镇上出售，那镇子离我家近，对你生意不影响。”

张根抿一抿嘴唇，他点点头。

“明天上午九点，你骑摩托车到十里河渡口接我，我去你家取货。”李桃香说着忙从口袋里掏出那张红票子递到他面前，“还给你，那鞋垫不收钱，算我送你了。”还不等张根说什么，她就将钱往张根手里一塞。

这回，李桃香没有乘坐木子古镇至十里河的公交车回家，想到自己马上要改行卖桃艺了，还守着鞋垫在这大街上等什么？于是她今天也决定提前下班，让张根骑摩托车顺便将她送到十里河渡口。

张根驾驶着“太子王”，李桃香坐在他身后，车子行驶在田间小路上，周围桃树林为他们形成美丽的背景陪衬。刚出正月，山野的风已经传递出温暖的信号，果农们正匆忙在林子间为一株株桃树施花前肥。

到了渡口，李桃香登上渡船。小船把她渡到东岸，当她走到河岸上那棵白果树下时，她就能清楚地看到自家房顶了。步行百米远她到了家门口。

“只要我对着白果树下眺望，你就会回来。”李桃香的丈夫陈伯水向她打声招呼。每次李桃香去街上卖鞋垫他都会将轮椅滑到院子门外，时刻惦记她。

李桃香走到他身旁，把手放到轮椅后背上。

“不要你推，你又不是不知道我臂力。”这么说着他就挡回了李桃香的手，他两手抓住轮子，毫不费力地使轮椅一下子从门槛上越过去。

屋内，正中处放着一张木质方桌与一条长凳子，墙上的白灰皮脱落了不少，四周散发着陈旧味。李桃香没有时间坐下休息，她放下手中的东西，走进厨房淘米、烧水、煮饭。两人的生活比较简单，不一会儿吃的喝的就摆上了桌面，有所不同的是，平时是一菜一汤，这次是有汤无菜。

陈伯水放下手上的筷子，头上的短发一根一根竖得挺硬，方正脸被拉长了。腮帮上的胡子刚钻出皮肤表面，像涂上了一层墨油，青灰青灰的。他眼睛直直地盯着那碗清汤看。

“吃吧，总比一点儿没有好。”李桃香见他冷冰冰的样子，也停住了手。

陈伯水不回话，只是颤动着嘴唇。

“说不定以后全是这样。手里积蓄还有多少，你是知道的。”她有点儿沮丧。

陈伯水仍不动声色，他将轮椅掉转了方向，在他滑到门槛前，两手各往左右轮子上一抓越出门外，一直向院门口滑去。

“你要做什么？”李桃香跟着奔到院子里。

“我去县里一趟！”

“上次我就和你说过，那矿早关闭了。再说当初责任认定双方各自承担一半，该给我们的都一次赔清了。后来村委给我们增的每月两百元低保费，月底也都准时到我手上，你还有什么好抱怨的？”李桃香又把他推了回来。

原来，早在两年前，陈伯水在后山一家私人矿上务工，由于粗心出了事故，他本人受到重创后，被截去了两条腿。经有关部门鉴定，矿主包了所有医疗费，再一次性补偿给他十万元抚恤金，按约定双方恩怨算是一笔勾销。回家后，陈伯水无意间犯了个错误，他把自己原来东歪西斜的老房子给拆了，建起新房。这么一来，支出超过收入，没有经济来源的生活模式必使他们耗尽积蓄，所以拮据的生活每天只能依靠李桃香早出晚归做鞋垫来维持。

陈伯水疯狂地举起拳头对截肢的地方猛砸两下，然后一把抓住李桃香的衣领：“你也滚！”他一拉再一推，李桃香差点摔倒。

其实，对于陈伯水以粗暴的方式来释放内心的苦楚，李桃香早就适应了，对她来说，内心的纠结与困惑早就习惯成自然。

“对不起，桃香，”陈伯水又急忙将轮椅滑过去紧紧抓住李桃香的手，“请你答应我吧，我跟你都说过有一百遍了，听说有人暗中收售人的肾脏，总之，我跟你早就不能干‘那事’了，从我一遭事那天起我就废了，所以有肾没肾都一样，把它卖了，至少也能解决我们目前的温饱吧。”

“违法的事不能干，最好选择其他出路。”她挣开他的手。

“头脑都想空了，还不是卖鞋垫。”陈伯水垂下脑袋，缩着脖子。

“我正打算选新项目。”她坐到他对面凳子上，接着就大致把转向经营的事对他说了一遍，但在她谈话的整个过程中，她对张根那里只字未提，只是说去批发市场贩些小样工艺品出售。

陈伯水一听，皱巴着的脸立即舒展开：“我想肯定比卖鞋垫强。”

桃源村与十里河村东西相距十多里，中间仅隔着一条十里河，这两年来它们的面貌变化都不容小觑。特别是桃源村，旅游业的提升已达到一定高度，成了全县典范。

“小陈，都协调好了吗？”这是桃源村村委会主任的声音，村主任正坐在自己的办公室里，安排桃源村召开果农表彰会的日期，见陈助理进来，就放下手上的资料问他。

陈助理是今年村委会刚招聘的年轻干部，本科管理系毕业生，虽然工作实践不多，但对各项工作的落实都能基本到位，所以村主任对他十分器重，村里许多事都会交给他处理。

“主任，这两家旅游公司都很犟，互不相让。”原来陈助理刚才在处理旅游公司因为停车位产生的纷争。他坐到电脑桌前，向村主任汇报处理方案。

“这也不怪他们。”村主任站起身走到办公桌前把手挥一下，“我打算在村南侧，把原来停置的林果场改成临时停车场，这样就解决了旅游车停放不到位问题。”

“这样好，不仅分流一部分旅游车辆停放，同时也便于我们管理。”陈助理表示赞同。

“你把方案拟订好，说办就办。”他对陈助理说着，就回到座位上坐下。

“好的。对了，主任，你看张根桃艺那事情什么时候安排一下？”陈助理转过脸问他。

在昨天镇里召开各村村委干部会议上，王镇长向他们传达了县里的会议精神，要求各村在大力发展旅游业的基础上，同时还要进一步发展文化艺术产业，执行“双标”政策，对具有地方特色的“土产文化”必须给予大力弘扬。每村至少推出一至两个符合“土产文化”的项目，报上级审核后，将得到一笔五万元专项开发资金。就在王镇长刚传达这项指示时，村主任的脑子里当时就形成了一个雏形，村里每一件“土产文化”在他脑子里闪过以后，他觉得桃源村的项目非张根的桃艺莫属，因为桃艺发源地就在他们苏北，原名叫“云渡桃雕”，起源于明代。那时候他们县叫“桃源县”，当地的人爱桃、爱艺、爱生活，充满智慧。无论从目前的影响力还是发展前景上看，桃艺都具备良好的发展潜力。

“你觉得张根口碑怎么样？”村主任把手上的茶叶杯放到桌面上，问陈助理。

“他是出了名的‘张小刀’，除了技艺出名，在地方上也没有绯闻。”

“嗯。他爸在世时口碑也不错。”村主任告诉陈助理，“他爸与我是同宗同姓同辈。他为人诚实厚道，桃艺雕刻技术实为罕见，被当地人尊称为张一刀。他在世时，晚间刻桃艺，白天就穿村过庄地去售卖。二十世纪八十年代他是担着一根扁担，九十年代又骑着自行车，后来又换上了电瓶车。但是这么多年，他除了给桃源村的人留下一门文化艺术和添了生活趣味以外，他的努力与回报不成正比，直到他临终时，也没为儿子张根留下什么值钱的东西。”

“可现在张根发展得很好，不仅桃艺刻得好，收入也不差。”

“是啊，这个时代给他创造了机遇。”

“我看这事他最合适。”

“我也这么想，不过还得放到村委会上讨论一下，听听大家的意见。”

李桃香按照与张根昨天在木子镇上的约定，第二天上午九点，她挎着手提包如约来到了十里河渡口。站在河东瞭望河西，桃源村那一望无际的桃树林已经从冬眠中醒来，薄薄的雾气将它们笼罩在一片淡青色中。

这时，她发现了站在小河西岸的张根，她忙登上渡船飘飘然地来到河这边。两人刚见面，彼此都把目光向对方身上打量，他们都发现了对方所穿的衣物与昨天不同，有故意美化的意味。

“从你这件粉红色的羽绒服上看，你更像水蜜桃了。”张根笑笑。

“从你这花色的皮袄上看，你很像一匹斑马。”李桃香也对他笑笑。

随着摩托车喷出一股白烟，他们沿着小道没入桃树林中。

“这是你家？”李桃香问。

“嗯，刚建的。”

洋房前前后后看上去布置得还挺顺眼，高高的院墙配上前面宽敞的大门给人带来壮观的感觉，尤其是漫野的桃树林，把房院团团围在正中央，这会儿它们还没有开花结果，但也不乏“林隐深处宅人烟”的妙境，不得不让人产生几分好感。

可是屋里的情况就不这么理想了，穿的吃的用的毫无主次地放在一起，工作台面和地下都撒满了桃核被刻下的木屑子，让人觉得乱糟糟的，而张根整洁的衲服与眼前的杂乱一点儿也不相符。这时张根好像从她面部表情上察觉到了什么，忙解释说：“不好意思，因为你今天要来取货，昨晚我加了班，熬到天亮，所以没来得及清理。”他又忍不住打了一个哈欠，揉揉眼睛，“你先坐。”接着他忙从一堆杂物中端过一把木椅。

“你的手怎么了？”她一眼看到张根左手背上有一道鲜红的血痕。

“夜间犯困，不小心被剔刀伤了。”

她急忙接下他手上的木椅，但没有坐，她将手提包往木椅上一放：“你休息会儿，我来收拾。”李桃香说着便拿起扫帚，一会儿地上就被她打扫干净，同时张根也把工作台面整理得有条有序。

“你看，”张根端过一个木盒子，放到工作台上，“这一夜，我刻了一百颗，手上的刀痕就是刻到最后一颗划的。猴十颗、猪十颗、狗十颗、鸡十颗、牛十颗……”他这么说着就端起木盒子，将盒子里一百颗桃艺全倒在台面上，“我们一人一半，你先挑吧。”

“我……我不知挑哪些合适。”李桃香贴近他身旁，往盒子里看看，她随便捏起一颗，抬起头把它举在额头前。

张根告诉她，一般情况下，鸡和猴要好卖些。于是她颔首把目光集中在鸡和猴上。她弯下腰，根据自己的要求挑齐了五十颗。“别说你雕刻它，挑它我都觉得腰酸。”她活动腰肢，手指往腰上按按，“这么多年，你不觉得累吗？”

“我不仅不觉得累，哪天我还要扩大它的规模呢。”

“到时我来做你的员工，怎么样？”她眉开眼笑地晃了晃身子。

“那好呀，有你这个美女陪着我。”张根满口答应。

李桃香走过去把椅子上的手提包拎了过来，伸手进去摸出一沓零钱，抬起脸对他说：“不知这些够不够？”

张根脸上像蒙上阴霾那样，他盯着她手里的钱不说话。

她又低下头把手伸进包里翻腾出几张，接着颤颤巍巍地把手上的钱递到他面前：“全在这了，一共八十。”

他一边摆手一边摇头：“昨天你在集市上又不是没看到，我哪一颗桃艺卖价不在二十元以上？即使批发价格给你也不能便宜到这种地步。”

“还差多少？”她问道。

他把大拇指与食指张开成八字形：“再加这个数。”

她又打开手机，检查一下“手机钱包”里的零钱。从她的面部表情可以看出，显然是不能达到他的要求。她红着脸解释说：“这里也没剩多少，余款我暂时欠你，下次进货补上，可以吗？”

“嗯。”他显得极不情愿的样子接下她手中的现金，接着就一张一张地数起来，数完钱以后，他把钱对她扬了扬，“正好八十。”说完这话就把手里的钱往她手提包里一放，“给你。”

“怎么，你反悔了？”她皱着眉眼盯着他。

张根笑笑，伸手从台面上取出昨天她送给他的那沓鞋垫，放掌心掂量下：“昨天你送我鞋垫，今天我送你桃艺，下回再计成本。”

“你逗我呀，真坏！”她惊喜地踮起脚跟，忍不住抬起手对他手背狠狠地拍一下。

“嘶——”张根倒吸一口气，他咬紧牙关，紧蹙双眉。原来李桃香这一掌正打在他手背那处刀痕上，这情况让李桃香意识到乐极生悲了。她立即握住那只手，嘴唇靠近伤口对着轻轻吹气，她责备自己："对不起，是我不好。"本来这只是她心里产生无限的自责，可是现在连她自己也说不清，这自责突然间变成疼爱了。他身上也像生出一股磁场，让她没办法拒绝被他吸引，她把身体靠在了张根身上，连脸颊都贴在他胸口上了，此刻她的心脏处于失控状态。

从这场景看，刚一开始，张根痛得是把嘴巴抿着，眼闭着的，一口气憋在心里出不来，一直这样僵立着不动。现在被她这么一弄，他完全把嘴张开大口呼吸，眼睛睁圆。李桃香也全然忘记了自己的身份，只感到此时此刻，无论有什么样的力量都不能阻止她进入这个梦境。她将滚烫的脸换了方向，嘴巴轻轻地贴在张根的脸颊上，自然而然地演变成接吻状态。在紧紧拥抱亲吻的过程中，一会儿她把脚转到他站的位置，一会儿他也把脚转到她站的位置，整个房子都随着他们不停地在作逆向旋转。随着旋转速度的加快，很快他们失去了平衡，倒在了沙发上，势态升级。突然，张根从拥抱中挣脱开来，立起身快步向屋外奔去。他冲向院子前大门，原先前大门是敞开的，现在他迅速把它关起再反锁，然后他又奔回到李桃香身旁，两手分别往她腰间一抓。

"你要做什么？"她的肩膀微微颤动。

他不理她，他猛地拉开她的裤带。

干柴与烈火一旦相遇，燃烧起来必然势不可挡。由于彼此在相貌和气质上预先就对对方生出爱慕的倾向，一时间他俩把人世间的男欢女爱发挥到了极致。

疯狂过后，李桃香裸着半身蜷坐起来，抬起手对着张根的脸拍一下，摆出责备的架势说："你！是混蛋。"

张根蒙了，眼睛定定地看着她，她匆忙穿好衣裤。

“对不起，我……头脑晕了，不知怎的那时就晕了。”

“你以后叫我怎么做人？你说！”

“和我结婚吧。”他从眼中流露着率真。

“你说得容易，凭这两天就让我相信你？”

“这事都做了。”

“做与不做都一样。”

“你我都是单身，我们在一起正合适！”他抓住她的手。

“我不能嫁你。”她的睫毛颤动，脑筋一转，顿时想到在这个时代里仍有不少人信佛，还听说过有个女明星正在出家不嫁人呢。这让她产生了灵感。她接着又告诉他，说自己算过命，先生说她命不好，是克夫命，当她丈夫的人最终非死即伤。所以她只好皈依佛门并受了戒律，这辈子永不结婚，陪伴残疾的母亲。她将手从他手中挣脱开。

“你好像不是我们这时代的人，还相信算命、佛门？好吧，那我就试试被克的滋味。”他站起身，对她笑着。

“你呀，真要是这样我能忍心吗？”她梳理好散乱的头发，忙又站起身拉住他的手笑着说：“张哥，这五十颗桃艺卖完了，什么时候再给我准备？”

“我一定要试试被克的滋味究竟是什么样！”他仍咬定那话。

“张哥，我问你话听到了吗？”她又摇摇他的手。

“以后你也别再喊我张哥了，我现在把我名字告诉你，我叫张根。你放心，今后桃艺随时为你准备。”他抬起手轻轻地将她脸边头发撩到耳后。

“怎么？你叫张根，张根？”李桃香把眼睛睁大看着他，在叫他的名字的时候显得有点儿惊慌。在她的脑海中，“张根”这个名字一点儿也不陌生，因为她曾经听陈伯水说过，两年前陈伯水在矿上遇险时，当时奋不顾身营救他的那个人名字就叫张根，眼前这张根与陈伯水口中的那张根，会不会有某种牵连？不会是同一个人吧。就在她张口要把这事向张根问明白的时候，她又改变了主意。她想回家后再听听陈伯水的说法，那样稳妥些。

“告诉我，你的名字。”他把头对她歪着。

“我……我……”李桃香吞吞吐吐，把自己的名字告诉了他。

“李桃香，这名字好听。”他把手从她耳边移到她后背，又用鼻尖轻蹭她的脸，还与她约定下次亲热的时间。

临近中午，张根骑摩托车把李桃香送到十里河渡口，张根建议要一同去她家，让她身患残疾的母亲见见。还没等他再往下说，就被李桃香制止，她告诉他，母亲脾气古怪，现在见面太唐突，有可能会出现意外。为了不让张根再深究下去，她忙转移话题，叫他回去抓紧时间刻桃艺。

当李桃香的身影在河面的雾气中变得模糊，张根驾驶摩托车返回了桃源村。

屋里的一切仿佛与以往不同，现在全都被镀上了一层彩光，连桌子上摆的那一颗颗桃艺顿时都变成了活体，它们正向他放出欢语，他也对桃艺发着欢语：“桃艺呀，我的桃艺，没有你，哪会有李桃香，李桃香就是桃艺，桃艺就是李桃香……哈哈。”他不笑了以后，又惊恐地想到自己曾经差点把桃艺手艺给丢了的那段时光。

那时自己刚从一家职校毕业，他爸“张一刀”就把他留在身边和他一块儿做桃艺，可就在他爸临终时却又叫他放弃桃艺，他爸说：“根儿，我不该让你学桃艺，桃艺不能养家糊口。记住，放下剔刀另谋出路，外出打工挣钱，盖房娶妻……”

张根果然遵守遗嘱，不再传承这古老行业。他丢下桃艺，背着行李包去徐北煤矿上班了。半年后，国家对于不符合要求的小矿、劣矿进行“一刀切”。无奈他又提着行李包返回到了从前的桃源村。

凡事都有两面性，有消亡就有新生。在张根离开桃源村去徐北煤矿的半年里，县政府已经将桃源村这个城镇连壤的郊区，打造成旅游试点区了，除了桃源村让鲜红的桃花全部笼罩，连桃源村郊区外围也扩大了桃树的种植面积，处处桃花开。更让人想不到的是，原来离桃源村不远处的那条老街，经过翻修改造后成了远近闻名的木子古镇，在漫野桃花丛中变成了“天上的街市”。每天都有数万次外来游客涌到这里，他们一会儿观桃林，一会儿看古镇。桃源村这一蜕变，立刻引起了他的注意，他决定利用旅游资源在游客身上赚钱。

经过几天考察，他终于选中了项目，他说出了两个字——桃艺。对，还是桃艺。在张根心中已经熄灭多时的火苗重燃起来，他决定再做一次冒险，拿起剔刀，把老本行振作起来，结果他成功了。

张根经过刚才的回忆，他一度庆幸自己珍惜桃艺没把它丢下。

李桃香与张根分别后，刚回到家，陈伯水就滑着轮椅把她迎进屋。陈伯水指指她手中的手提包，暗示她把批发来的工艺品拿出来让他见识见识。

“我倒是挺喜欢的，不知你顺不顺眼？”她把手提包放到陈伯水手上，陈伯水把手伸进手提包内，“什么东西，圆鼓鼓的？”他捏一颗出来把它举在眼前左右打量，“桃猴。”然后，他对着桃猴若有所思。

“有意思吧？”她问道。

他将桃猴轻轻放回包里，指指凳子让李桃香坐下，李桃香坐到他面前，他对她说：“我看到这东西，又让我想到两年前那段往事了。我不是曾经跟你提起过吗？救我命的那人叫张根，可你只知其一不知其二。说起来这个人，他不仅心善，而且还很有才气。每逢休班时，他就会拿一把剔刀将桃核刻成各种小动物，从他雕刻的技术水平来看，可以说绝不比你包里的差。记得当时他还送我一颗虎，因为我属虎，后来又送我一颗佛公。不过真可惜，从我遇险离开矿上起，我再也没有见到过他。我想哪一天我经济好转了，将来一定要找到他，带一些上档次的烟酒当面感谢他。所以之前我一眼看到这桃艺的时候，第一反应就想起了他，我的救命恩人。”他转过头继续对她说，“你不知道，那惊心动魄的场面……”

李桃香倒吸一口气，她脸色一会儿变红，一会儿变白。“不用问，看来就是他。”李桃香暗暗地对自己在张根家产生疑惑的事情做了判定。

经过两天思虑，现在李桃香的心里毅然做出决策，是真张根还是假张根这些都并不重要。为了自己与陈伯水的生活，走一步看一步。

第二章

桃花开

张根为了增加李桃香对自己的好感度，决定将屋里与院内改造装修一番。刚吃完早饭，他立即去建材城购来所需的建筑材料，如黄沙、水泥还有彩钢瓦等。

“根哥，建房子呀。”

张根正拿着毛巾站在院子中把手上灰尘擦干净，他掏出手机准备跟包工头联系开工，耳边突然传来谁叫他的声音，接着大铁栏门一响，原来是村委会的陈助理，他把额头从大铁栏门缝隙里伸了进来。

“小陈，你怎么来了？”

“根哥，我特来向你祝贺。”陈助理推开铁栏门，眼镜下面的两只眼睛笑眯眯的。

“我那事你听说啦，我与她只是刚认识，嘿嘿……刚认识。”张根含蓄地把自己与李桃香的事对陈助理提几句。实际上陈助理对他与李桃香这事并不知情，现在他来是要请张根去村委会办公室，传达关于扶持他桃艺发展的事情。

“听这话，难道根哥交上女友了？真好，双喜临门啊。根哥，好事就这么全给你撞上了。”陈助理竖起大拇指对他晃了晃。

“你说话真甜，难怪平时能把群众工作做得那么好。你说我双喜临门，我怎么听不懂，难道还另有什么喜事吗？”张根一把抓住陈助理的手。

陈助理把手从张根手中抽回来，推一推鼻梁上的眼镜："主任指示，这事我暂不能向你露底，等你见到他，他要亲自对你说。他还在办公室等着你，你现在就和我过去。"

张根心里虽然夸赞陈助理守原则，不过还是想让他松松口。他一言不发地摇头故作拒绝，直到陈助理脸上不悦，也假装转身要走，他才拉住他。

"你别走呀，我不是真为难你，只是都快中午了。"张根抬起头看了看头顶上的太阳，提议自己去村口超市买点熟食，两人小饮几杯，饭后再和他一起去。陈助理忙告诉他村委会食堂刚装修过，现在招待来宾不用再往镇上跑了。村上自留地各种蔬菜长得茂盛，公务用餐都是合纪合规的，让张根不用担心，他要想喝酒，改天两人再饮。

对于陈助理的说法，张根自然没有异议，他骑上摩托车带着陈助理，不一会儿穿过桃树林来到村委会。

村主任独自坐在办公室，今天星期天没公务处理，所以他就可以专心地接待张根了。"你来啦，请坐请坐。"他见张根进来，抬了抬胳膊对他打招呼。

"叔，有事让陈助理传一下就是了。何必麻烦你？"张根也谦虚地对着他说了一句，就坐到他办公桌边的椅子上。村主任把话引上了主题。

就在张根听完村委把桃艺作为"土产文化"项目扶持对象的事时，他没办法冷静，浑身都在颤抖。

"张根，没有天上掉馅饼的事，只有党的好政策扶持，大家才会过上好日子……"在主任把有关事宜对张根又做了详细规定和安排后，他又让张根回去以书面形式拿个方案和构想给村委会，说他们要报到镇上去，要等审批后钱款到位才能放到张根手上，这事才算启动。

李桃香那天从张根家领取了五十颗桃艺后，只赶了一趟吴东镇街市就销售得一颗不剩。现在她跨过十里河，穿过桃树林徒步来到张根家。

就在她刚一进入他家院子前门的时候，张根如风似的扑向她，拥她入怀。“我好想你。”他的鼻尖靠着她的面颊低声说。接着就牵着她的手奔进屋里，相互拥抱的温度让两人浑身快要燃起火苗。“呼——”她的气息飘到他的鼻尖。

“你，是哪个张根？”李桃香忽然说出让张根听不懂的话。

“你说的什么话，难道你还认识其他张根？”张根脚步不转动了，他将自己的脸与她的脸拉开一点儿距离。

李桃香把手指放嘴里咬咬，她立即调整一下思路：“是这样子的，昨天晚上我做了一个梦，梦见一个是现在拿着剔刀刻桃艺的你，另一个是钻在窑洞里敲煤块的你，你们两人的模样长得像极了。”

他听她说这话，立即睁大眼睛，并把脚跟往后退一步：“你做梦怎么会梦到我过去的经历？桃香，我猜你一定是听别人说的。不瞒你说，我曾经在徐北煤矿上了半年班，后来多亏厂子关了，不然我一辈子都要待在黑洞里。”

此时李桃香确定这就是陈伯水所说的张根，不过现在她不仅没觉得有什么不好，反而心里更踏实了，并且还暗暗庆幸自己能有这么好的运气遇上一个敢为别人牺牲的人。

“巧合，世上巧合的事太多了，我也不清楚为什么就梦到你了。”李桃香坐到椅子上，立即用笑语掩盖了这荒谬感。

“桃香，我告诉你一件你做梦也梦不到的事情。”他装得很神秘。

“看你说的，我哪能样样都能梦到。”

“给你看一样东西。”张根说着就转过身拉开桌子抽屉，取出自己拟定的那份规划稿对她晃晃。李桃香接过规划稿，读完后忍不住拿手指对规划稿弹两下，她从椅子上立起身，贴到张根面前夸他：“你真厉害！”

“从今天起，你和伯母不用担心生活了，吃穿用度都由我来供给。在人手不够的情况下，你帮我留意选料的事情，我把全部时间都用在雕刻与销售上。”

她笑着连连点头。

“我想了一下，修建这三间工作坊正好用上那五万元，估计差也差不了多少。”张根走到门前对着院子环视一圈。

李桃香也紧跟着走到他身旁，说道：“这里就变成桃艺制造厂了。”

“不，不叫桃艺制造厂。”

“那叫什么？”

“叫桃艺公司，公司比厂好听。”

“对，如果前面再加上你的名字，叫‘张根桃艺公司’，那感觉就会更好。”李桃香接着说，“当我每天走到院门前时看到你的名字，就会像看到你的人一样让我崇拜。”她的眼里充满着期待的光色。

“能有这样的效果吗？”

“你没听说，单凭人的名字就能显示出一个人的七八分长相这一说法吗？所以现在有许多家长捧着钱请高人为自家孩子起名字。可惜，我运气没这么好，名字起得这么土气，我真想把名字改成什么‘雨’呀、‘航’呀、‘茹’呀的。”

“桃香，真没想到，我的名字在你心中会有这么重要。”

她将鼻音收紧，娇气地说：“就是嘛，我就喜欢你的名字，如果你不写上你的名字，说明不重视我的感受。”她两手搂住他脖颈还晃晃胸脯，张根浑身一股酥麻感，他立即取过签字笔，把名字改写成“张根桃艺公司”。这时他手机响了，原来是五星罐头厂部门主管吴琼打来的，她告诉他，后勤部已为他准备好桃核，最好今天过去取。

等他挂了电话后，李桃香将脸轻轻地靠到他的胸口，忽然又抬起头对他说：“装修房子、盖工作坊这么大的事情也不是一天两天能实现的，无论怎么样，眼下不能把你手上的刀子停下来，桃艺销售不能中断。”

“嗯，五星罐头厂吴主管刚催我，说厂里帮我还留存着部分干桃核，叫我过去一趟。目前手上原料短缺正好用上。”张根轻抚着李桃香的头发。

“你别耽误啦，赶紧去拿货。”李桃香看他这样子，忙从他怀里挣脱出，催促他去罐头厂。

“今年春暖来得快，我发现院子外的桃花开始吐露新芽了，这会儿顺便带你去走走，我们不骑摩托。”他说。

她犹豫一下：“好吧。”

两个人牵着手走在桃林的小径上，李桃香已经不是第一次见到桃林了，可现在她对桃树林中的每一棵桃树、每一根枝干不仅感到很新鲜，而且还对枝干上的朵朵花蕾生出好奇心。

“阿根，这一大片桃树林枝头都已经长花芽了，我怎么没看到一片叶子呢？”她捏着一根枝头问他。

“这样简单的问题所有桃源村的人都懂。桃树是先开花的，等花期结束后，它才会长出鲜绿的叶子呀。”他对她笑。

“那这些花蕾全都会存活结果吗？”她又指一指枝上的花蕾问他。

“并不全会。”张根对她有问必答。他告诉她，说在这蕾期里，果农们要对部分花芽以及发育不良的晚开花蕾进行疏花，保留那些优良的花蕾让它后期坐果。没有坐果希望的花蕾，都要提前把它疏摘掉。

这会儿，李桃香兴奋地穿梭在桃林间，张根一会儿把手机举到头顶上给她拍，一会儿再把手机放到下巴前拍摄，还左右挥着胳膊，指挥她选角度摆造型。

“阿根，你看那边怎么亮亮的，边上还围着许多游客。”她抬起手顺着林间的空隙指了指。

“那是我们桃源村的坞龙潭，小时候我还在里边游过泳，没想到现在变成了旅游景点，我带你过去看看。”

“好，我早听说桃源村有个坞龙潭，却不知道它的来历。”

张根见她感兴趣，便给她讲起了故事。相传在很早以前，桃源村连年干旱，方圆几十里的桃树林全部枯萎，只剩下一株桃树了，桃源村的人一起跪在地上不停地对天祈求，因而感动了龙王三太子。他把自己半杯子水对着桃源村洒下，救活了这株命根子桃树，剩下没有用完的那几滴，就变成了这水潭。后来这事走漏了风声，竟传到了天帝的耳中，说三太子擅自降雨犯了天规，一怒之下在农历三月初三那天将三太子贬下凡尘，把他囚禁在桃源村这个水潭中。桃源村人就将这潭取名为“坞龙潭”。每年农历三月初三，大家都会不约而同地赶过来为他献上一炷香。三太子为了对桃源村人表示谢意，当这里的桃树林每遇干旱时，他就会张开嘴巴对着桃林吐一口，因为雨露分布的面积有限，只能滋润到离他身旁最近的这十几亩桃林。所以在桃源村这无边无际的桃林中，只有这十几亩桃林长出的水蜜桃与众不同，不仅个头长得硕大，香甜脆的口感也很不一般。目前既成了五星罐头厂代表性产品，也为桃艺提供了天然优质的桃核原料。

“桃香，我今天之所以能雕刻出这么好的桃艺，全靠这几亩优质的水蜜桃。说起来，我真的要好好感谢这龙王三太子！记得我爸在世时，他常领着我到这坞龙潭边上为三太子点上一炷香。”

“我也想给他上香。”她说。

说话间他俩已经来到了坞龙潭边上，此时，坞龙潭的水中央，在那半立着的人首龙身的汉白玉雕像周围，喷泉源源不断地喷着细水线形成了雾状，半隐半现地将它罩着，看上去它正在为桃源村所有桃林播洒圣水，让人仿佛觉得见到了真神仙。旅游的人有的喋喋不休对着它评论着什么，有的还朝它近处投下一枚硬币许愿，有的争占好位置与它拍一张合照。

这几样有趣的活动他俩都没有参与，只是坐在水边的八角亭子里，他搂着她的腰，她半倚在他身上。有时两个人还会把头靠在一起同时向水中望来望去。

“你认识那叫什么鱼？”张根问她。

“那不是鱼，是你的脸。”李桃香对着水下那清晰的倒影指着。同时，她也故意将自己的头晃晃再指一指水下自己的影子问张根：“看，我脸上长皱纹了，一条条的，还有白发呢。”

“我看没有，那是水波纹发出的光亮。”

就在他们尽情地说些调笑话时，游客渐渐增多，天空不冷不热的太阳将亭子的投影从一开始的右边移到了他俩的面前，不看时间也能判断出快到中午了。

“快去五星罐头厂，回家太晚要被骂的。”李桃香倏地站起身，对张根轻推一下。两人穿过这块草坪，顺着桃树林中的小径直奔五星罐头厂。

厂里工人们的生活日常，除了手脚都在不停地工作之外，平时说闲话也是他们的强项，对于张根今天带着李桃香的到来，是不可能不受到他们关注的。

“张根，你女朋友长得简直比电影演员还好看。”

“我们桃源村变美了，美女也多了。”

……

李桃香见大家把目光放在自己身上，忽然产生一丝恐慌。她担心碰上哪个工人认识自己，会把他俩的事传到陈伯水那儿，她立刻停下脚步，低着头小声告诉张根，自己见到这么多人有点儿不习惯，她想在罐头厂门口等他。

张根拗不过她，只好按照她说的办。他一个人穿过车间，来到办公区吴琼的办公室。就在他前脚刚跨进她办公室门时，只见吴琼冷着脸在与谁打电话，她双眉紧蹙，样子有点儿严肃，这样就不免使他收住了步伐，愣着站在一边等待。

吴琼的秘书丽丽将手指贴在嘴唇中间，示意他别走近。张根心里明白，一定是有特殊情况，他不动声色地转过身走出门外，这会儿丽丽也跟了出去。在走廊另一角，丽丽告诉他说：“你又不是不知道，自从半年前吴主管与她老公离婚后，到现在两人的几套别墅仍未分割清。”

“我以前见过她老公，在我的印象中他挺文雅的。”

“是呀，婚外情从外表是看不出来的。”

就在他俩一个皱眉头，一个挤眼睛时，只听吴琼走出门外对着他们喊一声：“进来吧。”

三人走进屋，各自坐下。吴琼忙抬手对着自己的大鬈发轻轻抚两下，因为刚才打电话激动，脸上仍浮着一层红晕。

“丽丽快给张老板泡茶。”吴琼对丽丽吩咐一声。

“别泡了，外面有人等着我，我还是改天再来吧。”他说。

“你最近怎么不积极啦，忙什么？”她问道。

“我准备把作坊扩大呢，在修房子。”他说。

“做大了啊，我以后可没那么多桃核供给你。”她对他笑一下。

张根听出她又是在卖弄人情，就急忙应承说：“有吴姐在，我就是一天刻上一千个也没问题。”他抬起下巴咧开嘴对她笑。

“你真会说。”她拿过手机连续按了几下，跟车间里的组长交代几句，“行了，他们都给你准备好了，记好，这批快用完时，得提前跟我说。”

“好的，谢谢吴姐。”他对吴琼说几句好听话后就走下办公楼。

张根来到车间，他很快将桃核分成两包。在与李桃香会合后，他背大包，李桃香背小包，二人肩并肩离开了五星罐头厂。

回到家中，张根取来一只箩筐，他把干桃核倒进筐里，自己坐在左边，李桃香坐在右边，两个人先是将桃核过了数，再把各自的数字相加在一起，不多不少正好两千颗。接下来再把两千颗桃核按大小分成上中下三个等级，这是为了针对十二生肖各不等同的体形，在雕刻时就采用不同大小的桃核。张根让李桃香负责挑小个头的，自己负责挑选大中型的。

“怎么不多带些回来？”她一边仔细挑着一边问他。

“你说得容易，吴主管这次能给我这么多，连我自己都想不到。”他将手上的桃核一边放眼前比较着，一边对她说。

“桃核对于他们来说又不是什么好东西，罐头厂不是每年都要剥下好多，当废物扔掉？”她说着不停地将桃核转到这手再转到那手。

“你以为五星罐头厂一年四季都生产水蜜桃罐头吗？水蜜桃虽然是我们桃源村的主产品，可是收获期只在六至九月份，产期结束后，也就是说五星罐头厂在其他时间里，生产的就不是水蜜桃罐头了。”他把自己挑中的桃核放进另一个篮子里。

“那他们做什么？”她睁大眼睛看他。

“还是做罐头。比如橘片罐头、萝卜罐头、樱桃罐头、芦笋罐头等。你吃过‘五星泡菜’吗？它也是五星罐头厂生产的。”

“那这次用完了，下次你还能拿到吗？”

“这全要看吴主管心情怎样了。”他告诉她，今年的新桃子还没有上市，现在的库存都是去年的桃核，选出上等的吴琼都给他留着做桃艺，下等的卖给手串厂做手串，最差的一类是卖给制药厂做药。所以，不与吴琼搞好关系，他的桃艺路就无法走通。

“桃源村就他们一家罐头厂吗？”她问道。

“是的，它是镇政府招商引资来的，这地方只有他们一家，把桃源村和周边的水蜜桃全部垄断。更重要的是，能符合做桃艺的桃核仅出自那十几亩优质的水蜜桃，所以我用的桃核很有限，更显得珍贵。”张根提起篮子晃一晃，又继续挑选，“你看，个大纹路清晰，还结实光亮。”他将一颗桃核摆到手心伸到她的面前。

“这两千颗桃核能用多久？”

“这批货让我能大干一个月没问题，吴姐说了，她已经帮我准备下一批干料了，我估计等作坊盖好也够用。我打算最近再去她家一趟表示表示。”张根说着站起身将双臂抬起甩了甩，活动下肩膀。

这时，他们两个人已经把桃核体型分类好了。“桃香，给你发奖金！”张根从钱夹里抽出五百元往李桃香面前一递，李桃香也不推辞，接在手中后还故意扇两下，“我该回去了。”她把钱放进小挂包里，接着张根就用摩托车将她送到十里河边。“从这里到我家少说也有四五公里，过两天我给你买辆电动车，这样我也不用每次到这渡口上接你了。”张根对她说。

“也好，今天走得我两腿发酸。”李桃香噘着嘴巴。

“手机也该给你换了。”张根又说。

“嗯嗯。”她仍不客气。

李桃香渡过十里河，像孩子般欣喜地在路上扭步，她坚信自己往后不会再为生活犯难了。

星期一上午，村主任让陈助理拨通张根的手机进行对接，让张根把规划报到村上来。接到通知后张根立即奔赴村委。

“叔，请你过目，不知我考虑得周到不周到？”张根走进村委会办公室，双手递上自己的报告。村主任接过文件，转手递给陈助理交代他整理下。陈助理一边点头，一边接过稿件，不一会儿就用电脑将张根做的规划打出两份版本。一份交到主任手上，一份交到张根手上。

村主任在审阅的过程中，对张根拟订的计划不像有异议的样子，可在最后定案的时候却产生点分歧，他提出了一个特别要求：“你这项改一下。”他用笔端对准那几个字敲两下。陈助理忙把眼镜往鼻梁上推一推，瞄准了那几个字。主任要修改的是公司名字，把张根拟定的“张根桃艺公司”更改成“桃源村桃艺公司”。

听村主任提出这样的意见，张根把眉头皱成了一条线。

“根哥，主任的话你再好好想想，但时间不要拖得久。这是上级的任务，也是你的机会。”陈助理在张根离开村办公室的时候，给他丢下这两句话。

出了村委会大门，张根胸口就像被压了一块石头那样沉重。他想，这公司名字是李桃香亲自给定的，她说她看到他的名字，就会跟看到他的人一样。如果按照村主任的要求去办，那不是违背了自己和李桃香的爱情吗？这两天他闷闷不乐，在李桃香的追问下，他才向她道出实情。

“改就改吧，我不那么想就是。”李桃香表态果断。

他晃晃额头：“一个人的愿望如果被别人打碎了会是多么残忍，我一定要让你实现这个愿望。”片刻，他又笑逐颜开地对她说：“好办，这事好办。”他这么说着，就转身出门。

“你去哪儿？”她忙问他。

“去告诉他们，这是我家祖传手艺，属于专利。”

“这算什么理由？”李桃香见他一定要保住这名字，就将他喊回来告诉他一个新方案，她把嘴唇靠近他耳边轻声说几句……

“凭他那性子，很难行得通。”他对她眨眨眼皮。

“用你的名字加上五万元扶持资金，两样合起来是一个不小的人情，我们不能装糊涂。”她开导他。

“也好，我去弄些大闸蟹，西渡水养殖厂老板我熟悉。”

“不是正宗洪泽湖野生的，恐怕拿不出手。”

晚上，张根按照李桃香白天给他出的主意，他拎上两瓶酒，带上两千块钱，来到村主任家。

“叔、婶婶好。”张根忙向他们夫妇俩打一下招呼，村主任见张根手上提着两瓶酒，听张根说明来意后，就立刻将他送来的酒打开一瓶：“是‘梦’酒啊，又是家乡货。”他提起酒瓶对着标子看着说，“过来，今晚就喝你带的酒，大家圆个好梦。”村主任让他一同坐到餐桌前，他又让妻子从冰箱里翻腾出一两个冷菜，去厨房切两盘，不一会儿餐桌上冷的热的都有了。

“虽说这么些年，我们叔侄是本家，可这还是你第一次在这儿和我单独喝酒。如果你早跟我说一声，餐桌上就不至于这么单薄了。”村主任说着把眼睛眯眯。

张根见他兴致不小，就不声不响地从怀里掏出那两千元钱，往他手上一推。

村主任见这一沓现金，也没推辞。“你一定是从银行柜台里取来的吧？少见得很。平时我在手机里看到的只是数字，往后就更难看到它喽。”说完这话，他就把手上的钱往身旁凳子上一放，然后转向主题：“白天我让陈助理找你谈话，让你把公司名字改了，你怎么不接他电话？”

“叔，我实在是不乐意。”张根别过脸。

“你把我酒杯满上。”他顿了顿，接着对张根说，“你知道桃源村这三个字分量有多重吗？现在我好好跟你讲一讲。改公司名字的目的，是出于大局需要，如果要振兴桃源村经济与文化，首先把地方的名气打响，让桃艺儿百年老品牌、桃源的老县名与桃源村相呼衬映。我想过了，我县有杨树节，以后我们也可以办桃艺节嘛；现在有杨树博物馆，将来我们就不能建桃艺博物馆吗？振兴地方经济，发展地方文化，让人民过上好日子，这才是政府所倡导的……”村主任借此机会，认真地给张根上了一堂政治课。

张根见他仍盯着这事不放，就把肩耸两下："叔，请你别再为难我了。"说着就把他面前的酒杯端到他手上，"叔，请让我敬你一杯，算我向你赔不是。"

"张大师，我哪敢让你敬酒？"主任把眼睛斜视着他，开始喘粗气。

"叔，这里没张大师，你还是叫我小根吧。"张根红着脸说。

"不，你不仅是大师，从今以后，你也不要再称我叔了，叫我老张。"

张根见他为了改名字这么点事儿，竟然用这样的称呼方式来逼自己，把叔侄之间的辈分都颠倒了，这让他内心很不爽。他就把酒杯往边上一放，顺手从身边碗柜里取出一只碗倒满，双手端起那碗往上一掀，喝个底朝天。

"得罪叔了。"他将手上的空碗往桌子上轻轻一放，走出门以后，头也不回地骑上摩托车奔了。

村主任吓得不轻，忙追出去："醉驾——危险——"可他已经远去。

第二天上午，在村委办公室里，陈助理听村主任把昨天晚上与张根小宴的情景说了以后，就不停地安慰主任，并提议不要再去勉强张根了。村主任觉得张根没拿他当长辈看，想到这里他把座椅转得咯噔响："我马上取消对他扶持的资格。"

"可别，无论怎么说，他都是我们桃源村的人，多少也能给桃源村添光彩，同时也完成了上级布置给我们的任务。"

听这话，村主任端起茶叶水抿一口："唉，只能这样子了。"

太阳刚出地平线，盛开的桃花释放着无边无际的淡粉光芒，像在晨光里看云海。张根家院里院外，经过昨天张根与李桃香两人的辛勤布置，到处都充满着新气象。

“根哥！”陈助理在剪彩时间还没到之前，预先过来张根家感受一下他的工作是否到位。经过装修后，以往这刻桃艺的中堂现在变成了客厅，西房那两小间，一间留着放电脑办公，一间改造成厨房卫生间。东房间也不做仓库了，把东西搬出收拾成新房卧室和衣帽间。院子里刚建的工作坊格局也不错，院里院外全呈现出崭新的模样。为了增加生产气势，陈助理让张根把自己雕刻的所有桃艺展示在工作坊里。由于还没有正式大规模投产，陈助理对张根说，眼下救急，为了先扩大宣传，不能让电视台白跑一趟什么也拍不到。所以只好让张根临时喊来几个邻居扮成工人的样子，看上去他们正在热火朝天地制刻桃艺。

“明天村主任来吗？”张根问陈助理。陈助理摇摇头：“不一定。”

张根明白了，他急忙把陈助理拉到院门外，自己登上梯子，伸手把蒙在横牌上那片红布揭开，对着那几个金灿灿的闪光字指了指：“你仔细看看。”

“桃源村桃艺公司。”陈助理抬着头反复读了两遍，兴奋地叫起来：“好呀，你把名字改了，这下主任该满意了，我马上向他汇报。”陈助理激动得立刻拨打村主任手机，不知对方在手机里和他说些什么，陈助理刚才喜悦的心又冷了下来。

“他怎么说？”张根敏感地觉察到什么。

陈助理收起手机对他说，“主任说凭这点平不了他心头气，还要让你现在亲自去邀请他一下。”

陈助理和张根来到村委会办公室。

“叔，对不起。”张根垂着脑袋站在一旁。

村主任“嗤——”地憋不住笑了，从抽屉里取出那沓红票子，走到张根身旁：“喊你来就是为了这个，你把它收回去。只要你心中装着桃源村，比送黄金还让我感激。”村主任讲这话的时候，一只手把钱放进他口袋中，另一只手放到他肩上轻轻地拍一拍：“孩子，听叔的没错，记好，无论你有多大的名气和本领，你永远是桃源村的一条根。”

听了这话，张根的脊梁上泛出一股暖流。

张根返回公司后告诉李桃香，让她明天过来帮帮忙。

“不行，明天是母亲生日。”她对他说。

“那就把她带到这边来，和公司剪彩一起办酒席。”张根说。

李桃香见他固执，想了想，说：“好，你不怕丢脸，我就把她带来，在人前人后听她一会儿哭一会儿笑，我可拿她没办法。”

张根听她这么一说，犹豫了，想着明天电视台万一把她这疯癫的样子录进去可不好办。果然被她吓住。

第二天上午，张根家院门前热闹起来，村主任陪着镇委王镇长在电视台的前呼后拥下进入了现场。一起被村委邀请的还有代表五星罐头厂的吴琼和其他地方商企负责人，他们和桃源村桃艺公司未来的发展都有关联。

吴琼与张根虽说是老熟人，业务往来都几年了，可这还是她第一次登门。车子停稳后，她不动声色地走出车门。吴琼平时有一个习惯，每次她下车后，都要站在后视镜旁扬起脸摆个造型，再慢悠悠地转动身子向四周环顾一下，给人的感觉总是气度不凡，特别是她脸上的那副墨镜，极有神秘感。显摆一下自己过后，她就慢慢取下脸上的墨镜，东西观望，大门上面横挂着的“桃源村桃艺公司”那几个金灿灿的大字正吸引着她，她仰着脸看了许久，然后才随从大家走进院子中。因为今天参观的人多，所以张根就没办法专门陪同某一个人物，他只能间断的过来这样敷衍他们：“王老板辛苦了”“陈老板失陪了”“李老板你慢慢看”……大家也能理解他，但有时也有急性子的忍不住对他叱喝一声：“哎，怎么不理人，过来说几句。”

但有些人他不敢怠慢，如吴琼。这时张根见她在作坊里看着他的桃艺作品，他忙挨到她身边：“吴姐，我给你泡茶去。”他立即去客厅里给她端来一杯茶叶水，“听村委陈助理说今天要请你来，没想到他真的搬动了你。”张根把茶叶水递到她面前说。

“你以为我是为他来的？”她接过茶叶水。

张根想了想：“当然还有其他大领导。”

“我是因为你。这些年来只是听说你‘张小刀’的大名，没见到你是怎样用刀子把桃核刻成桃艺的，今天我要亲眼看看。”

“就你说吧，我现在能有时间坐下刻桃艺给你看吗？”

“有什么不可以，哪怕你做做样子也行。”

“吴姐，你今天就放过我吧。我答应你，哪天我去你办公室刻给你看。”张根微笑着对她说。

“好，说话算话。去忙你的吧。”她说。

张根对她道谢，转身去应酬别的事。

等到剪彩开业各种事项结束以后，天空泛着金与白，刺眼的光照得人睁不开眼，此时已接近晌午。张根看大家忙活半天，便向村主任提议道：“叔，大家辛苦半天，我去镇上找家酒店安排一下，这也算是让我表现表现。”

村主任听后立刻拒绝：“我看你是找麻烦。你就是把饭菜摆到这院子里，也没人敢动你一口。算了吧，今天你就别破费了。村里的小菜园什么都有，工作餐已经准备好了，现在大家全都撤到那儿去。从今天开始，你什么都不必去考虑，使出全身本领，专心把项目搞上去。”

“请叔放心，我已做好全方位准备。”张根弓起后背向他点头。

“老张，早前我只听说我们桃源村有用桃核做成这么样的一个小玩意，我也知道这是我们县几百年前的技艺，可在我脑海中，完全不是这个精美的样子，今天见面让我叹为观止了。”王镇长又拍拍村主任的肩，“你眼光好，桃艺被选为地方‘土产文化’扶持与发展的对象既准确又合理。”王镇长对桃源村圆满地完成了这项任务表示认可。

“再好的项目，没有镇长您的支持，我也无能为力啊。”村主任客气两句。

“发展要靠大家！”王镇长说这话时，又转过头对吴琼说，“小吴，听说张根的桃核都是你供给的？”

“我们做得还不够。”吴琼说。

“你谦虚了。桃艺公司今天正式挂牌，往后就更离不开你。”

“请王镇长放心，五星罐头厂是您招商的企业，我们能不听您的嘛！”她笑着点头。

第三章

果硕丰登

漫野的桃花盛开一阵子后，很快就进入了果实累累的季节。这段时期里，桃源村桃艺公司在张根的精心料理下，成绩明显。

这天，张根正在为刚收的两个徒弟准备拜师仪式，他让李桃香备些酒菜，李桃香对他这种举动却另有看法，她认为这个时代没必要再举行拜师仪式。不过张根却很严肃，他告诉她，说这是他爷爷那时立下的规矩，桃艺这门绝技不属张家直系子孙是禁止传授的，并且在正式传教之前，都要做个拜师仪式，就连他自己当年也是跪在他父亲面前，点了一炷香以后，才算成了他的入门弟子，今天虽然没了那套规矩，但给长辈上炷香是不可少的。

这时，客厅已被安排好，张根把他爸张一刀的遗像放好，在他面前点上一炷香，地上铺一块毛毯，自己先对着遗像磕两个头以后，再端端正正地坐到旁边的椅子上，然后把拜师的内容对他们俩作交代。

他们俩都姓王，年纪一大一小，大的 24 岁，小的 22 岁。所以张根就称他俩为大王、小王。大王和小王以前都学习过木工手艺，有一定的雕刻基础，张根觉得培养起来不会太难。按规定，起大末小，大王先跪在毛毯上，只对着师爷张一刀遗像磕两个头，对张根不用磕头。然后大王就站起身走到张根面前，再对张根叫声师父，张根给他发个红包。接着小王也学着大王那样，算是完成拜师礼仪。

自从有了这两个助手以后，公司效率提高不少。张根想到上次从吴琼那里领取的两千颗桃核已所剩无几，上午，李桃香刚到公司，他就把工作给二王布置好，自己打算去五星罐头厂再拖些桃核过来。

“喂，吴姐，有空吗？之前公司开业时我答应去你办公室刻桃艺给你看，我马上过去，顺便你再给我备点货。”

“好，我在办公室等你。”

张根收起手机后，立即把刻刀等工具带上，取两个核桃装进口袋。不多时他就骑着摩托车来到五星罐头厂。

吴琼坐在办公室里，她早让丽丽把自己的办公桌收拾干净了，以便于给张根放置雕刻工具。“你来啦，就在这儿刻。”吴琼指了指桌面对张根说。

张根笑笑，他将包里一枚枚大小刻刀取出，一件一件依次摆放在桌面上，再往她对面一坐。丽丽给他泡一杯茶叶水，放到他面前。

“你想看我刻什么？”张根问她。

吴琼坐在他对面，两手掌托住下巴，眼睛对他眨眨：“嗯……我想想。”

“最好刻一件与你有关的东西。”张根提示她。

“我属马，那就给我刻一匹骏马吧。”

“行。我给你刻‘天马行空’，一匹天马驰骋在空中。”张根把袖子卷起，右手抬起往空中舞一下，将木模型先在桌子上固定好，然后从口袋里取出那颗桃核，拿手指捏着举在额前细看一会儿，确定了下刀的位置后，左手就将它按在木模框内，右手握起刻刀操动起来。

由于水蜜桃品种不同，桃核的外观和质地都有区别。外观有的是蚂蚁纹，有的是龙须纹，有的是脑纹，有的是满天星；质地上有的纹理细腻，有的纹理粗糙。因此要刻出一件好的桃艺，就必须选定上乘的桃核。优秀的雕艺师往往会根据纹理的走向，塑造出自己拟定的形象。不一会儿，“天马行空”的雏形就在张根的刻刀下显现出来。

“这是第一步。”他把手上的刻刀放下，拿手对她比画一下。

吴琼站起身靠近他手上的半成品看看：“嗯，现在看还不明显。”

“下一步就进行细致刻划了。”张根说着就换了一把尖而细的刻刀，又咔哧咔哧地雕刻起来。刀法的变化一会儿如蚯蚓穿沙，一会儿如翠鸟扎水。他还时不时地把眼睛睁大、眯细。吴琼见他这样，总是不停地发出惊叹，同时又提醒他别伤着手指。

一个小时不到，张根终于放下手上的刻刀，他晃晃身子舒展筋骨，然后对着“天马行空”吹走覆盖在表面的桃屑，将它放在掌心送到吴琼面前。

吴琼轻轻地把“天马行空”拿到自己的手上，将它贴近眼前看，又将手伸远对着它看。丽丽也放下手中的事情，头凑过来，两手背在身后，忍不住地赞美。

“天马行空”果然不同凡响。从它的形、神两方面看，马身肌理刚劲雄健，线条清晰，四蹄舒展奔放，云朵缭绕。天马的后下方，耸立着天国里繁华的亭台楼宇，亭宇中，一位佳人正抚琴弄乐，余音绕梁。沿转天马背面刻着奇峰异岭，其中正稳坐着一位高士，看似在闭目修心却胸藏宇宙之机，身旁一条瀑布悬挂千丈，回响山涧。

吴琼仍盯着手掌上的“天马行空”欣赏，想不到桃源村这地方竟有他这样的怪才，她突然产生一种异样的感觉。手上的骏马仿佛迸发出一股生命的力量，她分不清这股力量是来自骏马本身，还是自己怦怦的心跳传给它的。

“吴姐，你布置的任务我已完成，如果你觉得这个还不过瘾，哪天我再来给你表演一个，我现在得回去了，公司事情多。”张根说着就把工具一样一样地往包里放。

“好的好的。”吴琼立刻将注意力从“天马行空”上转移过来，她拿起手机给库房打个电话，并指示他们将张根的桃核价格每颗再降下五角钱。

张根又对她说了一串道谢话，就匆忙离开了办公室。

“张根这人挺不错的。”丽丽说着给吴琼的杯子添上水。吴琼没有回话，她接过丽丽手上的杯子放回桌上，就拿过手机，对着清晰的屏幕光面端详起自己的脸。额头似乎还比较饱满，但是鼻子不高挺，面颊上也零星分布着几颗小雀斑。想到自己30岁了，年轻岁月已然在流失，她叹了口气不再审视自己了。“对了，丽丽。这人在你们地方上口碑怎么样？”

“好啊，他手艺高明。刚才你又不是没看到他亲自给你表演刻桃艺。‘天马行空’不是都摆在你眼前了吗？”

“这我知道，我说的是他的人品。”

“至少我没有听人说他不好。不过那会儿他跟我们村陈枝花谈恋爱的时候，他家庭条件差，他和他爸卖桃艺也挣不到什么钱。就在他们处一年多快要办婚礼时，陈家因为他拿不出彩礼，陈枝花就和他分手了，我想陈枝花今天肯定后悔。这能怨谁？还不是怨自己没有主见，陈枝花这人我很了解，在初中，我们还是同班同学呢，张根就比我们高一届。”丽丽说道。这时她像是想到了什么，捂着嘴巴把笑声控制住，她告诉吴琼，以前陈枝花就连和张根约会的事儿都给自己讲。吴琼听得一阵儿感慨，人的命运随时都会改变，谁也看不到将来的情况。她接着问丽丽："那他现在还是单身？"

"应该是吧，桃源村圈子小，我没听说他有女友。"丽丽说。

吴琼没再多问，她伸手又拿起办公桌上的"天马行空"，眼睛一转不转地对着它看。她让丽丽去镇上按照它的体型大小，定做一个玻璃包装盒将它摆进去再放到自己办公桌上。从这会儿开始，吴琼只要工作清闲时总是对着它产生遐想。

李桃香今天没有来公司，她跟张根说是母亲身体不舒服，其实她在做一件隐秘的事。她怀上张根的孩子已有月余，肚子是藏不住的，它会像滚雪球那样不停地变大，陈伯水虽然没腿，眼睛倒是明亮，秘密泄露是早晚的事。现在她正在县人民医院妇产科准备做流产手术。可是这家医院要求家属签字，或有什么人陪同才能做手术。大医院和下边诊所不同，总是讲究规矩。

"不行，我还没结婚就怀孩子，母亲知道一定会被气死。"这是她从县医院回来后，第二天见到张根说的话，她要求张根领她到外地医院。

"还好你昨天被医院拒绝，不然今天我倒是要被气死。"张根听到这情况后感到很震惊。虽然两人为这事争执不是一天两天了，但他绝对想不到李桃香瞒着自己一意孤行。

"你不带我去，我自己去。"她态度坚决。

张根多次恳求都毫无效果，为了防止出现意外，他只好听从她。并且他还顺着她的心意说："嗯，你考虑得周到，很周到。现在要孩子还真不是时候，等公司发展好了再说。"

两人来到一家什么手续也不需要的医院。

进了预诊室，医生对李桃香身体进行全面体检后，他告诉张根和李桃香，说李桃香身患“非典状低血糖病”，无论是人流还是药流，大人都有生命危险。

李桃香怎么也想不到，其实这是张根暗下跟医生串通好的谎言。

物极必反，李桃香心里突然明晰起来，她肯定这孩子命大，将来一定能给自己带来好运。假如哪天东窗事发张根翻脸，自己也老有所依，至于陈伯水能否接受这事实，他又能怎样呢？她暗暗庆幸自己得了这奇怪的病，一种听都没听说过的病。

太阳刚进入初夏就变得火热了，万物都在焦灼的日光下生长着。

桃艺公司节节向上的发展势态在这段时期给张根带来不小的收获，不过从公司运行成效上看，张根虽然招了两位徒弟，可他们二人仍处在边学边干的阶段，所以在桃艺生产过程中，他们只能按照张根的要求，把桃艺雕刻成半成品，做个雏形，收尾工作仍要由张根亲自持刀。严格说起来，桃艺在产量和销售规模上，依旧属于小作坊状态。

今天李桃香过来得有点儿晚，刚走进客厅，在沙发上还没坐稳，她就让张根坐到自己身边。“阿根，我有一个想法。你用电脑查一查，现在网上是否有中型雕刻机？只要你把画好的桃艺图样输入电脑，它就能刻出来。这有点像刻字机，之前你让我去镇上雕刻公司公章时，我见过刻字机，当时我就受到启发。”李桃香慢条斯理地讲着，眼睛忽闪忽闪的，她还告诉他，如果能够实现用机器加工半成品，把这两个雕刻师换下来跟他学习精加工，即使达不到他的水平，那时候他在大王小王雕刻的基础上再画龙点睛，从他手上略微过一遍，一定会比现在快捷、容易。

张根被她这模样迷住了，痴痴地盯着她看。见张根还在恍惚中，李桃香又推了他一下：“我也只是受到启发，行与不行，你试试看。”

“好，我现在就查。”张根半天才缓过神来，他忙坐到电脑前，不一会儿就惊喜地发现各式各样型号的雕刻机从屏幕上跳出来。张根选定适合自己的雕刻机以后，立即与厂家进行沟通，没过两天，快递公司送货上门。试用几天后，完全达到他们期待的效果。

从此，桃艺的生产方式彻底转型，产量猛增两倍。

现在，张根时刻感觉到他越来越难离开李桃香，希望她最好能化作自己的影子伴在他身边。目前就连去街市上卖桃艺，他也要硬把李桃香拉上摩托车，在桃艺销售一空时，他就会骑着摩托车带她一会儿去东街给她买件内衣，一会儿去西街给她买身外套，逛过街后直接回去亲热一番。到了太阳快转到中午时，李桃香又照样返回自己家为陈伯水做饭洗衣。

为了适应需要，李桃香给自己的时间实行“半日制”，每天下午到夜间这段时间自己就归陈伯水，他们两人平时一个睡大床，一个睡小床，保持着相伴的模式。第二天吃完早饭她又迅速离开家，整个上午再归张根所有，她用“各得其所”来形容当下的生活。她还经常拿桃艺来比喻自己，说桃艺之所以美丽，主要是来自雕刻师对它的刻画。它本身只是一个丑陋不堪的桃核，它的去处自然是被人扔到路边、墙角、垃圾堆，而经过精雕细琢以后，情况就不同了。不是吗？就在自己命运糟透的情况下，如果不是遇上张根，说不定还比不上被人丢在角落里的桃核。

对此，陈伯水是不知道实情的。李桃香的出行节奏仍和以前一样没变化，她今天跟陈伯水说自己去东街了，明天跟陈伯水说自己去西街了。她骑着电动车忙得任谁都觉得她万分辛苦。陈伯水见她每日踌躇满志，自己也对生活增加了不少信心。特别是看她最近手头宽裕，在她读信息发信息时，他总是这么夸她：“看，业务多繁忙！”他还经常关爱她说：“天气一天比一天热了，你要悠着点别累坏身体！”从伙食上看，自从李桃香做上了桃艺业务后，他也恢复了从前的一菜一汤，生活质量有所提升。

随着时间的推移，张根与李桃香在情感上不断升温，对李桃香不利的因素也在暗滋生长。最近张根又开始不断地对她提订婚、结婚之类的话。

李桃香看他这么认死理，她就劝他生活中的事情不能样样钻牛角尖，自己虽然没和他结婚，但两人在一起生活就跟结婚了一样，只是没领证而已。还说有证件并不能代表过得幸福。总之，她会拐弯抹角地回避这些话题，希望他能转变态度。实在不行她就使出杀手锏，说自己已皈依佛门，等脱离佛门再说。可是张根仍时不时跟她较劲：“我不听！我要与你订婚！过两天我去天圣宫，让法师们为你超度，让你脱离佛门！”

最近，由于生产力发生改变，这让原料的消耗量大幅度提高，张根与五星罐头厂吴主管的往来也逐渐变得频繁。今天上午，张根特意去城里在一家专卖店为她选购了一只名牌包。

“满意吗？”张根把图片用手机先发给她看，征求她的意见。

“你真有眼光，我喜欢。”这次，吴琼没有说客套话，反而迫不及待。她立即给张根回信息，要他最迟今天晚上把包送给她，说是因为明天五星罐头厂要派她出差，正好可以背上，并且还要张根今晚再请她吃饭，为她明天送行。

吴琼把小宴的地点定在木子镇的“得月楼”，得月楼饭店是她经常用餐的地方。她让张根不要骑摩托车，她开车去接他过来，等吃完饭后她再找代驾送他回去，张根也觉得这么安排合理。

饭店大堂女经理对吴琼比较熟悉，知道她要哪一个包间。

张根坐在吴琼对面，他一眼就判断出，吴琼今天的妆容是费了心思的。实际上吴琼的脸庞虽然圆，但并不缺乏俊秀感。她的皮肤天生白嫩，映衬着一双有神的眼睛，描口红就是在平时也是不可没有的。

“你在想什么？”吴琼侧身半坐，显出一副温柔的样子。

“我是在想，我们的桃源村真的很美。”他对她说着，就对着窗外暮色里林野的剪影，隐隐约约如星星般的灯火赞叹两句。

“真正美的时候你还没有看到呢。”她见他颇有兴趣，将脸转向窗外继续说：“其实最有看点的是在每年中秋，只要坐在这个位置，你就会一览窗外旷野的上方，蓝天上挂着一轮圆月，美得很。”她说着又向他回转过脸，观察他对她的话有何反应。

“那景色一定令人向往。”

“所以这里才会取名得月楼。”

“先生请小心。”这时服务员手上托着菜，依次摆放到他俩面前。“来一瓶。”服务员听懂吴琼的暗语，她点点头。不一会儿，服务员就拿来一瓶高档红酒，就在吴琼准备打开包装盒时，张根忙让她先放下。

“别忙喝酒，你先看看这个。”张根从自己的手提包里取出一个防尘袋，他又从里面拿出那个精致的小挎包，“实物与图片可能有区别，不知你合意不？”他这么说着，就将提包轻轻地放到吴琼的面前。

吴琼慢慢伸出双手，小心地把包提起，又仔细看来看去。“告诉我，你怎么想到买这东西给我的？”她将手提包装进防尘袋又放到自己大包里后，转过身睁大眼睛问他。

张根听她说这话，就伸过手拿起那瓶红酒，打开瓶塞后，先往她的高脚杯里倒上些许，再倒上自己的，接着站起身举起酒杯：“吴姐，我先敬你再说明。”

“好吧，干杯。”吴琼与他碰杯后，一饮而尽。

张根把空杯子放下，又往双方的杯里添酒，就开始说自己给她买东西很犯难，因为知道她什么也不缺，之前每次去她办公室都见她面前放着一个精美的单肩包，想着其他东西她更是应有尽有，后来想到要让她换个包款，今天拎这个明天背那个，所以才想着买包的。

吴琼的脸上泛起一片红云，她没想到这个男人竟肯下那么大的功夫来观察她，且观察得那么仔细。她看着张根，眼神顿时变得明亮起来，她用手指头将挂在肩上的几绺鬈发往耳后撩一下，继而端起杯子：“为这包包，我敬你一杯。”

“谢谢吴姐。”两人就这样你来我往。

吴琼又接着刚才的话题说：“最近你还见到我那个单肩包了吗？”

“先前我去你办公室两次，还真的没见着。”

“我给扔了，被我一下子从楼上扔到楼下去了。”

“这是为什么？”

“它让我感到羞辱。那是我前夫给买的，既然离开了他，你说他那包我还能背吗？”

听她这话，张根觉得有点儿尴尬，他担心会引起她的伤感，只好安慰她两句：“你千万要想开些，哪天还能与他和好。”

“和好？对于背叛者，我不能原谅。分开半年了，我早把他忘了。”吴琼摇摇头，她用手指把玩着红酒杯，指甲不停地敲着杯座。张根为了扭转这不愉快的气氛，就故意转移话题，他对着门旁的服务员叫一声：“给我们加一道鲈鱼。”

“我听说这镇上所有饭店的鲈鱼，都是从十里河中捕捞的，正宗货。”他对她说。

“十里河八里河都没关系，总之，鲈鱼全是生在水里的。”她说。

“当然当然。”他附和着。

不一会儿，香喷喷的鲈鱼就端到了桌子上，张根站起身，拿筷子对着鲈鱼身上最肥美的部位，用力夹一块放到她面前的盘子里。

从吴琼的神态上看，她已经有三分醉意。如果她真的与张根两人把这瓶红酒给喝完，今晚她一定会闹出难堪。所以张根决定，把瓶子里剩下的三分之一省下来留着，虽然吴琼口口声声说自己没感觉，结果还是被张根阻止住。

“你呀，真不爽。”她仰在椅子靠垫上，口红中露出一排皓齿，胳膊肘对张根甩一下说。

“我担心你喝醉。”他说。

“醉了才好。”她说。

今晚他们两人在得月楼并未见到那轮明月，但两人的心情还是愉悦的。要下楼时，吴琼还不忘对张根说等她出差回来再聚，地点还放在这得月楼。张根也含含糊糊地点头。

来到前台，张根准备结账，经理反倒退给他两百元，经理告诉他，说吴主管在用餐之前就预付了，这两百元是余款。

“吴姐，你叫我怎么好意思。”趁张根说她时，她顺势挽住他胳膊，一晃一摇走出饭店。

这时夜色中已是细雨蒙蒙。不一会儿，张根随代驾先将吴琼送到翠叠庄园。可是司机担心郊区路道崎岖加上雨水会带来行车风险，拒绝再为张根跑一趟。同样网约车也没一辆愿意在这时候接单。

翠叠庄园内，张根坐在茶几尽头的单人沙发上，吴琼则坐在他对面，两个人都把双手托住下巴，摆着同样的姿势默默无声地注视对方。她一会儿眨下眼睛，一会儿捋下耳边头发；他不停地抿着嘴唇，用手端起水杯又放下。这样僵持好久后，终于张根开口了：

“你去休息吧，明天还得起早去车站。我在这沙发上坐一夜。”他将手上的杯子放到茶几上。

“你要当我保镖呀。”她笑笑。

“当一回没什么。”他也笑笑。

“你就不怕别人背后议论我们？”

“我总不能飞回去吧？”他说。

“我不是这个意思。你想啊，一个男人和一个女人，在一个雨夜里，同在一个屋里睡觉，你说能没有故事发生吗？”她说。

“我只想躺在这沙发上。”他说。

“别逞强了，夜雨会使人着凉。”她说。

“那你给我抱床被子来。”他仰起脸注视着她。

她见他这神情，就站起身靠到他面前将腿紧贴着他坐下，倏地抬起两条手臂搂住他的脖子，睁大眼睛一转不转地对着他看：“去我被子里，今晚我卧室的主人就是你。”

一听这话，张根浑身战栗，心也怦怦狂跳。他忙将她的双手从脖子上取下来。“拿雨伞给我，”他站起身，“我要回去。”

听他这话，吴琼脸色冷下来。“没伞也能走。”她这么说着，还将手放到他胳膊上，佯装着将他往外推，“走，你走啊。”

张根见她这举动，反而站在那儿一动也不动，半晌又坐回沙发上。

“走啊，你怎么不走了。”她对他嚷两声。

其实这么美这么好的事情要在过去，张根一定乐意得合不拢嘴。就在半年前吴琼与丈夫刚离婚时，张根就萌生过一个念头，如果吴琼能嫁给自己为妻，自己代替她的丈夫那该有多得意。只是当他想到自己不过是个卖桃艺做小生意的，他的荷尔蒙就消散了，根本没勇气去追求她。可人世间的事往往就这么怪，有时当你很渴望取得某个东西的时候，简直是难于上青天；当你不需要它的时候，它就会不请自来。

吴琼见他再没有要走的意思了，就顺手从茶几的果盘里抓起一个橙子，剥去橙子皮，将一瓣橙子送进他口中：“明天早晨我是 8 点的火车票，6 点起床后，先把你送到桃艺公司。”

“我……我……”张根口中含着橙子，酸水涩得他半句话也说不出。

“淋浴房在这边。”她又为他取来浴衣往他手上一丢，“你先用。”说完她返回卧室。张根看着手臂上挂着的浴衣，又将脸转向窗子，小院里的雨仍没有停下，玻璃上的水珠七上八下地滚动着，如他的心理动态。

张根今夜最终成了吴琼的猎物，迷狂的气氛在两人之间发酵着。其实吴琼爱上张根时间并不长，暗恋是从那天她观赏他雕刻“天马行空”开始的。激情退去之后，当吴琼把希望他能担任自己“下任老公”这想法告诉他时，结果让她始料未及。

张根立即向她说出自己已经交上了女友李桃香。

“我与你接触这么长时间，怎么从未听你说过她呢？”

“她叫我保密。”

“我看保密是假，推托是真，你在忌讳我是离过婚的女人吧。”

“绝对没有，我真的有了她。”

“唉，想不到我运气这么差。”

“别难过，我只是个刻桃艺的，将来你找的男人会更好。”

今夜两个人心事重重，一会儿他辗转一下光着的身体，一会儿她将被子往上拽拽。

第二天送走张根后，她暗暗发誓，必须把张根抢到手。

桃艺公司自从用上了雕刻机配合人工后，对市场销售又有了新要求。以前市场是供不应求，现在反过来变成供过于求。面对产品积压的现状，这给张根和李桃香又新添了不少忧虑。

“小陈，听说张根上了新机器。”村主任坐在办公室，桃艺公司最近用上机器的消息传到了他耳朵里。

“是的是的，我有一段时间没有去他们那儿了，这事我也刚听说。”陈助理说着把旅游点新增计划表递到村主任面前。村主任翻了翻又接着说：“桃艺公司毕竟是我们村的实体，如果长时间不联络，会让人家误会它脱离组织。我想你至少得打个电话给张根，代表村委会向他们祝贺一下，送一束玫瑰花，或放串鞭炮响一响。”

“主任，玫瑰花是送给情侣的，引进机器他又没搞仪式，我看还是免了吧。”

“行。”村主任笑着推推眼镜。

“我把手里的事情处理一下，待会儿亲自去看看他。”

不一会儿，陈助理来到桃艺公司，可是，他发现院子里外安静得没有想象中那样热火朝天搞生产。

“根哥，根哥！”他走进院子四处查看，然后再压低嗓音轻唤两声，直到他走进工作坊才发现，张根坐在椅子上，一只手拿着剔刀，另一只手拿着一颗桃艺，正给大王和小王两个徒弟做示范。大王和小王两个人分别靠在他左右侧，模样严肃。张根见陈助理进来，忙放下手上的剔刀与他打招呼。

“听说你上了新设备，生产力水平提升很大，祝贺呀。”陈助理走到他跟前握住张根的手。

“这事你们也知道了，我正要请你们过来指导工作呢。”张根拉过凳子让陈助理坐下，小王给他倒杯水，陈助理伸手接下杯子往桌子上一放：“水待会儿喝，先看看你的宝物。”

张根将陈助理领到两台雕刻机旁，接着张根就在电脑上调出一个桃艺的雏形图像，把准备好的桃核放进一台雕刻机进口内，点下鼠标，很快一个桃艺诞生了。

“这一天下来不产出八百也得五百？”陈助理扬着眉毛问他。

“是的，两台机器一天五百颗雏形桃艺不成问题。”张根说。

听他这么一说，陈助理伸手捏起机器刚做出的那颗桃艺，放到眼前端详一番，“这猴子五官怎么看不清呢？”他抬起脸问张根。

张根接过他手上机器刚刻出的桃猴，笑着解释说：“它只能刻出猴子的大概样子，细节部分还需经过我们人工修整后才算完成。”说着他把陈助理带回工作台前，拿起一颗大王刚整修后的桃艺给陈助理看。

“原来是要二次加工啊，真妙。”

“这还不算完工，在他俩修整好每一颗桃艺后，我都要做最后提炼，哪怕是一点点瑕疵也不能忽视。”张根说。

见张根对制作桃艺态度如此执着并具有颇高的艺术修养，陈助理深感震撼：“根哥，我们桃源村有你这样的雕刻大师，桃艺走出乡村必然不成问题。”

张根摇摇头，目光里透着焦虑。他把桌子上的茶叶水端到陈助理手上，两人面对面坐下来，张根把最近桃艺生产量大于市场需求的状况对他做了详细的介绍。陈助理看到案面上堆满了大包小包的成品桃艺，一切都明白了。“根哥，你先别纠结，我回村委办公室把你这情况向主任汇报一下，针对市场营销这一块，看大家能不能再想想对策。”陈助理没有再作停留，骑上电动车返回村委会。

这会儿在五星罐头厂吴主管的办公室里，丽丽和吴琼把今年上半年的产值刚核对完毕，丽丽将一本本资料重新放回书柜后，转身又把办公桌抽屉锁好。丽丽走到吴琼面前对她说：“吴主管，我有点儿特殊的事提前回去可行？”

“行。你顺便把这份计划带到材料部。”说着她就把刚做好的文档递到她手上，丽丽接过文档：“谢谢吴主管。”说一声就转身走了。

吴琼将十指交叉合在一起，两臂做牵伸活动，接着她挺挺腰再扭扭脖子，伸手打开桌子上那个精致的玻璃盒，将“天马行空”取出放在手心端详起来。她遐想着自己就如天马那样遨游，又想到张根就如这上面的高士一样胸怀神志，这使她心绪又被撩拨得不大安稳。“又几天不见了。”她对“天马”皱一皱鼻子，又小心地将它放回盒中，然后她拿起电话联络张根。

“好——想——你——”她故意对他把音调拉长并压得细

而小。

“我怎么听不清？”张根问。

“好——想——你——”音调还像之前那样没变化。

“还是听不清。”张根说。

“晚上过来吃饭。”忽然她把节奏加快，音量提高十倍。

“我吃不下，心里憋得慌。”

张根虽这么说，可天还没黑他就赶到了翠叠庄园。吴琼早把盛宴准备好了，她没有自己动手下厨，是在附近一家酒店订好餐让他们送过来的。

张根坐定后，吴琼问他说：“说给我听听得了什么憋屈病？我给你治治。”吴琼对他一边说着话，一边从酒柜里拿出一瓶红酒，往他面前一放，“两杯下肚，你就不憋得慌了。”

张根打开包装盒取出红酒，面对着餐桌上的鲈鱼、清蒸扇贝……他一边与她品尝，一边就把产品积压销量停滞的问题告诉了她。吴琼听完这情况以后，缓缓地放下筷子。

“怎么样？这问题不小吧？”他说。

“问题虽然不小，但解决难度不大。”她把两根纤细的手指搭在杯座上，接着说，“在你们桃源村不是有个坞龙潭吗，坞龙潭不仅使桃源村出了名，它也使我们五星罐头厂的罐头名扬千里。”

“这与我们公司的桃艺销售有关吗？”他问道，此时他的大脑里好似有团迷雾。

“没有直接关系，但有间接关系，你可借鉴一下我们五星罐头厂曾经销售罐头的经验，也许会给你目前的处境带来转机。”

“什么经验？”张根把身子与她靠近，拉近两人之间的距离。

“你把这杯酒干了我告诉你。”

张根立即举起酒杯，一口饮尽。他放下酒杯，等待吴琼的答案。

吴琼喝了口水，不紧不慢地对他道来。她告诉张根，起初厂里的罐头也是产量大于销量，当时她任销售部主任，每天焦虑到头痛，都快得脑梗。有一天她偶然经过坞龙潭，听到游客讲述坞龙潭的传说便有了灵感，回到厂里后，她做了一个水蜜桃罐头与坞龙潭龙王三太子相关的文案，她把文案报到电视台广告栏目，由他们进行夸张和渲染，把厂所用的水蜜桃说成是仙桃，是龙王三太子播洒圣水生长出来的，谁要是吃了五星罐头厂的仙桃罐头，谁就能健康长寿。自此他们厂的罐头销售再也不用发愁。

张根沉思片刻，也决定把桃艺与龙王三太子绑定，说谁戴上他刻的桃艺，谁就能成龙，包括后代们。当他把这想法眉飞色舞地对她说出口时，吴琼竟被逗笑了："谁叫你这样了，难道你的名气还比不上龙王三太子？我说的是你要在自己身上做文章，把桃艺和自己绑定，只是借鉴我们五星罐头厂这模式炒作。"她还告诉他，要连同他父亲张一刀在世的传奇都给写进去。她说这叫欲擒故纵，只要宣传力度达到，所有人都会心动，不怕销量提升不了。

张根决定按照吴琼说的办，可是他又担心没经验做不到位，吴琼看出了他的忧虑，就让张根回去把个人简历写好发给她，自己帮他策划。

两人在别墅待了一整夜，直到第二天早晨，翠叠庄园被朝霞裹上一层淡粉色，吴琼才开车把他送回去。

上午，张根把公司里的事情刚安排妥当，就着手写个人简历。完稿后，他又从箱子里翻出一大堆证书，有国家级的、省级的、市级的；有把他定性为中国民间艺术大师的、工艺美术大师的、雕艺大师的……还有他雕刻的桃艺曾经在博物馆展出的时间和被博物馆收藏的桃艺作品名称。李桃香看到他弄这些很惊讶，张根立即把计划告诉了她。她兴奋得拿手指头对他肩膀轻轻戳两下，一边催着他快点行动，一边提起大包小包准备把桃艺运到木子古镇售卖，张根本还想和她计划后期的销售情况，李桃香却说没必要，说销售一时也不能耽误。让他有事打自己电话，接着便叫来了出租车。

“看，比我还急呢。”张根看着她的背影，脸上浮现着笑容。

当天晚上，张根骑着摩托车去了翠叠庄园，他把所有的资料交到吴琼手上。

那天陈助理在桃艺公司视察返回村委会后，就把桃艺库存积压的情况跟村主任交换了意见，村主任领着大家讨论来讨论去，一句话：有难度。

两天后，吴琼打电话给张根，张根答应晚上在得月楼宴请她。

“给你，看看怎么样。”还未动筷，吴琼就从包里拿出自己做好的文案递给张根，张根捧着仔细阅读起来，内容标题是《桃源村出奇人——雕刻大师张小刀》，接着就长篇大论地就张根与桃艺的发展进行生动描述，连张根父亲张一刀在文中都被说成了神人。

张根看完后，觉得有点儿心虚，说自己被美化得有些出格。

“在这个时代，如果你想成为名人，不经包装很难达到目的，只有塑造成明星后，你的作品才会被人认可。我看就这样定了吧，明天你就可以送到电视台和网站广告部委托他们发布。”

张根听她说话从容自然，从心底佩服她的能力。

对于吴琼做的方案，张根没异议。可他回到公司又犯起难来，他不知道怎样去与电视台还有网站商谈，李桃香也想不出好办法。就在他们两人坐在客厅沙发上发呆时，电话响了，是村委会陈助理打来的，他询问一下张根这里的进展情况。

“老样子。”张根回答得十分简短。通话刚结束，李桃香就从沙发上弹坐起来：“有了，让村委会去找电视台。”

“对啊，我怎么没想到呢？”

“这样我们既省心又省钱。”

张根骑上太子王，不多时就来到村委会。“好好好。”主任听完张根的汇报后一连说出三个“好”字，并叫来陈助理让他马上办理。陈助理在文案中又添上几行具有创造性的词汇，最后村主任也提出点补充意见，说还要把桃艺几百年来的历史和发源地提一提，因为有许多人都不知道它是桃源县的特有产物，再经过对张根传承历史文化的介绍，桃艺就会显得更加不平凡。

果然，村委会把《奇人张小刀》这篇报道送到县电视台及官方网站连续数日宣传以后，桃艺在市场上的销售量陡翻几倍。

“不好意思，只能供给你一百颗。”“不好意思，只能供应你两百颗。”“对不起，我总不能全都给你，不考虑别人吧？”……张根一会儿给客商解释，一会儿又商量，有时生意火爆到他还要限量发售。不单是木子镇，多家艺术品销售点从他公司批发桃艺，还引来了外地批发商在网上整量采购。今天一上午李桃香手里的鼠标都没有停下来，订单满天飞。

“我有一个想法，我们在木子镇街上设一个店铺，你看怎样？”张根走进李桃香办公室对她说。

她放下鼠标，转过脸看着他思索一下，她想起新广场那边有几家旅行社，而且广场两侧有两个足球场大的停车场，每天都有大量各地驶进来的旅游车辆，是游客来去出入的聚集点，在那范围内可以租两间铺面。张根坐到沙发上，听她这么分析后，便也觉得那地方风水好，能留住游客，他马上拨通房屋租赁电话。

两天后店铺开业，取名为“桃艺轩”。从这天开始，李桃香时刻都离不开桃艺轩，两台机器同时生产，勉强达到市场供应需求。

这两天，吴琼不断地给张根发信息，张根明白她的心思。为了弥补她，下午他去了金店。等到吴琼晚上六点下班后，他叫了辆出租车，如约来到了翠叠庄园。

夜色中，翠叠庄园变成了许多块几何状剪影，从玻璃窗里透出的光亮，如林中的萤火虫忽明忽暗。白天里的炎热，正被隐藏着的土气悄悄吸收。张根刚走进屋内，吴琼就扑到他面前，举起手臂搂紧他的脖颈。“哼，帮你策划成功就把我放一边了。”说完踮起脚尖，嘴唇贴上他的脸。

“你看你，我这不是来了吗？”张根从脖颈上拿下她的手，转过身坐到沙发上。

吴琼泡了一杯龙井放在他面前，然后坐到他对面，抬起目光直直地对着他看。她的眼神似乎快穿透他的衬衫，张根被她审视得很不自在，他端起茶杯喝口水，再拉开手提包，取出一对金闪闪的手镯：“送你，是足金的。”

如果在平时，吴琼会满脸喜得飘起彩云，这次，她半冷不热地接下手镯往茶几上一放，双臂交叉抱在胸前：“像这样的东西，我家能拿出一百件。”

“我知道，可这是我送给你的，意义不同啊。”他耸耸肩。

“有时候礼轻情意重，有时候礼重人无情。”

“说说看，我是有情还是无情？”

“既有情又无情。”

张根敏感察觉到她话里的含义，他端起茶杯用手掌揉着，不知怎么去接吴琼的话。

“还是那件事，你究竟选她还是选我？”她说这话时脸上泛着严肃。张根仍用沉默应对。

见他有意回避，她撩下裙子把右腿叠放到左腿上，摇一摇脚跟说道：“你是个男人，没必要躲躲闪闪，说嘛。”

张根终于把手上的杯子放下了，他望着她，控制着音调说：“这辈子我们俩除了不能做夫妻，让我为你做什么都行。”

“我只想要你做我丈夫，你懂吗？”她放下原来跷着的腿，将双手搭在膝盖上，目光定定地看着他。

见吴琼认真的样子，他忙立起身走到她身边坐下：“琼姐，我也是万不得已。”

“什么万不得已？”

“可是——我，唉！”张根握住自己的拳头，对着脑袋捶一下。她见他这样，双手便伸进他的腰间搂住他，脸轻轻地贴上他的胸口，用绵柔的语气说：“根根，这几年来，我们从陌生变成了熟识，从熟识变成了友好，现在又变成了有情有爱。这一路走来，真是让我留念。”

张根摸了摸她的额头，把她零散的头发捋到耳后。他回想着两年前自己从矿上回来重做桃艺那会儿，当时他去五星罐头厂找吴琼，两人谈起关于制作桃艺的原料问题，吴琼不仅爽快答应为他提供桃核，还把仅有的几亩上品水蜜桃桃核全控制下来专供给他，使他刻出了精美高质的桃艺。而且两个月前，在销售受阻的情况下，吴琼又为他出谋划策，帮他打开了桃艺的销售困局。

“没有你的支持，我就是能力再大，也刻不出这么好的桃艺，桃艺市场也不会达到这般火热。你为我做的一切，我的心里也时时惦记着。”他声音有点儿颤抖。

“所以我不明白，我到底哪儿比不上李桃香？”她从他的怀里挣脱出来，接着说：“你没听说吗？一个成功的男人身后一定有个不平凡的女人。这段时间我一直在想，如果我们两人结婚，那才真的叫金山靠银山。我的权力永远能保护你的资源不断，我的才干能为你权衡利弊，我的家资也能让你无忧无虑。我有这么多优势，你还会担心事业不成？”她的眼睛对着他泛着期待。

“可是……她已怀了孩子。”他的眉毛皱成一团。

听他这话，吴琼忍不住笑了：“天下的女人谁不会生孩子？”

“那是我的孩子呀。”

“你把孩子当作是别人的，心不就放平了。”

他也被她逗笑了：“你这是什么逻辑？”

“具体问题具体对待，我俩求大同存小异。”

“她要是真走了，木子镇上我那个桃艺轩谁去守，除非你不当主管去顶替她，你愿意吗？”

“我帮你找个店员，工资我给。”她说。

“琼姐……”他抓住她的手，从手心抚摸到手背。

“孰轻孰重，我想你不会不懂。”

张根不住地点头，他放下她的手，继而从茶几上取过那对金镯：“这东西你不要，我带回去了。”他又把脸转过去眼睛故意对她眨巴两下。

“哼，真讨厌。”

听吴琼这话，张根缓缓地抬起她的左右手，亲自把两只金镯戴到了她的手腕上。今晚张根虽然没有对她的要求松口，但对吴琼来说，无疑又把进度往前推了一步。

第二天在天色暗亮的时候，吴琼开车送他回去。一路上，张根坐在副驾驶想着昨晚吴琼对他各种理由的劝说，心里的主张依旧没有动摇，反而引发他要快速与李桃香结婚的想法，他认为这样才会断了吴琼的念头。

公司由于生产销售两方面都取得了不错的效益，张根和李桃香也不再像以往那样轻松。张根每天都要把机器生产和两个雕刻师整修出的桃艺，全部从自己手上过一遍，这样他就完全被牵制在生产线上，没精力亲临市场一线操作，全部的销售任务只能放到李桃香一人肩上。同样，李桃香也不能像过去那样对张根和陈伯水实行“半日制”，这一个月来，由于时间划分的规律全给搅乱了，现在她只好把全天的精力与时间放在桃艺轩，对张根这边实行“全日制”。直到下午五点之后，她才能赶回家去照顾陈伯水。刚开始李桃香担心陈伯水不乐意，会产生对抗情绪，可当她把这决定向他表露时，陈伯水居然对李桃香说这话：“桃香，我高兴着呢。多做事，多挣钱，这说明市场被你搞得红火。”他还无时无刻不牵挂着李桃香的身体，在李桃香每次出门时，都要对她重复这两句话：夏季太阳烤人，要把太阳帽戴好。骑电动车要走树荫下，要多喝点水……

为了不让陈伯水在中午餐食上受委屈，李桃香每天都在手机上给他订餐，他们家离镇上不远，现在郊区也有了配送。有时陈伯水还把嘴咧着问她是否能配上小酒，李桃香都以担心他醉倒为理由，叫他别幻想。不过虽然没有酒，但她在订餐时总忘不了给他加一瓶饮料。

张根却对李桃香的做法不赞同，他决意要把她残疾的“母亲”接到他家来，他说把“妈”一个人丢在家里，中午吃快餐自己难为情。目前他已经不把李桃香的“母亲”喊“伯母”了，直接改口称呼“妈”了，还说“妈”一个人留在家会有孤独感，影响身心健康。在他和李桃香说这话的时候，他居然对“妈”心疼得热泪盈眶。

当时见张根态度坚决，李桃香恐慌到了极点，那几夜她的眼睛一直睁到黎明。不过张根也没擅自行动，只要李桃香不同意，他绝不敢逾矩，这事最终他没能落实。李桃香还是那句话：“母亲性情古怪，不喜欢被别人打扰。”

这段时间里，吴琼的精神也变得紧张，她每分每秒都希望张根能打一个电话对她说这话：“琼，我放弃李桃香了，我要娶你。”可这仅仅是一种想象，她等啊等啊，奇迹到现在也没出现。可自己总不能这样等一辈子吧。无论如何都不能再拖了，她计划一定要在李桃香生下孩子之前，把这事了结。

“束手待毙不是我吴琼的风格。”她对自己说。现在她决定采取“双压”策略，一面对张根施加压力，另一面“策反”李桃香。想到至今自己连李桃香的影子都没见过，这是很不妥的。

吴琼决定来个出其不意，把自己和张根这段暧昧关系告诉她，叫她知难而退。

今天厂里休假，她驾车来到木子古镇。

木子古镇上，游客的脚步触动着街道每一个角落，虽然夏日的地面那么炽热。

这会儿，李桃香一人在店铺里应酬顾客，半天时间下来，她感觉浑身乏力，她从椅子躺到沙发，又从沙发坐回椅子。实际上引起她乏力的原因，倒不是因为工作劳累，而是腹中的胎儿在支配着她，这就让她不得不考虑到自己体力透支的分寸。

就在李桃香刚坐到椅子上准备休息，吃点营养品积攒一下体能的时候，吴琼走进门来，她手上拎着张根送给她的那个名牌包。直到李桃香把目光转移到她身上，她才慢慢抬起手摘下墨镜，俯下脸对着玻璃柜台里面的桃艺左右看看。

一开始，李桃香以为她是买桃艺的顾客，就站起身走到吴琼面前，向她介绍玻璃柜台里面各式各样的桃艺，她还从里面取两颗放到台面上给她看。吴琼也学着买桃艺顾客的样子，捏着桃艺迎光亮正反面瞧瞧。就在她把桃艺还回到李桃香手上时，她紧接着问她说："最近桃核用完了吗？"

李桃香一听她的话才反应过来，微笑着问她："你……你是……"

"我姓吴，口天吴，五星罐头厂……"

"对，你是吴主管？哎呀，真是贵客。"

李桃香在惊讶中感到意外，没想到眼前的吴主管身形矮小，即便是脚踩高跟鞋，与自己依旧相差几厘米，不过她气质挺好。"您快请里边坐，里边坐。"李桃香忙打开柜台入口，吴琼随她走了进去坐到她对面的椅子上，李桃香急忙给她泡杯茶。"吴主管大驾光临，辛苦啦。你今天来逛木子镇，是购物还是赏景呀？"说着就与她面对面地坐下来。

"两样全不是。"吴琼说道。

"那你是专门来看我们桃艺的？"

"不，来看你。"

"看我？"李桃香将手反过来指指自己的胸口。

"对，是看你今天跟我怎么安排。"吴琼端起水杯放眼前摇一摇，她看着杯里的茶叶渐渐沉了下去，然后又将杯子轻轻地放回台面上，抬起头看着她。

“吴主管你说笑呢，我给你安排什么？你是领导，我只是个卖桃艺的。”

“你跟我说，你我两人谁做出让步？”

“让谁的步？我怎么听不懂。”李桃香皱一皱眉。

吴琼端起水杯抿一口：“这不怪你听不懂，一开始我与张根相恋时并不知道你的存在，不然我今天也不会过来找你。”

“你和他恋爱了？”她脑袋嗡一声。

吴琼看着眼前李桃香姣好的外表，断定她实力在自己之上，所以改变了思路，她决定把想法直接对她挑明。于是就大大咧咧地把自己和张根这段不寻常的恋情，连小细节都没忽略全告诉了她，还说他与她早就同居在翠叠庄园了。“你看，他还送我一对金镯作为定情物。”吴琼卷起袖口，这样手腕上两只泛着光泽的金镯，就赤裸裸显现在李桃香眼前了。

“啊！”李桃香抬起手捂住嘴巴。

吴琼将两手收回，又从手提包里取出那个精致的玻璃盒放到台面上，自己先对它打量一番，然后轻轻地揭开盒子上的玻璃盖取出“天马行空”，她双手捧着它，慢慢站起身靠近李桃香。“请你再看看这样东西。这是张根特意为我制作的‘天马行空’，连名字都是他帮我起的，因为我属马，他说希望我像天马一样在空中自由驰骋。”吴琼盯着李桃香的面容，想看她有什么反应，可李桃香仍然将手捂在嘴巴上，吴琼又把“天马行空”的另一面转给她看。“根根说，坐着的这位高士是他的化身，他要永远都陪伴着我这匹天马，我们永远不分开。”吴琼说完这话，就把“天马行空”放回到玻璃盒子中装进包里，她挪挪腿调整好坐姿，对着李桃香继续疏导：“如果你能接受我的建议，从中退出不与我争，把他让给我，我绝不会亏待你，我将木子镇上德华园一百平方米的新房赠予你，你考虑一下。”

“我……我……”李桃香双手对着头顶发丝用力地揉几下，眼睛慌慌张张的像在搜寻什么。

“我们都是女人，女人最懂女人心。你这么美，我想你的心也同样美，一定会同情别人。这样吧，我们留个电话号码，有些话间接说比直接更合适。”

李桃香听后，她心不在焉地打开手机，一时间竟忘了怎么操作，在吴琼的协助下才完成。

“那我先走了。”吴琼说着就从包里取出墨镜戴到脸上，匆匆离开了桃艺轩。

想到张根做出这样出格的事，李桃香浑身发软，她担心自己坐不稳或者突然摔倒，那样就会对腹中胎儿造成伤害。她两手扶着柜台，缓缓移步到沙发边躺下去。她迷迷糊糊的不知躺了多久，忽然电话响了，原来是张根打来的。她摸了摸眼角上的泪水，然后用力撑住沙发，蜷身半坐着。她低着头，头发像帘子一样齐刷刷地垂下，把脸遮蔽得不透一丝光。虽然她把牙齿咬得咯咯作响，恨不得骂死他，再扇他、踹他，但思忖一下后，她又不冲动了。因为她想到自己的问题并不比张根的小，如果这时他知道她身后还藏着一个陈伯水，那他也不是同样会出现她这样的心情吗？毕竟他还没有走到扔下自己不管的地步，如果把他这秘密现在戳穿，说不定他真的会离开自己。

忍吧，并且要忍得不能露出一点儿被他看出的痕迹。她这么想着，额头用力向上一仰，垂在前面的头发一齐掀到头顶上去了。她深呼一口气，果断按下接听键：“喂，阿根，有事吗？”

张根在电话里跟她说，让她早点回，把店铺里的桃艺全拿回来配搭公司的一批，用快递发到外县去。

“嗯。”她答应一声。不一会儿，就打车回到了公司。

“桃香，你先坐下休息。”张根扶着她的肩让她坐沙发上，再给她热杯牛奶端到她手里，“看样子市场供货有点儿紧缺，我真希望自己能变出十双手来。”张根说着就坐到她对面的椅子上。李桃香把杯子放到茶几上说：“店铺里的货，这两天都被你分给批发商了。”

“我想把桃艺轩关掉。”他说道。

“嗯。”

“这是为了你和孩子的健康。我还打算把西房这间电脑室变成你的办公室，从明天起，你在家负责发货记账。”

“嗯。”

“算起来我们没有损失，木子镇上少说也有十多家工艺品商铺都在销售我们的桃艺。我们每天生产的除了满足这十多家供应外，外县的销售商订单也满天飞，把我们压得喘不过气来。桃香，你说我不把重点放到这些批发商身上，让你挺着大肚子再去做零售，就是别人不笑话我，我也会觉得愧疚。”

“嗯。”

“桃香，我觉得你今天有点儿不对劲，总是嗯嗯的，没别的意见吗？”

“嗯。”她点头又倏地摇头，“没有，没有。”

“你把精力用到这边来，还能减轻我的工作量，我也能多刻几个桃艺。这事就这么定了，等会儿我就安排人把店铺转租手续给办理好。”

从此“桃源村桃艺公司”生产的桃艺，对外彻底形成全面批发的宏观局面，线下零售模式一去不复返。

那天吴琼去桃艺轩与李桃香碰面的事，吴琼和李桃香一样也没向张根透露，直到现在张根也不知情。不过吴琼与李桃香在这段时间里没少发信息，但两人商谈的结果仍处于僵持状态。

李桃香吃完晚饭后，把陈伯水安顿好，自己刚躺下就又收到了吴琼的信息，内容还是老一套。但李桃香对付吴琼已有了新的思路，她这样回复她：吴主管，我想好了，早上八点到晚上六点，在这个时段里张根归我；晚上六点至次日早晨八点，这夜晚的时间张根全归你。你看怎样？

吴琼回复：不行！你愿意，我还不愿意呢。

李桃香回复：我们这是相互让步。

吴琼回复：除非我疯了，把一个人分成两份。

李桃香回复：总之，你不能独占他。

……

两个人今晚的对话结果仍意见不统一。

李桃香这一夜睡眠时间不多，天刚蒙蒙亮时，她忽然头脑一转弯，觉得这些天自己没把与吴琼在桃艺轩会面的事与张根对质一下是错误的，她应该试探一下张根，看他的真实意图与吴琼说的是否一致，自己也好做出应对。

上午九点，她赶到了桃艺公司。为了防止在公司内造成不良影响，李桃香把张根叫到院子外的桃树林中，因为他们两人经常在桃树林小路上散步，所以这会显得平静自然。

张根对于她的质疑好像早有了思想准备，毫不隐瞒。他说：“桃香，本来我想把这事向你坦白，可我没勇气，我担心你离开我。要不是桃核控制在她手上，害怕她断了我们的桃核路，哪怕提到她名字我都无法接受。”

“一个有权有势的女人要比我这样的人强得多，我什么也不能为你做。”李桃香垂下脑袋，随后又看了他一眼。

“在这个世界上，我只认定你。”

他们从小路拐进一片空地上，这样他们就不用担心会被别人看到。李桃香停下脚步，拽住他的手：“你还是娶她吧，这样就不会断了桃核路。”

听这话张根立即绕到她面前拦住她：“难道你真的不相信我对她是迫于无奈吗？让我丢下你，我做不到。”

“和她在一起久了，你自然就会忘记我。”她劝他。

“桃香，你怎么不相信我啊。”他两膝盖一屈，向她跪了下来。“我向你发誓，我对她一点儿想法也没有。”

她抬起手轻轻地抚着他的头发：“不过，如果你真的要娶她，等我把孩子生下来更稳妥些。”

“你再逼我，我就要跳坞龙潭了。”张根抬头扬起胳膊肘对着侧面指指，“坞龙潭离我们不远，穿过桃树林那边就是。”

“阿根，起来吧，这事你再好好想想。”她用力拽他。

“我不起来，你不相信我。”他仍将两膝盖跪着不动。

“那你就跪在这，我走了。”李桃香转身做出要走的样子，张根忙拉住她的手顺势站了起来，就这样，两个人在桃树林中又沿着石板小路，肩并着肩从这头走到那头。

第四章

——露天机——

桃源村桃艺公司一时间成了地方“土产文化”的领头军，这就难免引起不同人物对它的关注。镇政府决定以桃艺为典范，在全镇开展一次“土产文化”观摩会，让同行业者来和张根交流学习。

观摩会就放在桃艺公司院内。张根在前一天接到陈助理的通知时，就已经把各方面工作准备到位。他给工人放假一天，客厅也布置成了桃艺展览厅，张根把自己这些年来的得意之作样样亮了相。

“阿根，趁着你们明天办观摩会，我在家好好陪陪妈。”李桃香拉了拉他的手。

“对了，我这两天忙得把这事都忘了，听你说妈病了，她好些了吗？要不要我现在陪你过去送她上医院检查一下？”张根满是焦急。

李桃香这次没有骗张根，陈伯水真的生病了，昨天就不吃不喝地闷睡一天，没发烧也不咳嗽，就是说自己胸痛。李桃香要带他去医院，他只是摇头。本来李桃香打算陪在他身边照顾他，可张根这边忙得又让自己牵挂，所以早晨她还是坚持把早餐放到陈伯水面前后就来这边了。外卖虽然中午会送过去，可陈伯水吃没吃现在她也顾不上。

“阿根，你忙你的，年纪大的人都这样。明天如果遇上特殊事，你随时给我发信息。”

“希望妈身体早点康复。”说着，他两手合起祈祷。

按规定，“土产文化”观摩团的代表们在第二天上午九点之前到达现场，大家没一个不遵守纪律，连镇上的王镇长、村委会村主任都如期而至。桃艺公司院内，代表们一见面就开始客套地打招呼，随后镇长作主题报告。一阵儿热烈的掌声过后，大家进入了观摩状态。

“刻得精美呀。”

“活生生的样子，不像桃核做成的。”

“我越看它越有灵动的感觉。”

……

观摩团内的所有人都对桃艺赞不绝口。此次观摩团人数不多，只有五六个人组成。有代表十里河渡口的那条木船的，有代表木子古镇上的古房屋的，有代表手捏泥人的、有代表剪纸的……他们都在“土产文化”的辐射范围中。观摩会上，每个代表都感受到了特色文化的力量，无不对保护和发展地方文化暗下决心。特别是村主任，他在观摩结束作总结报告时表态，对未来桃艺的发展扶持工作还会加大力度。

“老张，”就在村主任刚做完报告，王镇长把手停顿在半空，他说，“我还有一个大想法。”

“什么大想法？请您指示。”

“今天在听取大家的意见后，使我更加感觉到，我们这桃艺在众多‘土产文化’领域里，除了具有特殊性，还具有很强的审美性。现在我们不仅要大力扶持它，还要抬举它。”王镇长说着，便做一个手往上举的姿势。

“怎样抬举？”村主任把头仰着，顺着他手举起的方向看，在场的人全都学着主任那模样，将目光顺着王镇长手举起的方向看。

“明天你们做一份报告，再让张根精雕二十颗桃艺，一起送到镇上来。我要为它向国家申请‘非物质文化遗产’，你觉得怎么样？”王镇长说。

主任一听到“非物质文化遗产”，笑得嘴角咧到耳根，连忙说：“这等好事我们想都没敢想。”在场的人也都满脸笑意，他们为王镇长这一决策响起掌声。

“如果我们的桃艺真的能够成为非物质文化遗产，那对我们桃源村、镇来说就是史无前例的壮举。”村主任话音响亮，那副表情感动了观摩团所有人。

李桃香按照之前与张根的约定，今天终于可以“全日制”陪伴陈伯水了。睡了两天的陈伯水精神有所好转，吃完早饭后，暖和的阳光洒在院子里，给他们两人增添了好心情。

“今天我想占用你点时间，班就不用上了吧。”陈伯水用期待的目光对李桃香说。

“你忘啦，刚才不是跟你说了吗，今天我把所有时间都交给你，好好陪你一天。”她被陈伯水的话弄得很是内疚，忙宽慰他。

“好，好得很啊。”他把头点着咬咬嘴唇。他抬起一只手向李桃香伸去，表示要牵她手的意思，李桃香走近他，把手放他手心里。陈伯水拿另一只手摸摸她的手背说：“这些年让你受苦了，说再多也不能表达我对你的歉意，今天你就好好休息，我想和你去河岸边散散心。正逢立秋，天气不冷不热的，估计河岸光景一定不错，你也放松一下心情好不好？”

“伯水，你的病情刚好转，这两天身体还虚弱，我看就在家养着吧。现在河岸附近已有了凉意，你会被河风吹着的。”她挣开他的手。

“不会不会，当然除了这我还有另一层意思。”

“哦？还有什么意思，说出来听听。”

“‘老调子’这两年都跟你唱了不少于十回，再提起那些事连我自己都厌烦。”

“你说吧。”她心里一软，继续听他念叨。

“从我没了腿以后，我一直在想，哪天能装上假肢，我第一件事就要去河岸边走走。因为我的过去注定会让我这么想，这一切都来自我的名字，因为我的名字……”就在陈伯水还没有来得及往下说的时候，李桃香忙接着说：“因为你的名字叫陈伯水，小时候出自这十里河河水，你是水命，你喜欢这河里的水，在你的骨子里流淌着这河里的水。对吗？”

“你看你，都能把我以前说的话背下来了。”陈伯水笑起来，接着他又继续对她说：“十里河的每一里段，我小时候都在那抓过鱼虾，还有小蝌蚪，所以在这情缘未了的情况下，求你今天把我推到河岸边，让我再感受感受它们吧。”

“当初我经常与你在十里河岸边约会，难道你感受得还不够？”

“桃香，求你别提当初约会好不好，那样的时光再也不能回头，我只想体会一下现在。”他对她仰着脸，目光里释放着渴望。

李桃香见他这副执着的样子，如果自己再说别的，那么在感情上也说不过去。再说今天也难得，没有具体事情缠着自己非做不可，现在好好陪他，这也是自己一直想做而没有做到的事。“好吧，我推你去。”她把手放到他的轮椅手把上。

没费多大力气，陈伯水双手用力转着轮子，李桃香则抓着轮椅双把，一会儿他们就爬上了岸坡，推到河岸上。陈伯水嫌渡口人多太吵，说会影响心情，让李桃香带他到那边没人的地方。李桃香就按照他指的方向，把他推到一个幽静的河床边，河床散布着不同颜色的鹅卵石，沙缝间时不时地闪耀贝壳的银光，两人沉浸在这一片美丽的风光带里。

李桃香往河对岸指一指，对他说："如果你初春时节来这里的话，还能欣赏到桃源村漫野的桃花，那感觉就像被一片彩云环绕。"

"再美的桃花也比不上你今天陪我走一趟。"他说道。

"那往后我经常推你来好不好？"

"怎么，你不卖桃艺了？"

"桃艺归桃艺，你归你，左右不耽误。"

"你要做两面派？"

"看你，真会说。"

"桃香，现在我想看看水中的鱼虾。"

"这么多的水，你看不到。"

"那就看小蝌蚪。"

"季节不对。"

"螃蟹一般都躲在水边上，幸许今天我能捉一只螃蟹。"

"很危险，我们还是看贝壳吧。"

"没关系，小时候我常这么做，不捉看看也行。"

为了实现他的愿望，李桃香把他推到水边。

"停下，你看，下面不是有一只螃蟹吗！"陈伯水手指向自己看的地方。

"我怎么没看到？"李桃香弯下腰顺着他的手指往下看。

"你没看仔细。"他说。

李桃香又把腰往下弯，脸快贴到水面。这时陈伯水悄悄地抬起了手掌，他双手往前一伸，倏地向李桃香后背推去，李桃香鞋底一滑，瞬间跌坐在地，陈伯水两手扑空撞在她手背上。

“陈伯水你做什么！”李桃香抬起脸看着他凶狠的表情。

“我要把你推到河中喂螃蟹。”他说。她一下子明白过来，这一切全是陈伯水设下的圈套，他想要害死自己，一定是有人把自己与张根的事告诉了他。虽说自从陈伯水没了腿以后，长期过着不闻窗外事的生活，四面围墙就像铁桶一样将他与世隔绝，可世上没有不透风的墙。

李桃香猛地将两脚一蹬躲到轮椅左侧，陈伯水不甘心，忙伸手拽住她的手臂。此刻李桃香已经从地上站立起来，她急忙转到陈伯水身后，但她一只手仍死死地被陈伯水攥着，他把她那只手臂扛在肩上用力往前拽，李桃香蹬着腿拼命往后挣。

“看你还卖不卖桃艺，我今天让你喂螃蟹！”他一边用劲扯，一边说狠话。

李桃香挣扎着上半身，把两只脚牢牢地抵在轮椅底盘上，这样陈伯水的目的就很难达到了。

“喂螃蟹，让你喂螃蟹！”他拉一下喊一声。“轰通——”最终轮椅翻倒了，他与她同时被甩出几米远。

此刻，陈伯水躺在地上呈仰卧状态，就像一只被渔民掀翻在沙滩上的海龟，无可奈何地对着天空舞动着手脚，注定任人摆布。

李桃香一动不动地坐在地上，她挺直身子把两手撑住，一条腿伸直一条腿弯曲。刚才摔倒时，她只是臀部被撞击了一下，并无大碍。可她脸上泛着恐惧，处在死了又没死的状态。

“你来杀我啊！快来杀我啊！”陈伯水吼着，两手胡抓乱挠。

李桃香的神志慢慢清晰起来，她晃悠着站起身，踉踉跄跄往家走。她回到家中，感到全身像被注射了什么药物似的，双脚快要飘起来，她一下瘫坐到凳子上。陈伯水得知她秘密的速度比她预想的来得快。

就在李桃香思绪混乱的时候，院子外传来一阵杂音，接着大门被推开，陈伯水坐在轮椅上由三五个人抬了进来，他们一步一挪地把他放到李桃香面前，大家都没开口说什么话，一个个似笑非笑地从屋子里退了出去。

李桃香默默地盯着眼前的陈伯水，他衣服上、脸上和手上都不同程度地沾着泥水。陈伯水咬咬嘴唇恶狠狠瞪着她说："我躺地上时你为什么不用鹅卵石砸死我？"

她不说话。他继续吼道："你可以毫不费力地把我砸死！"

李桃香仍没有给予他回答，她深深地舒了一口气后立起身走进厨房，她把桶里的清水倒进大锅里。平时他们正常使用的是煤气罐和简易灶台，这大锅灶有些年头，是陈伯水养父养母那时候使用的，后来虽然闲置了不常用，但他们也舍不得马上把它拆除，平时用它来烧水洗澡，或者偶尔煮蒸些别的东西，一来消化些家里的干柴废木头，二来还能节省点燃气。

现在李桃香要烧水给陈伯水洗澡，把他刚才弄的一身脏泥洗干净。她绕到灶口，点燃木柴，随着火苗的燃起，她的胸脯上下起伏，心中的愤懑如柴火那样愈烧愈旺。

李桃香怎么也想不通，虽然自己犯了错，但也不该死。今天陈伯水居然真的对她动杀机，而且是"一箭双雕"，自己险些丧命，连腹内的孩子也差点夭折。

"陈伯水，你真狠毒。"李桃香一边将手上的木柴往灶膛里送，一边自言自语。看来，他没腿并不可怕，可那两条胳膊就如猩猩那样有力，这不得不叫人担心。她突然萌生出一个想法：今天的罪恶全出自陈伯水的两条胳膊上，现在可以利用给他洗澡的机会，用滚烫的开水将他的两条胳膊弄残，彻底消除将来的隐患。

她决定废除他这双利器。

一时厨房里云烟缭绕，她见锅里的水已经沸腾，就走进厨房前一间不怎么大的房间里，把屋顶横梁上面吊着的一根粗实的铁链从梁上放下来，先拿毛巾把铁链擦一擦，再把大木桶滚到外面用清水冲刷干净。一连串准备工作做好后，她就回到陈伯水身旁，一言不发地把陈伯水推进这间房，又把陈伯水推到铁链正对着他头顶的地方停下来。别说今天陈伯水身上脏成这个样子，平时只要流点汗，李桃香都要给他冲洗一下。所以这会儿陈伯水十分配合，他两手往铁链上一攥，手臂一弯曲，悬空被吊了起来，接着李桃香迅速把轮椅推出去，再把大木桶放到他身体正下方，陈伯水手臂再一伸直，整个身体就自然落到木桶里了，原来这种设施是陈伯水为自己洗澡设计的。李桃香帮他脱下衣服，她转身回到灶台边把锅里的开水盛到盆里，端到陈伯水身边，“天啊，原谅我吧。一切都是被逼无奈，如果我今天不狠治他，他就会狠治我。他会置我和孩子于死地。”她无声地告诫自己。于是她慢慢地举起手中的盆，在这极短的时间内，她要将这一盆滚烫的开水，对着陈伯水两个胳膊一气呵成地泼下去，实现她的预定目标。

“你，手别抖，对准我的头顶，让我痛快点。你泼吧。”就在这一刻，一个低微的声音在她耳边回旋。这声音正是来自陈伯水，想不到他对李桃香的计划就像钻到她脑子里见到的那样清楚。

听陈伯水说这话，李桃香快吓晕了，连眼珠都要从眼眶里蹦出来。她根本没有料到，陈伯水对自己的心理看得这么透彻，而且在明白她的动机以后，还显得那样从容淡定，甚至反过来鼓励她下手时要鼓足勇气。

李桃香顿时从惊慌又变成恐惧，她浑身一下子软下来，轻轻地把手上的盆放到地上。不一会儿她给他调好温度适宜的洗澡水，陈伯水洗完以后，李桃香再用之前相同的办法，把他放到轮椅上推出去。

“我想不通，你当时不拿鹅卵石把我砸死，现在又不烫死我？”李桃香给他洗完澡推到客厅里以后，他仍不甘心停止挑衅，“刚才这机会多好，只在一念之间。”他端坐在轮椅上，把脸的一侧偏向她说道。“滚烫滚烫的开水‘哗’一声就解决所有问题了。”他又补充一句。

“我让你说，我让你说……”李桃香被他的言语刺激得一步跨到他面前，抬起脚对着轮椅边上踹两下，轮椅原地转了一圈。她收住脚，一动不动地站着，忽然张开嘴号啕大哭。

“又没死人，你哭什么？”他稍稍抬起头，把眼睛眯成一条线问她。

“我要哭，我就是要哭！”李桃香转过脸，带着哭腔对他喊，然后又恢复原来那哭样。

陈伯水见李桃香哭个没完没了，语气变得温和：“又没把你弄成怎样，算我错了行吗？”他这么说着，伸过手拉一拉她。

“不，这事不怪你。”李桃香把手从他的手里抽回来，她带着悲凉的语气坐到边上的凳子上。

“我问你，是否打算丢下我？当初我变成残废时，拒绝与你领结婚证，就是为你今后着想的。”陈伯水把轮椅往她面前滑一步问她。李桃香不说话，她用手揉了一下眼眶，再把头仰着，垂下胳膊将两手手指交叉在一块儿。见李桃香仍沉默，他眼里的光黯淡下来，“你不说，那还是把我杀了。你知道的，我杀不了你，你也杀不死我，又要连着张根，这样不就成了‘三角形’

了？你还是杀了我吧！有我没他，有他没我。”

“要是真想杀你，刚才我就不会把盆放下，那一下子不死也叫你半死。还会有你现在这样得意？”李桃香终于把脸放平，冷冰冰地对他说。

陈伯水慢慢镇定下来，他说：“其实死并没什么可怕，人迟早是要死的。你还记得吗，那时我刚坐上这张倒霉的轮椅时，我每天都想寻死，可是你把家里的尖针、利刀、剪子、钉子……总之所有能够对我造成威胁的东西通通藏起来，连厨房里的煤气罐都被你停用了。直到现在我也翻不出家里的利器，那时你不间断地鼓励我，你说‘伯水啊，活着再不好也比死去强。你没了腿我有，我当你的腿，照顾你一生一世’。你虽然这么说，可我不这么想，我苟且地缠着你一辈子算什么。再说像我这样性情的男人，哪能眼睁睁看着自己的女人被旁人搂。桃香，不是我自私不讲道理，你乱整也罢，瞎搞也行，可是你再荒唐也不能跟张根乱搞啊。张根曾是我的救命恩人，如果哪一天他知道你丈夫是陈伯水，我不被他耻笑死啊！”他忍不住抬起手对自己半边脸狠拍一下。

“我看他不像那种人，他不但不会笑话你，反而会夸你有气度。”李桃香凝视着他的眼睛，慢吞吞说道。

“什么？他还会夸我！”陈伯水立即抬起头愤怒地吼道，“我恨不得把他剔骨剥皮！”

“把他整死了，有你现在这日子吗？有汤有菜的。”她接着说，“亏我今天没遭你毒手，不然这世上真的没人管你了。”

“你以为你运气好？跟你说实话，我只是吓唬吓唬你，如果我真是想把你推下水，在前面的深水区我就下手了。你没看到，我推你的那水区连半米深也不到，就算你不小心滑下去，也不会造成任何伤害。”

一听这话，李桃香心里的那股恶气一下子消去大半，原来陈伯水的心并不像自己原先想的那么狠毒，他只是把怨气压抑在心中太久，想发泄一下情绪。“伯水，”李桃香语气柔和起来，“千错万错都是我的错，啊？”

“想我过去在矿上当领班时，他早上给我送茶，晚上给我倒水，现在他一下子往我脸上抹灰了，你说我心里会是什么滋味。”

“你不是口口声声说他是你恩人吗？你正想报答他。”

“报答人家恩情也不能拿这‘东西’去报答。哪个男人愿意把自己女人送出去？看，他还把你肚子弄成这个样子。”他眼睛一眨也不眨地盯着她隆起的腹部，“不管怎么说，我都忍不住心痛，从听到这事开始，我的心一直痛着。”他把一只手按压在胸口，声音低沉。

李桃香见他盯着自己肚子看，就站起身转过去从桌上扯几张面巾纸，她把脸上的泪擦擦，然后将凳子挪到他身旁坐下握住他的手。“伯水，认命吧，找个依靠寻一条生路总比堵死在这好。再说，我为你留个后，将来也有所依靠。你别看现在许多人到了晚年的时候把敬老院当归宿，可是你上次让我去敬老院看望你养父养母时，两位老人流着眼泪告诉我敬老院院长被公安局给抓了，原因是将一个心脏还没有停止跳动的老人当作死人送进了火葬场。回来我跟你说这事，你对我说等你老了时候，就用安眠药了却残生，千万别把你送到那地方去。你还跟我说，现在夫妻在不能生育的情况下，可以去做试管婴儿，后来听说要花许多钱，我们就放弃了。现在我们不用花一分钱就心想事成了，没想到我刚跟他接触一次就有了，我觉得我们该感谢他才是。”

陈伯水抬起头把手从她手中挣过来："跟你说，试管婴儿跟这方式不一样，不需要你俩那什么的，可这……你就被他给睡了。"陈伯水沉着脸，叹气说："桃香，你再也不是从前的你了。"

"如果你一直为这个问题纠结不休，那我就把腹中这孩子给做了，现在医学发达，有人工无痛流产，我去流了他。"李桃香站起来，佯装要走的架势。

陈伯水抬头看着她转回的脸，这一瞬间他觉得李桃香流过泪水后的脸更加鲜润，她的嘴唇在闭合严肃的状态下，既庄重又不失秀雅。这让他无法再继续气恼她了。他把她的手拽住："你不用装了，算我无能。"

"我没装，让我去把他流了。"她说。

"我错了还不行？"

"你不后悔？"

"我高兴得要死！"他低下头。

这一天，李桃香如在地狱中受尽煎熬，同时又不得不说她迎来了新生，从此她可以在陈伯水的面前明目张胆地去张根身边，也无须花心思在陈伯水面前遮掩孕肚。而且，从陈伯水目前的态度来看，他对李桃香腹中的孩子似乎并不讨厌，甚至还表示出一份期盼的神色。

由于李桃香隔了一天没有与张根见面，只是在手机里相互发了信息。现在她计划马上赶到张根家，继续当他的"未婚妻"，为他分担公司里的事务。

天空里的雾气已经不像清晨那么浓重，现在天色变得无比透亮，金白色的光芒笼罩着桃源村，把一株株结满果子的桃树映成一望无际的好景。

按照指示，张根精雕了20颗精美的桃艺交到村上去，村上交到镇上，再由镇上逐级上报。就在他把这件事情办妥后，回到公司走进办公室，李桃香已经坐在电脑桌前了。“昨天在家开心吧，妈身体怎么样了？”张根问她。

“没大问题，气息不通畅，现在通畅了。”

“这就好，省得大家牵挂。”他说着便凑近她脸上亲吻一下，“桃香，一天不见你，我就想你了。”

李桃香摸了摸脸，说道：“对了，这是本地和县外的订单，加起来共四千颗桃艺。两天内能发货吗？”李桃香把货商的情况给他报一下。

张根俯身看了看电脑上的数据，点点头：“没问题，我马上通知‘二王’今晚让他们加个班。”

“阿根，如今公司发展得这样好，两个多月来净挣20万，村委会是有功劳的。”李桃香一边在电脑上整理订单，一边对张根说着话。

“是的，我正寻思用什么方式对他们表达心意。”他坐到沙发上。

李桃香放下手上的鼠标，转过脸又对他说：“我们除了完成今年国家规定的税收任务以外，等到年底，给村上镇上办些高档礼品，你看行吗？”

“嗯。不过，桃香，你把手上的事先放一下。现在我要带你去天圣宫。”他走到她身旁，把手放在她肩上，“我都跟你说过多少次了，这事不能再拖，今天让他们为你超度脱离佛门，荒唐的信仰只好用荒唐的手法解脱。你准备一下，我去把订单交给大王。”他说着就去了工作坊。

李桃香站在原地不停地搓手、挠头发，没想到自己编的假话他当真了，这下是真的荒唐透顶。她急得想去和他说破，可她刚跨出两步又停下。

李桃香毫无办法，不得不随他走一趟。

天圣宫坐落在城南风光带上，是地方一重要旅游景点，也是县级文物保护单位。这里每天云集着许多游客，特别是外地游客，只要他们来到桃源村看桃花、游古镇，就一定会来到天圣宫烧香拜佛，体会古色古香的建筑的魅力。

张根领着李桃香来到佛殿，这儿和寺院其他地方一样，朱红色的墙面映衬着屋顶上黄色的琉璃瓦，殿堂前前后后都耸立着千年古柏，茂密的枝叶不能让阳光穿透，一缕缕焚香的味道让人随时谨记此处是佛门圣地。

李桃香双膝跪在铺垫上，正视佛像。按照之前老和尚传给她的“心经”反复咏念。金佛两边分别站着两个年轻的小和尚，一个敲着木鱼，一个把两掌合起来静站着不动。

从开始到结束，张根一直站在厅堂外面，他不停地往里面看，直到超度仪式全部完成，他才像卸掉身上枷锁那样，忍不住奔到李桃香身旁。一会儿拉拉她胳膊，一会儿摸摸她手背，再问她累不累、心里什么感受、佛祖跟她说了什么话……

“佛祖说了，不允许我结婚，让我留在这和他们一样每天敲木鱼。”她把眼睛对他眨眨。

“那好呀。”他对她笑笑，忽地脸色又一变，“我们走——”倏地拉着她奔出寺院。

为了让李桃香高兴，他先带她去品尝各种小吃，还买了一些她喜欢的工艺品，然后再租一辆观光车，随着熙熙攘攘的游客，他俩把周边的景观全都游览一遍，直到夕阳西下。

“桃香，我可以娶你啦！”

第五章

——离合——

中秋佳节，谁都希望把手上的事情放一放与家人团聚。桃艺公司当然也不例外，在放假前一天下午张根就宣布了这一消息。

张根把肉类、蔬菜、糖果、月饼等物准备齐全，让李桃香带回家给“妈”享受。他还不忘叮嘱她一定要把饭菜做得比往常更可口，再给“妈”买些衣衫，李桃香只管点头答应。临走前，李桃香还慎重提醒他要把其他人的礼物也安排妥当。在李桃香离开公司回家后，张根就把准备好的几箱烟酒、月饼分配好，又从林西茶厂采购几盒刚上市的秋茶，分别送到了村委办公室和五星罐头厂，对吴琼也做了安排。

按照李桃香与张根的约定，中秋节上午李桃香不到公司来，在家陪“母亲”实行“半日制”，午饭后，她就返回张根家。她刚走进自己办公室，张根还像以前那样先给她热一杯牛奶。就在李桃香端着杯子沉浸在热气中时，张根捧出一份缠着红丝带的包裹，轻轻地往她面前一放：“今天过节，我也给你送上一份。”

“什么东西？”李桃香看着眼前的包裹问他。

“你猜猜。”

“我猜不出。”她摇晃着脑袋，放下手中的杯子，“我看你越来越爱搞神秘了，别吓着我。”她说着就急匆匆地打开包裹，瞬间一个精致的礼盒还有一大沓全是百元面值的钞票呈现出来。

“你这是……”她有点儿诧异。

张根拿起那个精致的礼盒，他扣动盖子小心地打开，一枚泛着彩光的钻戒嵌在盒中的软垫上，他屏住呼吸取出戒指，抬头凝视她的眼，示意她把手伸过来，李桃香此时已经猜出了张根的用意。

“我终于等到了今天。”张根拉过她一只手，将钻戒轻轻地戴在她的手指上，他又对着那一沓沓现金点几下，告诉她这十万元彩礼给妈。

“桃香，我把我们的订婚日选在今天，预示着我们两人未来的生活就如今晚的月亮那样圆满。”

李桃香浑身就跟爬了跳蚤似的，她不停地把肩耸一下，腰扭一下，腿脚坐立不安。只有那只戴着戒指的手伸着僵硬不动。

“回想从认识你那天到公司成立，然后又经过生产改善、市场调整，公司渐渐走上了正轨。现在我们终于可以办这件我期待已久的大事了！”张根泛着笑容，语气带着一番感慨。

李桃香仍盯着他看，半天才缓过神来，她缩回那只手，慌忙把钻戒从手指上取下放进盒子里，再把盒子放到原来的位置。

“怎么了，你觉得它不够高档？”张根见她这举动，忙问她。

“没有没有。”李桃香镇定一下情绪，淡淡笑着。

“那你为什么不接受？”

“我……我是觉得你得跟我提前商量一下。”

“给你个惊喜会更有趣，快戴上它。你不是不知道我们这里的风俗，订婚日跟结婚日同样不能轻视。我想好了，待会儿我和你一起去‘妈’那儿，带上她一起去县城，给她买些礼物，再去酒店吃个团聚饭。”张根这样说着，又重新拿起那枚钻戒。

“不！不！现在还不行！”她尖叫着，硬是把手背到身后。

张根捏着那枚戒指，看着李桃香固执的样子，眉眼皱成了一团。

“我是说……时机……还不成熟。”她说话断断续续。

“什么时机才叫成熟？为了这一刻，我耐心熬过了漫长岁月。你终于脱离了佛门，现在连我们的孩子都快出世了。桃香，我真搞不懂，到底什么时机算是成熟？”张根一直把钻戒捏在手上。

谎言总需要拿更多假话来掩饰，为了这事，什么话都让李桃香给说尽了，连“皈依佛门”这杀手锏也被他破了。显然，她再编什么理由都显得无力。她索性一言不发，把头转过去站在那让张根一个人说，张根终于说累了，他颓着身子坐在沙发上，最后他认真地告诉李桃香，如果她今天不把这婚给定了，他明天就离开这里，桃源村将不再有他张根这个人。

张根把话都说到这份上，李桃香仍没有做出回应。张根似乎渐渐明白了事情的根源所在，他站起身来，又慢慢走到她身旁，小声地问：“桃香，难道你还在记恨我和吴琼的事？”

“没，没有。”李桃香被逼得无路可退，她身子一扭冲出办公室，站在院子里捂着脸呜呜地大哭起来。张根焦急地从办公室走到客厅里，再从客厅里走到院子里。他不明白，怎么也不明白。虽然他围着李桃香说这说那的，然而李桃香依旧直掉眼泪，她的眼睛哭得又红又肿，她一只手揉眼睛，一只手摸自己隆起的腹部，假装胎儿被影响到了，还呻吟着：“我的……宝贝……宝贝……呜呜……”

见李桃香哭得这么伤心，张根担心对胎儿不利。他决定先把这事放一边过段时间再说，大不了等她把孩子生下再结婚，总之自己对她的诚意今天她也看到了。他这样想着就走进客厅里，从茶几上抽点纸巾，返回李桃香身旁，边给她擦眼泪边哄她："桃香，都是我不好，以后我再也不逼你了。"

"不！你就是不逼我，今天我也得把实情告诉你。这压力连我自己也扛不住了！"说着她抬起头，"阿根，你不知道，从认识你到现在，我们度过了一段愉快的时光，我好幸福，同时又好累啊。"

"什么事情有这样重大？"张根扶着她胳膊问。

李桃香擦擦泪眼，她伸过手与他的手攥在一起，把脸正对着他的脸说："阿根，其实我没有母亲，那是谎言！这大半年来全是在对你撒谎，他是我丈夫，是丈夫啊！"

这一刻，她向他做出了坦白。

一开始，张根还以为她在开玩笑，他深深吸了一口气，克制住自己的情绪。可当听她说得有凭有据，特别是听她说出陈伯水的名字时，他浑身的肌肉都往一块儿收缩，确定她没有任何开玩笑的可能。

"他叫陈伯水，受了工伤还被截了两条腿？"

"是的。"

"他妻子有个外号叫'桃花西施'是吗？"

"那是别人抬举我，我讨厌……"张根与她反复核对几遍后，见全都对上号，顿时他就像被抽了骨头似的，一下瘫坐在地。突然他又站了起来，脖子直直地僵硬着，两眼一眨不眨地对她瞪着，做出一股难以掩饰的凶相。

"你不是一直在说自己与我一样单身吗？你不是一直在说自己皈依佛门正赡养着一位残疾的母亲吗？"他每上前一步她就退后一步，看样子他要把她逼到院子大门的铁栏杆上。

“我想不到你会这样较真啊！”她狠劲跺下鞋跟。

“较真算什么，现在我还想死，撞死在这铁栏门上。”说这话的时候他的眼球凸起，马上快要哭出声来，他仰起脸面向天空，两手抓住自己的头发，张大口吼叫起来。过了一会儿，他又恢复了理智，视线从天空中收回，目光渐渐地转移到李桃香的脸上，并且把凶相转变成温和：“桃香，你能不能对我改口说一声你没有丈夫。”

“我有丈夫，是陈伯水。”

“不是！不是！一切都不是！”张根发疯似的身子左倒一下右倾一下，同时手臂也左右晃荡着，“不是！不是！一切都不是！”他继续重复着。“是！是！全都是！”李桃香的话句句如毒刺，任他内心再怎么坚硬也抵挡不住被击痛，他很想通过否认事实假装一切无事发生。

李桃香见他这个样子，急忙扑向前把他搂入怀里：“我求求你，别这样。”

对于陈伯水他是再清楚不过的，张根记得自己刚去矿上上班第一天，矿上人事部就把他编制在煤一班，这是井下最前沿的岗位，虽然有风险，但薪水不菲。那时班头正是陈伯水，张根作为新来的员工，按规定在这地下矿洞里先不计报酬得“实习”一下再说。不过陈伯水并没有把他当作徒工对待，半个月下来，张根就领到了四千元工资。当时张根捏着一沓厚厚的红票子跟陈伯水说：“以前我与我爸售桃艺，两个月也挣不到这么多。”当天晚上，张根就在矿场边上小餐馆摆上一桌，宴请陈伯水还有身边的几个工友消费一顿，作为对陈伯水表达谢意。饭后，张根给饭馆结账时，发现陈伯水在张根不知情的情况下，提前把饭资给付了。陈伯水说张根刚来工资没有他高，不能让张根买单。张根感到难为情，第二天他就认认真真地刻了两颗桃艺送给陈伯水，一个刻的是虎，因为陈伯水的属相是虎，桃艺虎可以用来辟邪；一个刻的是佛像，保佑他平安。

可是桃艺并没有给陈伯水带来庇护。不到一个月，那天陈伯水带着张根他们几个工友对井下有关隐患进行一次常规排查。就在工作有序进行时，意外发生了，一块巨大的矿石在岩壁上被震裂，正向下坠塌。从情形上看陈伯水必死无疑，站在不远处的几个工友已经被吓得失去了意识，只是瞳孔放大嘴巴张开。

“陈哥——闪开——”张根展开双臂，手掌猛地向陈伯水推出去。由于张根出手及时，矿石擦过了陈伯水的胸部，只是死死地压在他的双腿上。这时的陈伯水说不出一句话，却狠劲地握一下张根的手，张根明白，这是陈伯水在暗示对他发自内心的感激。

数天后，陈伯水再也没有回到矿上，他没死，却被截去了两条腿，完整的身体从此只剩下一节身段。在以后的日子里，张根与工友们在工作中偶然会提起陈伯水，但没人再见着他，张根也同样没有见着他。后来有人提议说，陈伯水平时跟大家相处从未伤过感情，他在做班长期间给大家留下的印象不错。大家从同情角度出发，每人出点赞助费，也算是对工友的一丝心理安慰。大家没说二话，全班十五个人共筹五千元。可是派往县医院探望的那个工友回来说，陈伯水已经出院了，这事没办成，大家说等以后打听到他家住哪里再说。可没过多久小煤矿解散了，他们各奔东西，再也没有人提起这件非做不可的事，陈伯水的印象也渐渐地从人们的记忆里淡出。

张根停止了对陈伯水的回忆。本来“仇”与“恩”是十分明晰的两个概念，现在连他也说不清楚，自己是陈伯水的恩人还是仇人。

他依旧与李桃香拥抱在一起，两人几乎快要面贴面了。这时，张根突然想到李桃香腹中的孩子，他立即把李桃香扶进屋里坐到沙发上。他蹲下身子，半边脸轻轻贴到李桃香腹部，感受一下孩子是否受到影响。李桃香也把手掌放到张根的头顶上，慢节奏地抚摸着。

“如果你觉得我连留在你身边的资格都没有，从今天开始，你就把我当作普通的客商，按照我们曾在街市上刚认识时说的那样。”她的心一抽一抽地痛着，努力睁大眼睛注视着他，“实在不行，你就把我和你的业务也断了吧。哪天在街上再遇见我卖鞋垫我还会请你帮忙，总之，苦日子我过习惯了，你帮或不帮，我都会记着你。”

就在李桃香还想说伤情话的时候，他突然站起身仰脸笑了起来。李桃香对他的神情不大理解，还以为他受了刺激，大脑出现异常。“陈哥啊，那时我为什么把你从鬼门关里救出来让你没死成，我现在终于明白了，缘，是我们有缘！不然桃香早就成别人的女人了。”接着他又靠近李桃香身边坐下，拉过她的手放到自己膝盖上，

“说吧，桃香，你愿意跟他，还是愿意跟我？”

张根对她这样表态，李桃香心里充满了惊喜，想不到他对自己有丈夫并不显得很忌讳。她把脸往他胸口一贴说：“跟你。”但很快她又犹豫了，说道：“你陈哥乐意放我吗？”

“不放也得放，到时我们给他找保姆照顾他。”

富有激情的话往往都出自不理智，李桃香觉得张根这是在说冲动话。她沉默片刻，站起身拉住张根的手说：“阿根，我看

等大家都冷静下来再说吧。我现在好累啊，你送我到十里河。我先回去，有什么话我们发信息说。”

张根把摩托车挡位放到最小码，缓缓地将李桃香送到了十里河边，扶着她登船，望着她过河。

李桃香走下渡船登上河岸以后，不由自主地转过身对着自己来时的路眺望，小河那边张根已经变成了远处的缩影，渐渐地消失在她的视野里。天上的太阳光已无先前那么明亮，从十里河水面波纹的变化形态看，不难判断出空中刮起了河风，脚下的沙尘也时不时地从地面上飘起来。

从早晨到现在，她心情的反差，就如眼前这天时变化一样快，忽明忽暗，忽晴忽阴。此时她站在河岸边，似乎忘掉了自己的去向，特别是自己的归属问题，现在她心中变得很不确定，弄不清楚自己究竟为谁而生为谁而活。说是为陈伯水而生也对，说是为张根而活也没错，不过一会儿她又对这个问题迷茫起来。她说如果自己真的是为别人而生，那倒是一件好事，关键现在同样也有人为她而生、为她而活，这就注定自己处在一个不定性状态。自己就如现在脚下踏过的沙子一样，在河风向东吹的时候，它就会飘向东面；在河风向西吹的时候，它就会飘向西面。东有陈伯水，西有张根。他们一个是东风，一个是西风。不过她终究还是能够意识到，从今天开始，这粒沙子注定只有一个方向了，绝不会再或东或西地飘摇。

就在李桃香陷入遐想的时候，她已经走到了家门口，这会儿她才停止思考，她才觉得自己不是一粒沙子，而是有血有肉的一个人。既然是人就要做人该做的事情，从现在开始，自己必须和张根一样，对今天发生的情况，做出清醒的认识与决断。

送走李桃香，张根回到公司后，突然感觉门厅、院子、外屋、里屋全都变得陌生起来，总体感觉是自己孤独，院屋凄凉。秋的气息仿佛瞬间被寒凉的冬天取替。他一动不动地躺在沙发上，他悄然意识到自己的灵魂离开了躯体，飘飘然然在空中游荡，疑惑中，他居然发现自己来到了陈伯水和李桃香居住的地方。陈伯水坐在轮椅上，正对着李桃香横眉瞪眼。李桃香双手被捆绑紧跌坐在他面前，她不断哀求陈伯水放她一条生路，对面的陈伯水却怒斥她这辈子休想！于是，张根就立即与陈伯水搭话："陈哥，担心上空石头落下。"

"石头那会儿被你挡开了，现在飞来一颗炸弹。"陈伯水回应道。

张根见他把自己比作炸弹，就轻飘飘地降临到他面前。

"我不炸你，只求你把她放了。"张根说。

"你还是滚远点。"陈伯水狠劲对他挥一下手。

张根见陈伯水固执，就擅自给李桃香解开绳索，再一手拉紧她腾空而去，陈伯水见他俩飞走了，自己的手臂一下子变长，他们飞到哪儿，陈伯水的臂膀就能延长到哪儿，李桃香背后牢牢地被陈伯水钳住，张根触碰不得。"阿根，你放弃吧。"李桃香流着泪，绝望地对张根说。最终张根放弃努力，红着眼看着李桃香与自己别去。

说起来虽然这是幻觉，但在他神志清醒过来时，他就不停地对刚才幻觉里的所有情节进行分析。他认为陈伯水这一做法并非没有道理，人只要活着，就不会放弃自己。

这时天空已挂起一轮金黄的圆月，青白的亮光从院子里伸向客厅，轻柔柔地爬上他的脸。

第二天早晨，太阳光线从东边射出，部分被摘光果子的桃树显得干巴巴。昨天的事情给张根带来不小的打击，但他没有被彻底摧垮，他伪装成一切正常，不让工人察觉出什么。他使唤手上的刻刀也与以往没区别，一颗颗桃艺仍不停地从他手中蹦出。

一阵儿电话铃响了，是村委办公室陈助理打来的。陈助理告诉他，王镇长和县里的几位领导马上到他这儿调研工作，让他做好准备。

张根把客厅布置一下后，准备好茶叶水、糖果、瓜子。一行人在村主任和陈助理的陪同下走进桃艺公司。他们进入工作坊，认真地视察桃艺的制作流程，并让张根亲自表演。张根精湛的刀艺、作品的神韵，使他们瞠目结舌。

“张小刀果然不是虚名，难怪惊动过许多收藏家。”王镇长也不住地表扬他。

“就这么定了，可以申报非物质文化遗产项目。”那位上级领导对王镇长说。

“好好好。”王镇长不停地点头，一旁的村主任也不停地点头。

这下张根才搞清楚，他们是省里来的人，在县镇村领导的陪同下专程来考察调研桃艺是否能够达到“非物质文化遗产”标准。在几个月前，镇上就把这个项目申报上去了，今天终于看到了希望。这是一个不小的喜讯，如果桃艺真的成为非物质文化遗产，那么自己作为桃艺第三代传人也必将写入名人录。

他们临走时，王镇长还拍拍张根的肩鼓励他几句。

送走客人后，张根刚返回院子里，就迫不及待地要把这个消息告诉李桃香，就像以前那样，从村委会到桃艺公司的大事小事、难事易事……每一件都少不了她出谋划策。

可是他从上午连续拨号到下午，李桃香都处于关机状态，她好似烟雾一般从人间蒸发，这让他心急得要燃火。

几天下来，李桃香经过反复研判，新的思路在她心中悄然形成。

张根心思更没少费，他考虑最多的是陈伯水这关怎么过，怎样让李桃香丢下他到自己这边来。他决定现在去一趟李桃香家。

桃源村距离李桃香家五公里路，出了桃源村就到十里河了，每次李桃香来到张根家，骑上电动车三十分钟就能到达。张根这次去她家不打算骑摩托车，他担心摩托车没处停放，人行动起来不自由。他花了一个多小时，穿过桃树林，渡过十里河。其实张根并不知道李桃香家在河东岸的具体方位，因为他每次送李桃香回家，都只送到十里河西岸，河东岸他从未去过。不过听李桃香常说，她家离河岸边不到一百米，是平房，有院墙，墙外面耸立着几丛高高的凤尾竹，还说每年立春他们就能吃到新鲜的竹笋。最具有标志性的记号就是在河岸通往她家的路口边上，长着一棵古老高大的白果树，这时节正结着许多果子。

张根刚登上十里河东岸，就看到有一个通往几户人家的路口。路口边上立着一棵高大的白果树，从白果树外观来看，少说也有三四百年。白亮亮的果子在微风轻抚下一闪一动，站在白果树下，他很快就发现在一百米左右的位置上，几丛凤尾竹贴着院墙外直立，正与房子构成一幅幽静的图画。

此刻，张根并没有很快就往前走，他内心知晓这次擅自行动还充满着未知数，至少得先在心里打个草稿，见着陈伯水该说哪些话和不该说哪些话。他埋下头沉思，觉得酝酿得差不多了，深呼一口气，径直地往前走去。可就在他刚走几步的时候，他忽然看到院门外李桃香正推着轮椅，在门前空地上慢悠悠地转动并且正面向着他，坐在轮椅上的那个人正是陈伯水。在一百米这么点距离的地方观察一个并不陌生的人，是完全不会出差错的。张根被眼前这一幕震惊了，他收住步伐，迅速后退，转身贴到白果树的树段上。

想象的东西与见到的实物带给人的感受是完全不同的。至于陈伯水伤残的程度有多严重，在那天他从矿井下被送到医院后，大家都说他截肢了、成“冬瓜段”了……虽然这是事实，可是陈伯水在张根的心中的模样并没有如现在他所看到的这么糟糕。在张根原来的想象中，陈伯水不过是个残疾人罢了。可是当他现在见到本人时，心中的那个印象立刻被放大一百倍，他无法想象这才是落难中真正的陈伯水。

“是进，还是退？我现在进到他面前，说不定他马上就会垮下去。我要是想让他死的话，那天又何必救他？”他这么想着，先前全身积攒的力量一下子溃散，他软软地顺着白果树瘫了下去。他双手捂住脸面，想到了陈伯水那时在受伤的瞬间狠劲握他一下手的情景，现在觉得那不是对自己的感激，而是对他的哀求，哀求他救人该救到底。

张根一撑膝盖站起身，他望了陈伯水最后一眼，便转身离开了白果树，登上渡船返回桃源村。

晚上，李桃香坐在床上，她没有一点儿睡意，现在她已经改变了嫁给张根的决定。白天，张根在白果树下的一举一动，都被她收进眼里。本来她很想鼓起勇气去他身旁把这想法告诉他，她不能按照他要求的那样去做，如果自己真嫁给他必然会形成保一个丢一个的局面，丢了陈伯水与杀了他无异。何况自己在与陈伯水刚认识时，陈伯水就对她有不小的恩情。

她把头倚在床头靠垫上，木然地看着从窗子里透进来的月光。另一张床上，陈伯水沉睡的呼吸声不停地回响在她耳边，紧紧牵系着她的思绪，使她逐渐进入对往事的回忆。

这还要从二十多年前她的身世和几件事情说起。李桃香四岁的时候，有一天逢市集，她父母亲开着电三轮带她一起去街上卖蔬菜。就在父母忙着做生意时，竟犯下了使他们终身悔恨的错误——李桃香被弄丢了。在她印象中，抱走她的人是个中年妇女，给过她一块糖果，别的她什么也记不清了。从此她就被卖到了养父母家，可是养父母无缘享受这份快乐，她在他们家生活还不到半年，养父就病故了，五十岁的养母又嫁了新丈夫。她随着养母来到继父家，虽然养母对她还算不错，但只能放在心中，因为养母的新丈夫已有自己的儿女，所以大多数时间自己都被他们冷落在角落里。那样凄冷的日子，她整整度过了十五年，直到她考上一所中专学校才算摆脱那种境地。经过勤工俭学，结束了三年学业后，她从此开始自谋出路，最终在一家餐厅当上服务员，那一天她为自己有了工作而感到欣慰。为了解决通信和交通问题，她从网上贷款购买了一部手机和一辆电动车，结果她跌入了套路贷的陷阱，本来只需偿还几百块钱，而归还时连本带息算下来竟高达一万元。贷款公司见她实在还不起，就逼她“以身抵债”，被她一口拒绝，接下来意想不到的事情发生了。一天晚上，她骑着电动车刚行驶到一个偏僻的地方，突然从身后开来一辆黑色轿车把她逼到路边，车里窜出几人硬是拉她上车，她直呼救命。而在轿车身后，一个骑摩托车的小伙立即将还没有停稳的摩托车扔到一旁，冲上来对那几个人大打出手，他一边控制他们，一边对她大喊：“快走！你快走啊——”暗淡的光影中，她没有看清小伙面孔是什么样就急忙骑上电动车逃了。第二天她到餐厅上班，正在惦记着昨晚在危难时救她的那个小伙，这时她接到公安局刑侦大队打来的电话，让她马上去一趟县公安局，原来昨天晚上劫持斗殴的事件他们已经立案，办案厅里救她的那小伙正在录口供。在他录口供时，她记住了他的名字叫陈伯水，还有昨天晚上劫持她未遂的那三个人中的两个人，听说没来的那个被陈伯水打成重伤正在住院。眼前这两人是轻伤，脑袋和手臂上都裹着白纱布，也正在结结巴巴的交代始末。

陈伯水未受伤，她为他松了一口气。经过三方对质后，公安局把这个案子移交给了法院。法律是讲究证据的，法院最终判决陈伯水故意伤害，还要为被他打伤住院的那人支付医疗费。经鉴定，住院这人为二级伤残，陈伯水获刑半年。经审理套路贷一切手续齐全合法，并不构成诈骗，法院规定李桃香在十五日内必须向他们还清一万元欠款。

她和陈伯水在这场风波中都付出了沉重的代价。确切地讲，是陈伯水为她付出了沉重的代价。就在她因拿不出一万块钱而感到绝望的时候，陈伯水帮她把欠款给垫付了。在陈伯水服刑期间，李桃香经常去狱中探望，彼此嘘寒问暖，很快受伤的两颗心走到了一起。

就在她与陈伯水相爱不久后，她居然得知，他们两人的命运有着让人难以置信的相似之处。原来陈伯水小时候是个弃婴。在他刚满一周岁那年，他被遗弃在一个船舱里，摆渡人就是他现在的养父。听他养父回忆，那天在风雨黑夜之中，一群人渡过十里河离开渡船后，养父忽然发现一个婴儿被丢在船舱内，等他再次将船靠岸，那群人早就如鬼魅一般走得不知去向。养父把他抱回家后，从他内衣里看到一封书信，这才得知，原来他患上了白血病。高昂的医疗费逼得他亲生父母将他“送人”。

亲生父母为了不让捡他的人日后产生顾虑，所以没留下任何联系方式。养父母看着这个白白胖胖的男孩，决定不惜代价赌一把。庆幸的是后经权威医疗机构诊断，陈伯水患的不是白血病，只是严重的贫血症，没花多少钱他就出院了。仔细想想，她认为自己与陈伯水的不同之处，无非一个是父母不小心把孩子弄丢，一个是主动把孩子送出。但无论是弄丢还是送出，她与陈伯水在成长的道路上都充满着不幸，从两个人走到一起的那天开始，可以用相依为命来形容。

陈伯水出狱后，因有这段不良记录，无缘单位应聘，他只好进徐北煤矿当矿工，通过一年的奋斗，生活渐渐好转。

那天，李桃香迎来了佳期。陈伯水年迈的养父母对着黄历特地选了一个好时辰，李桃香与陈伯水准备去县民政局领取结婚证。按照约定，她等候陈伯水中午从矿上下班回来接她同行。可是从早等到晚，她等来的是晴天霹雳的坏消息，陈伯水遭事了。数天后，当陈伯水坐着轮椅从医院回家，他与她已经变成了陌生人，他拒绝见她，他执着地赶她离开。就在那个傍晚，陈伯水连同轮椅一起从家中失踪。李桃香猜准了他去的地方，她奔到十里河边，见陈伯水坐在轮椅上，不过还未来得及实施他凶险的计划。

“伯水，我们回家。”她将轮椅从水边缓缓移开。

“你就算把我带回去，我这样子与死没区别，还不如让我死在十里河中，让我怎么出生，就怎么回归。”

“你没有死，跟过去一样。我今天就和你去领结婚证。”

“我现在这不人不鬼的样子还谈婚论嫁？死心吧，我把身份证都毁了。”

“那我们今天就对着十里河举行结婚仪式吧。”她说着，就停下脚步走到轮椅边上，轻轻地对着河水跪下，并大声地对十里河说：“十里河啊，陈伯水出自你的怀抱，今天就由你做证，我李桃香嫁给他为妻，他永远是我的丈夫，我发誓，我愿照顾他一辈子。”

“十里河啊——”陈伯水忽然仰天咆哮，“你不公平啊——你生我为什么又弃我？呜啊啊——”他拿拳头不停地捶打自己的额头。

在她的支撑下，两个不幸的人渐渐适应了生活的磨难。即使她和他都没有尽到孝敬父母的责任，这也是身不由己。因为在陈伯水受工伤坐轮椅后不久，李桃香才从网络上寻知亲生父母的下落，当她一个人赶到千里之外的乡村见到亲生父母时，竟让她欲哭无泪。由于这么多年来，亲生父母用毕生精力寻找自己，不仅流干了眼泪，也花光了家财，六十岁的父母已经变成了百岁老人，父亲的模样堪似一头病瘦的老山羊，母亲憔悴的面孔活像一只受伤的老猩猩。如果不是有基因检测做证，李桃香怎么也不相信这就是她的爸妈。面对这样的处境，无论是将二老接到自己这边来，还是自己带上残疾的陈伯水一起去偎依两位老人，这两种方案都无法实现。陈伯水那边也存在同样的问题，他的养父养母年过九旬，耳聋眼花，正在地方养老院安度晚年。从情形上看，任何一方都无法相依。

这时已接近下半夜，长长的回忆让李桃香感到身上有些凉意，她将被子往胸前扯扯，外面的月光，从窗子玻璃上已经缩小成巴掌那么点大，暗夜的气色渐渐变浓。她打了一个哈欠，可是困倦仍然不能使她很快入睡，她翻转一下身体，继续聆听陈伯水的鼾声。

天刚蒙蒙亮，李桃香终于下定了决心，她要将张根推给吴琼。

张根自那天从白果树下返回桃源村后，他把思路略加调整，这两天他扎进工作坊，坐到工作台前拿起剔刀刻起桃艺，因为他连续多天没有雕刻，再不动刀子，市场就会存在停滞的风险。毕竟人的思绪一旦被某种事物干扰，很容易顾此失彼。他决定把分散的心归拢到桃艺上，准备把徒弟“二王”手上所有的半成品全完成。可是才工作两天，他的思绪又回到李桃香身上了。

“我控制不住呀。”他将手上的刻刀往桌面一扔，抬起两手搂住后脖颈，他想到李桃香腹内还有自己的孩子，就从口袋里掏出手机，又开始催促她。

李桃香仍然只当没看见没听见。出于全盘考虑，她为了不让两人无休止纠缠下去，就在今天上午，她给他回了一条信息：“张根，你不要自作多情了。说句实话，我并不爱你，在这个世界上，我只爱陈伯水一人。”信息刚发出，她的眼里就泛出泪光，说谎话很容易，假装不爱一个人却很难。

张根在接到这条信息后，差点把手机给摔了：“李桃香——”他吼一声。

“师父，师父！”他两个徒弟大王和小王立刻向他围拢过来。

他对他俩挥下手，就独自走出工作坊来到李桃香的办公室。他闭上眼睛斜靠在沙发上，过了好长时间，他微微睁开眼，摆在电脑桌上李桃香的那张照片映入了他眼帘。这是他们刚认识不久，那天她随他去五星罐头厂取桃核，自己在桃树林里为她拍的。他用力撑起身走到桌旁，伸出手慢慢地从相框里抽出照片，他看了一会儿以后，就将照片一下一下折叠成小方块，拉开抽屉狠狠扔了进去。

虽然李桃香对这件事情算是做了决断，不过还有一件事不好办，既然今后不打算陪在张根身边，那么就必须考虑自己后续的生活来源，毕竟，这样的选择存在着极大的风险。

“先自谋出路再说。”这两天陈伯水时不时听到李桃香口中挂着这句话，直觉告诉他，她与张根之间一定出现了裂痕。但并不知道她内心具体在纠结什么事情。她只是告诉陈伯水，说自己与他两个人靠张根这样不明不暗养活一辈子是不现实的，最好靠自己闯出一条新路子。

早晨的秋凉刚刚被太阳的光影染出一丝暖意，李桃香就去了木子镇街上找劳务公司了解务工信息。昨天她也去了边上的吴东镇劳务公司，却并没得到满意的结果。

她来到木子镇街上，刚走进劳务公司办公室坐下，公司经理就与她搭话：“你想做什么工作？”她不知道怎么解释才能取得对方的理解，因为从早晨到现在，她已经跨过两家劳务公司门槛了，连这家是第三家。前两家都由于陈伯水的情况，婉言拒绝了她。桃源村街镇没有县城那么大，在县城很容易找到介绍工作的中介公司，这里弄不好有可能是最后一家，所以现在她必须改变一下原来的讲话方式，在谈问题时避重就轻。

“最好是钟点工。上午两小时，下午两小时，全天不超过四小时，这样的工作有吗？”她打量着对方神色。

“怎么没有呢？在我们这里想找什么样的工作都有，只要能吃苦，去处多得很。”经理不停地将椅子左右转动。

“请你说说看，我适合做什么工作？我不怕吃苦。”她态度很坚定。

经理听她说这话，忙起身取过一只纸杯给她倒水，并轻轻地把杯子放到她面前的桌子上。经理又坐回椅子上，若有所思地问李桃香：“我真不明白，像你这样的人，为什么还要出来上班？”

李桃香一时没听懂她话里的意思，她的眼睛眨了眨：“怎么了？我又不比别人少手少脚，怎么不可以找点事做？”

“你是不比别人少手脚，反而比别人身上还多了些东西，干起活来比少手脚的人难度更大，更容易出风险。”经理是个女人，李桃香身上的异常是瞒不过她的。“刚才你一进屋，我就发现了你多了一件这样的东西，你没见我端过凳子让你坐下吗？”经理笑着抬起手指在空中对着她晃晃。

李桃香很快明白了经理的话，低下头把手放在隆起的肚子上，说：“我是怀了孩子，但并不觉得不方便。大姐，请你帮我找个适合的工作吧！我等不起的，你不知道我们家的情况多么糟心。”

“我不能做冒险的事。”经理双手抱臂架于胸前，态度不像有余地。

“这是我自愿的，不会牵连别人。”李桃香哀求道。

“谁也不知道会发生什么样的后果。”经理摇摇头，接着说，“我很同情你的处境，可面对眼下的困难，你还得冷静，蛮干是解决不了问题的。你回家去吧！”经理心软下来，她转过身取过挂在墙上的挎包，伸手从里边取出几张钞票，走到李桃香面前把钱塞到她手心，“拿着吧。走一步是一步，生活总会变好的。”

“谢谢你一番好意，我不能收，你这番话比给我钱还要让我感动。”李桃香站起身握着她的手。

“算是日后给孩子买点东西。”经理说道。

李桃香推开她的手，转头走出门外。她离开劳务公司后，别说没有再碰上相同的中介，即使碰上了，她也不打算再去尝试，估计不会有奇迹发生。她一边在大街上走着，一边默默地看着四周，街道依然还是那副模样：小超市、图书馆、服装店、餐饮馆子和几家正在装修着的铺面。

回程路漫漫，她来到了十里河渡口，河风把她的头发吹得乱糟糟的。半年多来，在这渡口上第一次没有张根陪她，这会儿她感到离开张根有多难了。

“姑娘，今天他没送你？”老船公已经把原来船上的客人送到对岸，又匆匆返回来，他见李桃香愁苦着脸不说话，所以就提醒她一声。

李桃香没有注意老船公对她说什么话，因为她正紧紧盯着眼前老船公这船体上那处疤痕发呆。她认为这船身形态跟自己现在挺着大肚子很相似，不仅是外观，心中感受也接近，每时每刻都承载着许多压力，在来自外力一根竹篙的掌控下，完全由不得自己。只到老化殆尽时，最终成为被人们遗忘的弃舟。

她这样想着竟然觉得自己如同一个幽灵，正站在没有人的空间里，于是她就肆意对着木船大嚷起来：“船啊，你怎么不是一只鸟呀！”

老船公吓一跳，猜测她心中事情不小。

李桃香晃悠悠踏上渡船。漂行不久，潺潺河水给她展现出一个新的境界，她居然对水中游行的鱼产生无限羡慕。她挺直腰，仰起脸轻轻合起双眼，看上去生死只在这一念之间。

“我只听说马站着睡觉，从来没见过人站着睡。”老船公在说这话时，他已将竹篙牢牢地横在她面前，“我可不喜欢你在这儿玩刺激，万一你和孩子有闪失，我无法交代。”

听这话，李桃香惊恐地睁开眼睛。

渡船靠近码头，老船公放下竹篙将锚抛到岸上。

“老伯，对不起，刚才我有点儿犯糊涂。”

李桃香缓缓地登上河岸，她站到白果树下，狠狠地将手掌对着白果树的树段拍了一下，现在她准备尽情地大哭一场。碰巧有个过路的人从她身旁经过，于是她立刻装出不哭的样子。

陈伯水独自操动着轮椅在院门前转悠。陈伯水经常这样，每当李桃香离开家门，在即将返程的时间里，他都能够预感到她的到来，然后他就会独自滑着轮椅在院子门前往白果树下眺望。

这时，陈伯水看到了站在白果树下的李桃香，他忙抬起手对李桃香挥几下，李桃香将衣袖贴着眼睛擦擦，她担心与陈伯水见面后被他发现自己流过泪，因为陈伯水平时最不情愿看到她苦闷、忧郁。所以现在她也忙抬起胳膊，手举在空中摇一摇回应他，脸上带着淡淡的笑意。陈伯水两手分别抓住轮椅的左右轮，朝李桃香迎上来：“我从你这笑容上判断，事情办得一定很顺心。”

“嗯，顺心。”李桃香双手握住轮椅把柄，与陈伯水晃悠晃悠地回到屋里。

听李桃香把情况说了以后，陈伯水的头歪向一边，指尖对着轮椅扶手不停地上下敲动。两人在静坐中，李桃香感觉到空气里飘荡着一丝丝的油烟味，郊区就是这个样子，大家在做饭时或者用饭时，饭香味都会飘到别人家。

见陈伯水不说话，李桃香站起身，扯过一件长套衫罩在自己的外套上，她卷起袖口，拖着步子走进厨房，没花多长时间就做好了一菜一汤。李桃香将碗筷摆到陈伯水面前，让他先吃，说自己要休息一会儿，她转身走进卧室躺到床上。在李桃香闭上眼睛睡着这会儿，陈伯水并没有独自用餐，他仍然低着头，指尖不停地对轮椅扶手叩击，发出嘚嘚声。

吴琼自从上次和李桃香在桃艺轩把话挑明后，至今也有一段时间。虽然她与李桃香两人之前互发信息，博弈不分上下，但她并没有对张根采取强硬手段。不过，张根对她采取的“一拖二哄三骗”策略，总有做得不周密被她识破的地方，吴琼正打算马上让他知道自己的厉害。

正逢周日，吴琼独自坐在别墅院子里喝咖啡。有两只无尾凤蝶一会儿在她左边飞舞，一会儿又在她右边飞舞。这种蝶能耐秋寒，虽然稀有，却丝毫不能给她带来愉悦感，倒是更加引得她心烦、愤怒。蝶儿不懂她心思，渐渐地飞到她眼前表演。她放下手上的咖啡，倏地举高双手，对着它们响亮拍一掌，吓得它们翩翩离去。

此时手机响了，是张根打来的。

她按下接听键。“晚上去你家。”他对她说。

“我没耐心，你现在就来。”她语气生硬。

“好。”

张根喊来两个徒弟，把工作安排妥后就打车前往了翠叠庄园。

吴琼早把院门敞开了，站在门外对着张根来的方向眺望。不多时，出租车驶到她的面前，张根猛地打开车门，冲向她拉住她的手直往屋里走，吴琼还没来得及问他话，就被他紧紧地拥在怀中。

“我们，结婚吧。”他忍不住发出哭腔，浑身颤动。

“天啊——你终于松口了。”吴琼像只受伤的羔羊依偎在他的怀中，又是哭又是笑，“呜呜……这一刻……来得真难……呵呵……让我等的好苦呜呜……”

从这一天开始，张根就理所当然地把吴琼家看成是自己的家了，他早出晚归，太子王也不用骑了，每天由吴琼专车接送。

桃源村的天色刚被晨间的太阳染红，人们就忙着各自的事情了。张根昨天晚上陪同吴琼应酬一场宴会有点儿劳累，但这并不影响他今天公司里的工作计划，现在他要去吴东古镇街上一趟。吴东古镇不在桃源村地盘上，而是坐落在十里河东边，周围同样遍布桃林，而且距离李桃香家不足一公里。吴东古镇与木子古镇相比，街市繁华的程度相差不大，这里也是由遗留下的老村街改造加以扩建而成的。张根去的目的是给一家批发他桃艺的新客户做开业指导。在吴东古镇的街市上，这个批发商几天前已经与他联系过十多次，让他今天无论如何亲自过来一趟。要不是这阵子自己与李桃香之间突然出现问题，他早就过去了。

张根将桃艺装进袋子放在摩托车后备箱里，骑上摩托车赶往目的地。到了吴东古镇，那位客商早把店铺整理好等着他，在张根的指导下，就开始尝试营业了。

从表面上看，他正忙忙碌碌地与那位客商进行业务交流和指导，实际上在这当中，由于这两个古镇的风格大体相同，这就使他仿佛又看到李桃香与他在木子古镇刚认识时摆摊的情景，他一会儿帮她卖鞋垫，她一会儿要跟他学桃艺……一幕接着一幕。现在他时不时地将头对着李桃香家的方向看去，渴望李桃香一下子能出现在他眼前。

“我，决不再想她了。”他在心里告诫自己。他摇摇头，好不容易才又回到传授状态，客商也不停地模仿着他的销售套路。就在张根站在客商边上检验客商与游客交流时，店门外传来刺耳的歌唱声，他的目光立即被吸引过去。一开始他以为是自己的幻觉，他常常在雕刻桃艺时间久的情况下，眼花就会出现幻觉。他揉揉眼睛再细看，心里一震，急忙随着歌声跟出门外。

卖唱的不是别人，正是李桃香和陈伯水。虽然已是秋风凉，但大部分人也还没有要穿上寒衣，但陈伯水这时已经穿厚外套了。他头发梳得还算整齐，暗黄色的脸上也没了曾经印象中的络腮胡子，看得出面部刻意修饰过。他坐在轮椅上，脖颈处悬挂着一张广告纸，上面写的内容大致是一些自己生活窘迫的言语。陈伯水左手握紧一只瓷碗，便于把讨来的现金放进去，虽说脖子上挂着的广告纸上印有李桃香的手机收款码，由于收款码是新产物，在市面使用时，仍会有一部分年纪大的顾客使用起来不习惯。为了防止失去盈利机会，两人做好两手准备。此时他右手上紧攥着一个话筒，对在嘴边高一声低一句地唱着。

李桃香在他身后握住轮椅把柄，一步一摇地往前推着。她时不时抬头对着天空，又低下头对着地面，脸上冷冰冰的没有表情。她并不担心会遇上张根，因为自己和张根曾经卖桃艺的地方是在木子古镇，相比起来，吴东古镇对张根来说是个陌生的地方。从自己和张根认识到现在，从来没有听张根说过他来过这里，所以她之前就想好要把场址选在这吴东古镇，她还对自己说一辈子都在这吴东镇卖唱，永远不去木子镇，绝不能被张根发现。另外，那地方会使自己想到过去与他产生的情缘。人们对爱情的记忆，最深刻的往往是在爱情刚诞生的那一刻，虽然张根不是她心中的第一个男人，可他一点儿也不比当初的陈伯水逊色，她想起来还是会心痛。

现在大街上的人都把目光放在他俩身上，还喋喋不休地说他俩。

“一看就是假的。他要是穷人，怎么会有这么漂亮的女人陪他？”

“你看，他不仅装穷相还假扮没腿。”

“装得真像，肯定有组织有计划。”

“我真想去把他手上的碗给砸了。”

“你这又何必，砸与不砸都一样，总之碗里是空的。”

“没人会同情他们。”

……

这些看客就站在张根不远处，他们在讲话的时候无不表现出兴奋，张根把他们的议论都听得清清楚楚。为了避免被李桃香发现使她难堪，他时刻都隐藏在暗处盯着他们。“每天都想见你，现在见了还不如不见。”他心里不停地回荡着这句话，然后眼睛一闭，呆呆立在原地。

李桃香与陈伯水花了好大心思选定的项目，在第一天就宣告破产。回家后他们把全身口袋翻个遍，硬的软的一共加起来也没十元钱。手机的收款码更不用说，从头到尾也没听到进账的声音。陈伯水把钱数了几遍以后，交到李桃香手中。

“桃香，要不我再把歌喉练得好听一点儿，问题有可能出在这儿。”陈伯水脸上泛起一抹红色，看上去他有点儿自责自己没有演好这角色。

“出去之前，你都练过好多遍了。特别是那首《在那桃花盛开的地方》，让谁都会想到桃源村。”

“可我觉得与歌唱家还有一定的距离。”

“我倒认为在某些方面你比歌唱家唱得还好，特别是那音量能从街头传遍街尾。伯水，你没听说旁观者清吗？其实听歌的人比唱歌的人感受更深。”

“哦，原来是这样，看来我的歌声还是不错的。”陈伯水听李桃香对他一番夸奖以后，显出一些自信，“如果是这样，那明天我们是不是再走一趟？”

“伯水，如果一个人谎言说多了，即便有一次是真的，大家也不会再相信他。平时大家都被那些假装落魄的人欺骗多了，所以对我们也这样冷漠。”李桃香的胳膊支在桌面用手托着下巴，盯着陈伯水的眼睛说。

“是啊，时代不一样了，换了我，我也不相信真会有人沦落到这地步。”他张开五指对头发挠两下，接着说：“我看你还是去找张根卖他的桃艺。”

“不去。”她用肯定的语气跟他说，说着收回托住下巴的手，端坐着一脸严肃。

“之前不是好好的，难道我说错什么了？”

“不是你的问题，是我。伯水，其实这几天我都感到内疚。”

听李桃香说这话，陈伯水坐不住了，他的身子不停地往左往右倾斜。这让他想到今天李桃香挺着大肚子艰辛地把自己从家里推到吴东镇上的情景，别说她现在身体处在这特殊状况，就是叫一个正常的人来完成这项工作，也绝非容易的事。想到这，他把轮椅滑到她面前，两手攥紧她的手，一句话也说不出，表情变得十分古怪，看上去他想哭，他真的想哭。

李桃香抽回自己的手，她把手指伸进衣服领口，慢慢地取下挂在锁骨上的那颗张根送给她象征着爱情的吊坠，她提着挂线，将它吊在眉心前方，眼睛一眨不眨地盯着它看。看一会儿，两手指一松开，它就摇摇摆摆地坠到了地面上。

陈伯水见她把张根送她的吊坠丢弃了，他先犹豫一下，然后弯下腰伸出手捡起，他把吊坠放衣角擦一擦，再吹一口气吹掉上面的灰尘，他认真地查看一遍后，重新将它挂在她脖间，安慰道：“他，人不坏。”

张根自从白天在吴东镇上看到李桃香和陈伯水卖唱的那一幕，回公司后情绪近乎崩溃。“她不爱我，可并不影响我爱她还有我的孩子。我就真的这样抛下他们了？”一个下午他都重复着说这话。这几天桃艺销量不小，库存也寥寥无几，可他现在没一点儿心思再加班刻桃艺以弥补眼下的货源。他心里堵得慌，连晚饭也吃不下。他拨通吴琼电话告诉她今晚自己加班，就不去翠叠庄园了。吴琼自是相信，还柔声叮嘱他天凉多穿些衣服。

天色刚暗沉，他就躺进被子里，但他一直翻来覆去睡不着。直到第二天太阳已升到了屋顶，阳光透过纱帘照到他脸上，他才蔫头耷脑地从床上起身。

他简单洗漱一下，忙冲到工作台前，一刀一刀地刻起桃艺。太阳从偏东方移到正前方，又从正前方移到偏西方，他终于感觉到浑身困倦，手中的刻刀也不听使唤，就将头一歪，伏在桌面上昏沉沉睡去。

“桃香——孩子——”不多时，他有节奏的呼吸声忽然变成自己的呐喊声，由于心跳加速，当他醒来抬起头睁开眼睛时，额头上沁出许多汗珠，衬衫也被汗水浸湿。

“师父，师父，你又怎么了？”徒弟大王听到后急忙跑到他身边，他这才意识到自己是在梦呓。

“我没什么。”他对大王说一声，伸手取过桌上的纸巾对着脸沾一沾，又握起刻刀雕刻起来。算起来他手上的刻刀已经从早晨运作到下午了，因为他经常废寝忘食赶制桃艺，所以在工人们的眼中，他工作起来这样卖力一点儿也不显得奇怪。按平时的速度计算，半成品在他手上，一天成形两三百颗是不成问题的。可是直到现在，他居然只刻出两颗。原来，在这大半天里，他不是为客户赶制订单，而是在雕刻着两个桃人。这两个桃人一个是李桃香，一个是他的孩子——在李桃香腹内还未出世的那个孩子。

到了傍晚，桃人终于刻成，他将这对“母子”放在手心，捧到之前李桃香的办公室桌面上。他把“李桃香”和“孩子”的手牵在一起，从正面看一会儿又绕到背后看，再回到他们面前。他坐到椅子上，感觉到心脏的位置隐隐作痛，眼睛酸涩得很。

桃人“李桃香”的线条变化较复杂，尤其是那一根根的发丝和五官细微的表情，就连手指伸曲摆放、衣着纹理走向，这些全都被他雕刻得生动、自然。小孩固然还没出世，但张根通过对梦中孩子形象的回忆，并且他在刻画孩子形象之前还特意拿来一面镜子摆在自己面前，他一边对着坚硬的桃核刻着，一边盯着镜子里的自己看，他说这孩子是他的血脉，模样长得与自己差不了太多。所以他就把自己作为孩子形象的“基模”，来表现孩子的外貌特征。

“嗯，你很像我小时候。”他对站在“李桃香”身边的“孩子”说。他又接着说：“我看你长得很像我，你看我像不像你爸呀？”在他反复的追问下，孩子竟然开口说话了，孩子说：“你不像我爸爸！你没有资格做我爸爸。”

“我怎么没有资格做你爸爸？”

“你把我抛弃了，还抛弃了妈妈。”

张根顿时觉得脑袋有被炸开的感觉，这才发现，原来刚才孩子说的话，全是他自己心底说的。

张根自从被这事刺激后，他患上了抑郁症，终日目无光泽。一连两天都没有回到吴琼家与她同住，吴琼上午从五星罐头厂打来电话，让他今晚务必回翠叠庄园。一般情况下，她都会在自己先下班后再开车过来接他，今天不同，下午四点钟后，她已经将车子停在桃艺公司院子大门前。

“张总呢？”她走进院子中见到一个小工人正坐在箩筐前选料子，她上前问她一声。小工人见她戴着一副墨镜，面容端庄，只对她把头摇摇没敢回话。张根的徒弟小王听外面有动静，忙从作坊里走出，对她点点头说：“师父在作坊里刻桃艺，你请进。”

张根见吴琼来了，虽然他心里不热情，可吴琼还是硬要让他陪她四处晃悠。其实这里的每个角落早都被她搜寻过好几遍，可她仍觉得很有看头。她一会儿对着张根说机器放在这边不顺眼，要摆到那边才合理；又说原料存放点最好摆到侧屋，不然会影响视觉；还说院子里的卫生状况不达标，地面得用水洗干净……张根对她的意见也没表现出不认可，只是谦虚地说会慢慢改进。

两人又走到李桃香的办公室，这儿早已是人去楼空，不过原先所有的摆设、面貌大体都没有改动。吴琼轻轻地坐到电脑桌前的椅子上，就在她将手提包放到桌面上时，她的目光被桌上摆放着的一张照片吸引住，这张照片上的人是李桃香，就是多天前被张根折叠起来扔进抽屉里的那张，今天上午他又鬼使神差地从抽屉里取出，花费好大心思整好重新摆上去的。

“难怪这两天你不回去。有她陪着你，是吗？”吴琼这时把目光从照片又转向张根，张根坐在她边上的沙发上，低头不语。“你把她藏哪去了？”她继续问他。听她问他，他抬起头：“我要怎么回答才让你满意？”

“没关系，我又不是醋坛子。”

张根把两天前在吴东镇见到李桃香卖唱的事对她说了，但他并未提及陈伯水。吴琼发现他在说话时，眼眶里闪过一丝泪光。

两人离开公司后，吴琼一句话也没有讲，她好像突然变成了哑人，路上张根提醒她超速了开慢点，她理都不理。

晚上，两人并肩躺到床上，吴琼终于开口："恨我吗？"

见张根没反应，她又继续说："我知道你恨我，是我破坏了她的幸福。可我和她一样是女人……"吴琼像说独角相声，直到张根把沉默变成了深浅不一的呼吸声，她才转过身去。

早晨，阳光照射着空气中飘着的浮尘，看上去一片晶亮。吴琼照常先把张根送到他公司，临别时，她对张根放下句话："你最好把她的照片做成塑像，看起来更真实。"

这一天张根没刻半颗桃艺，他总是反复念叨李桃香和吴琼这两个女人的名字。感情里孰是孰非，没有人能说清楚，是他伤害了她，还是她伤害了他，或者她伤害了她。张根越来越觉得自己就像被一根粗麻绳一圈一圈牢牢捆严，吴琼捆住他的肉体，李桃香捆住他的精神，自己时刻快要窒息。

晚上吴琼亲手做了几道菜，餐桌上，她打开葡萄酒，把自己和张根的杯子倒满后，就先独自端起杯子抿一口。

张根虽说从昨天到现在受到吴琼的冷言冷语，心里有怨气，但表面上他依旧一副若无其事的样子，现在他端起高脚杯站起身对她说："别多想了，我先干为敬。"

"别太自信，那还要看我怎么想。"

"敬酒无恶意。"

"你让我很没有安全感。"

"我很想再敬你一杯。"他又端起第二杯。

“你对我发誓吧。”

杯子里的酒暗红闪着亮光，张根闻了闻香气，他说道：“我即便发誓，你也会当作儿戏。”

“我要考验你十年。”

“最好一辈子。”

“这话我不爱听，我可没有那么长的耐心。”说着，她举起高脚杯将葡萄酒饮入唇中。然后就走过去从自己的包里取出一个包裹，放到张根的面前，她再转回到自己位子坐下，对他说：“打开看看。”

张根打开包裹，疑惑道：“这是什么意思？”他抬着头问她。

“你去告诉她，这十万元是我给她的精神损失费，也算是我对她的弥补，托你送到她手上。如今，你既然属于我了，我也不忍心亏待她。”

张根摸了摸鼻尖：“这差事虽好，但还是你自己跟她说吧。”

“实话告诉你，这女人有些傲慢，我送她一套房子都被她拒绝了。”

“那是她自找苦吃。”

“如果你也替她清高，那就别说我自私。”说着她伸手就要将钱取回。张根忙把她手挡开：“这话是你自己说的，其实你是世界上最最舍己为人的人。”

“我没这么高尚，我算下账，比舍去一套房子划算得多。”

“不过，那天在吴东镇是碰巧遇到的，再想见到她，恐怕有难度。”

“这就要看你用不用心。”

可是，张根在吴东镇上守候了两天也没见到李桃香。

最终他采取不文雅的手段。他将手指在手机上点滑点滑，屏幕上立即出现挑衅的言辞：李桃香，别以为我不敢惹你。听好，我现在去你家闹事。

果然，不一会儿李桃香回复：那次你已经来过了，只是没进家门。

张根想不到那次自己在白果树下终止登门的行为已被她知道，他又回复：那次只是开始，如果你不见我，我会每天都去，每天都站在白果树下。

李桃香以为张根是在开玩笑，所以她看到信息时仍然不重视。

张根这样说就这样做了，他跟那天一样，穿过桃树林渡过十里河，来到白果树下。他一动不动地站在白果树下朝着她家大门口看，不管李桃香出不出来回应他，他都保持立姿不变。一连这样持续两天，可收获甚微，李桃香只是偶然走出院门窥视他一眼，然后又仿佛与她无关似的返回屋中。在此期间张根发信息让她送杯水来给他，李桃香也不给他情面，她还对他说十里河里有水，他要喝多少都不缺。

“力度还不够。”张根意识到了原因，这下他决定延长守望时间。于是这一次他就背上双肩包，把矿泉水、面包通通塞进去，手上还拎着一个小板凳，以防自己在坚持不住的情况下可以坐下休息。出于长期考虑，他还带上了刻刀、桃艺雏形，这么一来，工作也丝毫不受影响。就这样，他在白果树下一边等待一边搞生产。

一天、两天、三天……一个星期过后，李桃香果然待不住了，张根这行为就像一座山压得她快喘不过气。这些天他就像做长工那样，一点儿也看不出有停止的迹象。

在李桃香准备妥协时，她突然意识到这是张根在激将她。

如果自己过去了，等于事态又回到了原点。这么多天自己都熬过来了，必须再坚持一下。想到这，她又摆出一副与他较劲的姿态："张根，你就是把桃艺公司搬到白果树下，我也只能站门口望着你，我们这辈子就这样你望我、我望你。"

"哪天我把白果树给砍了，站到你家门口，看你还怎么说。"回家后张根对自己发了一通火。

第二天早晨，就在太阳还没有从桃树林里升起，刚放出几条暗红色的线条时，张根又做好了去白果树下的准备。显然，他的耐力比不上前几天，他现在认为即使自己继续等候，结果也不一定能够达到自己所想要的。就在他犹豫去还是不去的时候，徒弟大王从工作坊匆匆来到他面前，对他汇报说原料已用完，五星罐头厂的桃核还没有送到，大家都停工了。

这些天，工人们在工作坊里只顾做自己的事，对张根的事情虽然知道一点儿，但他们闭口不谈。只是近日，张根的行为越发变得怪异，这让他们不得不为他担心，特别是他两个徒弟大王和小王，除了完成所有桃艺任务，还主动为师父分担分外的事情。

就在大王刚把这情况对张根汇报结束，张根手机响了，原来是吴琼给他来电话，说准备运过来的这批桃核由于储存不当，外表长了霉斑，现在让他亲自去过目，如果没问题再发到他公司。张根得知这情况，只好对李桃香那边缓缓，暂时不去白果树下蹲守，先去罐头厂查看一下桃核。

"工人怎么办？"大王请示他。

"五星罐头厂桃核发霉程度还没弄清楚，我现在就得赶过去，大家放假一天。"张根说道。

“好的，我马上安排。”大王说。

张根驾驶着“太子王”离开家门，很快摩托车在桃树林中经过坞龙潭，再下桃林坡，绕过一个小山丘以后就看到五星罐头厂了。

早熟的桃子今天已经上市了，所以张根的摩托车在距离罐头厂大门口有一段距离的时候，就能见到果农们将运送桃子的三轮车排放在大门前。果农们算账精细，他们通常在出门前都会把摘下的桃子经过一番细致挑选，然后分类摆放，将品相好、体型大、味道香的放在一边，这样能卖出更好的价钱；二等品以下的一部分才是市场价。来这里卖果子的果农也都成了他的熟人，大家一见到张根过来，都热情地与他打招呼。

张根将摩托车放到停车棚里，来到下料车间。

“怎么一个人来的，她没陪你？”车间主任是个老阿姨，她并不知道张根现在和吴琼恋爱。因为以往张根都会带上李桃香一起来取料，她都会主动与李桃香说话，张根和李桃香对她也十分尊重，有时张根还会带几颗品相较好的桃艺给她。

张根听她问自己这话，抿紧嘴唇一副冰冷相。

“都快当爸爸了，心情舒畅才对啊。对了，你是不是已经当上爸爸了？生的是女儿还是儿子？”老阿姨讪笑。

边上的两个女工也时不时掺和着说：

“一句话也不说，难道你与她吵架了？”

“要是这样的话，你回去得哄哄她。”

老阿姨和女工这番话，一点儿也没有起到减轻张根心理压力的作用，倒是让他对身边正在生产水蜜桃罐头的机器产生了感想。本来他每次和李桃香在观看机器生产水蜜桃罐头时，都会感觉到机器运作的每个环节就如装上人脑似的神奇，桃子刚摆上去的时候是个整体，一转眼就被机器有条不紊地分成了两半，一半是桃核，另一半是桃肉。从初加工到细密合成，这个制作过程巧妙且具有艺术性，就跟自己制作桃艺那样耐人寻味。可是他现在不觉得耐人寻味了，因为他发现自己和李桃香现在也正如被切开的桃子，想把双方再恢复成同一体，没那么简单。

“你也别多想，回去对她好点。马上你们就要成三口之家了，多好的一家子，谁不羡慕呢。”老阿姨在说这些话的时候，与他一起来到了库房。

“看，就是这批货。”老阿姨从麻袋里捧出几颗有霉点的桃核，张根一看，表示不影响使用，然后就让老阿姨全部拉到电子秤上称重，并告诉老阿姨喊小货车下午送过去。安排好事情以后，张根骑摩托车驶出罐头厂大门。

由于张根这几天在白果树下守望，脑袋里就像蜂巢似的有许多蜂虫在里面舞动。本以为先前去罐头厂，大脑在受到调节后有所好转，可是连他自己也没想到，大脑还是那么乱，而且脑壳中的“蜂巢”已被“蜂虫”扩散开，现在连耳边和眼前也像飞舞着许多蜂虫。特别是老阿姨刚才说的“三口之家”那几个字，从他离开罐头厂的那一刻，就一直在他脑海里震动着，在摩托车行驶途中，他眼前总是出现李桃香正拉着孩子的手，一会儿在桃树下，一会儿在草坪上，一会儿在小溪旁，她还笑盈盈地喊他下车让他为她拍一张。一声声笑、一句句话无不牵着他的神经，这就让他没办法专心驾驶。就在眼前出现小山丘与桃树林交界的那个斜坡时，轰的一响，他连人带车一同失去平衡，摩托车甩出几米远。

边上几个路人用手指头放在他的鼻孔下试探一下情况，感受到他气息通畅。其中一个人弯下腰，对他呼叫：“喂，你醒醒，醒醒！”

张根慢慢睁开眼睛。

“怎样，没大问题吧？”那人问他。

张根用手掌用力一撑，上半身就直立起来了：“谢谢你们，我没事。”

“没事就好，以后骑车注意点。”

就在大家都觉得虚惊一场的时候，忽然张根眼睛一闭，上半身又直直地躺了下去。

“喂！喂！”路人无一不认为他受了内伤。有人拿出手机准备报警，只听张根发出一连串怪笑，身边的人全都惊奇地对他瞪眉眼。突然他又把眼睛一睁，对弯着身子看他的那人说：“你说真怪，刚才这下怎么没把我给撞死？要是把我给撞死才好。”大家听他说这话，惊诧地相互望望。最终大家一致认为他确实没问题，在这种情况下还跟大家搞幽默，显然不会有受内伤的可能，只是弄出点皮外伤。“我们走。”于是有一个人说，大家也就全这样做了。

张根的确没有受到大伤害，只是在两条胳膊上留下小块血痕，一点儿也不影响他正常行动。可是他并不想很快站起来，他正在惬意地观望蓝天白云，白云在他脸的上端不停地变化，他遐想着自己坐在白云上，又觉得自己已经化作了白云。

忽然他隐约感觉到近处传来刹车声，原来是旅游区交警大队赶来两个人，他们不知听谁说的，在桃林坡上躺着一个伤者，甚至还有人说好像被撞死了。

两个人走到张根身旁蹲下，拍拍他的面颊，捏捏他的眼皮，见他是个活人，其中一人就问他：“要叫救护车吗？要不坐我们的车也行。”

“不用不用，我想歇一会儿。”张根说。

“你叫什么名字，住哪儿，是否要通知家人？”他们问他。

这句简单的问候，瞬间提醒了张根，本来他欲站起身走人，现在他忽然想到利用这个机会吓唬一下李桃香，这样比去白果树下逼她效果更好。想到这他立刻假装呻吟两声，而且身体显得很难支撑起来。他对他们说：“我叫张根，住桃源村桃树林附近，距离十里河畔不远，现在我的头有点儿晕，请你们通知我妻子过来带我回家。”

“你妻子是谁？电话号码多少？”

“她叫李桃香……”接着张根又把她的电话号码告诉了他们。

他们很快拨通了李桃香的电话，在说明了张根骑摩托车摔伤腿的情况后，便让李桃香过来协助。

李桃香刚开始听这话，还以为自己听觉出了问题。为了弄清楚情况，她又与他们核实一遍，同时也确定了对方是桃源村旅游区交警大队的人，这还不算，又让那人把手机给张根与她亲自对接，从张根的语气中听出，他呼吸都不通畅了。她的情绪一下子控制不住了，刚接完电话就全身冒冷汗，摇摇晃晃地蹲了下去。此刻，她与他较劲的念头消散了，虽然目前她想要与他脱离关系，然而张根在她心中的地位与以往相比，丝毫没有改变，反而她觉得自己更心疼他。她恨不得马上变成一只鸟，飞到他身边。

现在她只能按照刚才与交警大队的人约定好的去做，他们让她迅速到十里河岸边，有人在那等候她。她趁陈伯水还在房里休息，便急匆匆走进厨房取两个馒头，准备点儿蔬菜和一壶开水放到桌上。她担心时间紧张中午赶不回来，这样陈伯水也不至于挨饿。

李桃香登上船，她渡过十里河到达河西岸，交警大队那人如约等候在岸边，她坐上他们的车子，不一会儿就到了桃林斜坡。

李桃香果然看到张根的摩托车倒在一旁，张根躺在地上正被另一个交警人员守护着。她什么也没多想，捂着肚子踉跄地跑到他身旁："阿根，阿根！"她只喊了两声名字还没说别的话就忍不住要哭。张根睁开眼睛，用两只手紧紧地包裹住她的手，淡淡地对她笑："桃香，你别哭。我只是头晕，腿有点儿不大好使。"

听张根说这话，李桃香抹了下眼角。"别怕，我叫救护车送你上医院！"她这么说着就忙掏出手机，张根忙按住她手背，"桃香，你别紧张，谁没被摔过跌过，不分轻重就往医院去，我怕没毛病也会被整出毛病来。"

"你说得倒轻松。"

"回家先观察一两天，有必要时再看医生。"

"不行，我放心不下，还是去医院。"李桃香抬着一只手托着他的头，另一只手放在他的胸膛上轻轻抚按。

"她说得有道理，千万不要硬撑。"交警说。

"谢谢！让你们操心了，不过还要再麻烦你们送我们回家。"张根对两名交警说。

张根一瘸一拐地被扶上交警队的车子，李桃香坐在张根原来那辆摩托车上，大家一起离开了桃林坡。两名交警把他们俩送回桃艺公司以后就离开了。

这段时间以来，李桃香没再走进张根家院子。熟悉的门厅摆设，从工作坊里飘出桃核的香气，就连院子角落里堆积的杂物都让她产生亲切感。她搀扶张根坐在卧室的床上，转身去卫生间端来一盆温水，帮他从头到脚擦洗干净，再去衣柜里拿件干净衣服为他换上。她摸摸他的额头，又摸摸他的胸口，问他这疼不疼那痛不痛，张根也配合她一会儿皱皱眉，一会儿点点头，还说现在腿痛得很，喘气也困难了。

“谁叫你看路不仔细，还说自己是老司机。”她把手轻轻地放在他的腿上按压。听起来言语中虽有批评他的意思，其实她内心一直在埋怨自己，从她一开始接到交警电话的那一刻，她认为张根今天发生这事情不能说与她无关，要不是与他冷战，今天兴许就不会发生这样的悲剧。

生活中许多事情是无法说清的，往往一句话、一个动作、一样东西都会变换时机。李桃香不停地怨这怨那，忽然她把手从张根腿上缩回来，想起一开始自己与张根说的那句称自己是克夫命，这会不会是巧合？不然陈伯水怎么会截肢，张根今天也碰伤了腿？“快！我得马上送你去医院，不能错过最佳治疗时间，你不能没有腿，宁可我没有，也不能让你没有。”她转过身坚定地对张根说，“我要叫救护车，现在就叫！”

“慢着！”张根制止她，他跳下床，“桃源村路道拐弯抹角的，救护车也比不上我两腿跑得快。”说着他就双脚一踮，从卧室奔到了客厅，两手还对左右腿拍打着，“你看，有问题吗？”

李桃香见他这样，满脸惊讶：“原来你是装的！你在骗我！”

“不这样，怎能见到你啊。”张根笑了。

一时间，她冷静不下来，抬起两只拳头对着张根的肩膀敲打不停，敲打时还不停地嚷道：“坏蛋！坏蛋！”

“打吧，打狠点才好。”张根把眼睛闭上，感受着李桃香拳头的快意。

“我不打你了，你不痛我手还痛呢。你骗我反倒是件好事，总比真的摔伤进医院好。”她身子一转，头也不回地走了。

张根冲到她面前，伸出一只胳膊拦住了她。“花那么大劲把你请来，说走就走呀！”

“你想说什么我全知道。”她绕到张根左边，张根也站到左边；她又绕到张根右边，张根也站到右边。见她这样固执，张根就把脚使劲往地上一跺，甩着手臂冲着她吼起来：“李桃香，你太过分了，我只是想找你说几句话，又没活吞了你！”

李桃香见张根忽然变得没他原来温柔，就一下被镇住，她站在那儿抬起头盯着蓝天看，虽然天上没什么东西可看的，而她却故意装着有什么东西正吸引着她。

“你听好，虽然你与我分开了，可你不能不善待腹中的孩子。孩子是你我共同的骨肉，作为一个父亲，我有义务考虑和计划他的未来，也很有必要提醒你做一个能照顾好自己孩子的母亲。不久后你将要生育他，再抚养他、教育他。当然，现实总不会如想象那么美好，如果在孩子出生后，你没有能力给他生活保障的话，最好把他交给我抚养，我会提供给他最好的营养，让他念最好的学校。我保证将来他随时都能过去见你，你也随时方便过来看他，他永远是你的孩子，你永远是他的母亲。”

“别说了！”李桃香立刻捂上耳朵，摇着头变得很烦躁。

“刚才说的话不好听，再跟你说好听的。”他贴近她轻轻抓起她一只手，“记着，以后你不在我身边，如果手里紧缺就跟我说一声，我会立刻转账给你。千万别再挺着大肚子去吴东镇卖唱。再让我看到，那你真还不如让我去死啊。”

这一刻李桃香既感到惊诧又感到羞耻。“那又怎样？卖唱不抢不偷的，谁能拿我怎样？”她实在无法容忍自己的难堪被张根戳穿，自己怎么也不相信在吴东镇上卖唱会被他碰上。她的脸色一下子由原来的红色变得跟纸一样光白，突然她冲到院子大门前拉开铁栏杆门，可是就在她一只脚跨到门外的时候，她又改变了要奔走的念头。她背过身子小声地抽泣着，两只手牢牢抓紧铁栏杆门框，她不再说话，只是把眼睛睁大，眼眶里含着泪水不让它掉在地上。

“桃香，我真的离不开你和孩子。你不知道离开你的这段日子，我都快要疯了。”他慢慢地走到她身边抬起胳膊肘将她搂住。

“我与孩子离开你……难道……我就不会疯吗？”她哽咽一声又说：“为了不忍心你受折磨，为了让你放弃我，我狠心对你说谎，说自己只爱陈伯水一人并不爱你。阿根，你知道让一个最爱自己的人反过来恨自己，这有多么痛苦啊！”她抬起一双泪眼。

张根的大脑突然像被雷击，顿时地也转了。“原来你是故意的！你知道吗？这条短信让你我的命运瞬间改变。”他睁圆眼睛盯着她，接着他把自己接受吴琼的事情告诉了她。

“我早知道了。她给我发了信息。”

“桃香，和我回房间，我们坐下慢慢说。”

她点点头，抬起手挽住他的胳膊，张根扶着她走回客厅。

两人面对面坐到沙发上，各自深吸一口气。这次李桃香不像以前那样遮掩心里的想法，现在她把自己不离开陈伯水的理由全告诉张根，详细地把自己与陈伯水的身世以及二人曾经的际遇对他讲了。

“还有这样的事，你不会又在对我撒谎？”两个遭受同样苦难的人被牵连在一起相依为命，张根觉得光是凭想象都想不出。

“这下你知道我为什么不能丢下他了吧？”

“现在知道也没意义了。桃香，你能答应我两件事吗？”

“除了我不能和你结婚。”

“事到如今，只能这样安排了，”张根摸了摸她的额头，“第一件，从今日起你还和以往一样，陪在我身边负责公司原有事务，收入和以前一样，让我随时能够照顾到你。等孩子出生后，你再回十里河。行吗？”

“这样做，她会怎么看？”

“放心，她……她也是这么说的。”

“啊，吴姐，我该怎么谢你！”她激动得嘴角扬起，脸也变得红润。

“第二件，我现在转账五万元给你，用于你与陈哥目前的生活开支，孩子生下以后，一切抚养费由我承担。”张根立即拿出手机，当面向她完成了转账，她如数收下。

“阿根，你这么为我操心，我懂。”她紧握他的手，那双乌亮亮的大眼睛把张根的身影映在里面。她痴痴地看他一会儿后，就将脸庞伏在他手背上，渐渐睡着了。

夕阳的光芒给晚秋带来一丝温和。自从李桃香中午离家后，陈伯水坐在轮椅上一直不停地对着村口瞭望，一根根橙色的光线照着陈伯水的眼睛，此时李桃香正缓缓地向他走近。

“他近况怎样？”陈伯水耸耸肩微笑着问她。

“谁？”李桃香装作没听懂。

“我早对你说过他人不坏，与他合作是我们最佳的选择。”陈伯水依旧挂着笑意，伸过手去拉她。李桃香也顺势接过他的手，“走，我们回家去。”她又把双手从陈伯水手中抽出，推着轮椅向前。

由于桃艺市场行情火爆，最近在桃源村也引起了个别工艺品雕艺厂的注意。在五星罐头厂吴琼的办公室里，手串厂的牛厂长正坐在吴琼对面，他正向吴琼说明自己的想法，希望她能把她手上那批优质的桃核分一半给他们，让他们也做桃艺。

"牛坚，"牛厂长比吴琼小几岁，所以平时她都叫他名字。她接着说道，"这想法倒是不错，但并不适合你。即便你们把桃艺做出来，质量你能比得过张根吗，做事情要抓住自己的强项啊。"

"吴姐，没那么悬乎，其实就是把雕刻手串的技术转到雕刻桃艺上而已。张根也是从无名做成有名的，目前虽不能与他媲美，但拿来补充市场的需求是完全可以的。"牛厂长显得信心十足。

"我看还是各得其所为好。我这里优质的桃核留着给张根做桃艺，中小型普通桃核留给你们做手串，这既保住了桃艺公司，也保住了你们手串厂。"

见吴琼态度恳切，牛坚只好先把这事放放再说。"吴姐，这是我给你带的新茶，你尝尝。"牛坚见办公室丽丽不在，忙将包好的五千元放进她抽屉里。

"谢谢。"吴琼习惯地应一声，这样的往来在他们之间早就成了常态。

送走牛厂长后，吴琼刚走回办公室坐下，她就拨通了张根的电话，告诉他晚上有一场宴会，地点放在得月楼，并让他晚上六点直接打车过去。

吴琼放下手机站起身，两个手臂微微向上伸几下舒展舒展。她松了口气，一天的工作下来，疲劳终于得到了缓解，特别是她时刻想到自己赠予李桃香那十万元，心中不但不觉得吝惜，还觉得自己捡了大便宜。“想不到张根在她心中身价才值十万元，真廉价。”她脱口而出。这时丽丽从门外走了进来，将报表递到她手上，“吴主管，请你过目。”

张根的心情和吴琼一样，也放松了许多，他庆幸今天能把李桃香骗到公司和她敞开心扉，让她重新回到了自己身边，虽然是暂时的。不过吴琼那边是否能与自己的想法一致，还得动点心思。

吴琼一行七八个人来到得月楼。席间，吴琼并没有暴露她与张根的恋爱关系，还是以原来的业务往来性质做介绍。一开始张根和他们都不大熟悉，两杯酒过后，大家就不拘谨了，大家为结识一位当今有名的雕艺大师感到荣幸，个个对他表示夸赞。一行人聚在一起并没有大事商谈，除了喝酒吃菜，全都是随意说些与自己无关的事，一会儿谈什么难民潮，一会儿又说到哪国冲突。吴琼经常与朋友这样互动，张根与这些人在一起不大习惯，但也还能应付得过去。

他们两人今晚饮酒都有所保留，所以二人打车回家后，意识没有一点儿含糊。吴琼先给张根泡一杯绿茶，然后自己煮了一杯咖啡。

“见上她了吗？”吴琼端着咖啡往张根面前一坐，问他。

张根将手上的水杯轻轻地放到茶几上：“这几天我差点放弃她。”

“看来我心意转到了。”

“是的。”

“她没怨我吧？”

张根没说话，他转过身抓过自己的挎肩包，不紧不慢地从包里取出原先包着的那十万元包裹，往她面前一推。

“她没拿？为什么？”吴琼眼里闪着不理解。

“没办法，她就这么傻。说了你也不信。”

“没关系，说吧。”她放下手上的咖啡。

“她说她不收你的钱，只求你答应她一件事。”

“看来事情不小呀，十万元也抵不上？”

“为了孩子健康，她要留在我身边，等孩子出生以后，她将孩子交给我，自己再离开这里。”

“过分，她简直太过分了！”吴琼脸气得煞白，不耐烦地站起身。

“你先冷静下，其实这对你没什么不好。估计最多两个月不到，孩子就会出生，到那时她不仅走人，还为你省下这钱。”

听这话，吴琼又慢慢地坐了下来：“这女人……不过，你得让她写一份保证书给我，如果到那时候她反悔，那就别怪我翻脸。”

隔一天以后，张根果然把李桃香的保证书交到吴琼的手上，实际上这不是李桃香的亲笔而是张根代笔。可是，事态走向并不符合人意，他们三人这样的合作还没撑过几天，吴琼就发飙了。由于她每天晚上驾车来接张根回家时，都能看到李桃香与张根头靠头私语着什么，这让她的情绪总是受到干扰。后来渐渐地她担心如果等到孩子生下来，那时孩子成了这公司的小主人，自己的地位必将受到威胁。

“我受不了了。”回家后，她怒叱张根。

“工作总免不了近距离接触，是你想歪了。”固然张根对她解释，可吴琼仍然大发脾气：“张根，我永远都不允许你在我眼皮子底下乱搞！你的身边只能有我一个，懂吗，你懂吗？”她一边向他逼近，一边拍着胸脯喘粗气，“明天你不把她赶走，我就赶走你。”这么嚷嚷时，她就把张根交给她的那份保证书撕成碎片掷在他脸上。

这一回，张根感觉自己没了退路。回到公司后，他看到李桃香靠在办公椅上，便走上前问她：“桃香，这些天你适应吗？”

“挺好。”她点点头又接着说，“真没想到吴姐会对我这么大度，热心帮助我渡难关，有这样的吴姐，我放一百个心。阿根，等孩子生下以后，我把孩子交给你抚养，我相信她定会是一位善良的继母，将来无论我走到哪儿我都会感激她。你看，这些天她总是来公司看望我们，总是笑盈盈，我一见到她，都有点儿不好意思了，真不知怎样待她才好。”

“哼，只怕她不像你想象的这样。”他坐到沙发上。

“怎么能这样说，没有她提供给你桃核，能有你今天吗？”她给张根倒一杯水端到他面前，张根接下水杯喝一口润润喉咙，仰起脸长长感叹一声：“唉，桃核、桃核、我恨桃核，为什么桃艺会出自桃核？”

吴琼还没下班就驾车来到桃艺公司，她是来监查一下昨天她对张根的规定今天是否兑现。李桃香见她走进自己办公室，就显得极不自然，她立即从电脑前站起身给她让座，再奔过去倒杯水放到她面前桌子上：“吴姐，水刚烧的，有点烫。”

吴琼冷冷地瞥了她一眼，没理她。

李桃香觉得可能自己的话表达得不够准确，就想再把话说得好听点。

“吴姐辛苦，感谢你对桃艺公司的关心。”她说着又伸出双手亲自把那杯水端到她手上。

吴琼听她说这话，顿时觉得这儿好像不属于自己，自己是宾客被李桃香接待了，李桃香倒变成这儿的主人了。她就晃悠悠地站起身，对李桃香怪笑一声说：“你感谢谁呀，你别搞错，这是我家，我的！”她抬起手拍一拍自己的胸脯。

“没错，是你家，你的你的。”李桃香一边干巴巴笑着一边对她点头。

“我看你这笑相怪怪的，怎么了，不服气？”吴琼的眼珠子对着李桃香转一圈。

“我没有不服气呀，客气都来不及呢！”李桃香对她摇头、摆手。

“我怎么越看你说话的样子越不对味？今天你究竟什么意思？”

吴琼从李桃香说话的神情上判断，她毫不怀疑李桃香已经在谋划怎样占有这桃艺公司了。不过她立即改变想法，把自己的情绪先压着，她觉得冲着这个女人撒气没道理，一切等回去与张根理论。她把目光从李桃香身上移开，就走出了办公室。她抬起手对张根招一招：“你，过来。”

张根担心吴琼在这儿生出事端来，他就小声告诉李桃香，说自己与吴琼有事，现在他俩要一起去五星罐头厂，让她先照看好这儿的工作。

吴琼见他和李桃香身体贴在一起说话，气恼得恨不得冲上去踹开他们。而张根此时已嗅到了空气里飘荡的恶意，他立即拉住吴琼的胳膊，两人肩擦着肩一晃一晃走出院门。

李桃香站在门内，看着曾经与自己并肩的爱人，在眼前忽然与别人肩并肩了，她的心情也同样不好受，她也恨不得冲过去将张根拽回来。

张根急忙钻进吴琼车内，两人离开了桃艺公司。这会儿吴琼并没有把他带回翠叠庄园，而是把车子驶到附近不远处一片草坪上。边上有桃树、山坡、小溪，傍晚的太阳照映着桃源村，使它们泛着低饱和度的暖光。

“说吧，她究竟是去还是留？”吴琼眼睛里泛着冷气，她把两手臂交叉着放在胸前，后背靠在车身上。

张根蹲在地上，一言不发地看着小溪里的流水，半个小时过去了，他一直保持沉默的姿态。

“你说话啊，哑巴啦，变尿啦！”吴琼叫嚷。

突然，张根将手上的那颗鹅卵石狠狠地往地上一砸，他一下子站了起来，转过身对着吴琼大吼：“够了，我真的受够了！告诉你吧，她不是她，她是桃艺，桃艺就是她，我离不开桃艺，我这一辈子也离不开。滚吧，你滚得越远越好……”他变得跟疯子一样，不停地摇身甩胳膊，一步一步向她逼近。

“果然，我想得没错，原来你们在合谋耍我。”吴琼盯着他的脸，嘴唇不住地颤抖，她的声音很小，小到只有她自己能听到。眼看张根要闯到她面前，她迅速移开脚跟绕到车后面，她抬手捂住耳朵不想听他再说一个字。可是张根仍然不收敛自己，他又紧随她追到车后，吴琼被他逼得没有办法就冲到车子前面，猛地拉开车门钻了进去关上车门，这样她就没有不安全的感觉了，张根摇晃不定的身影只能像放电影那样，显示在后视镜里。

吴琼坐在驾驶位上盯着后视镜看看，她的脸变得灰白，她吸了口气，脚慢慢地踩到油门上，车子围着张根转了半圈以后又停下来。她不甘心就这样离去，她打开玻璃窗，头从车窗里伸出对着张根喊道：“去吧，爱你的桃艺去吧！”说完这话，她的脚尖用力对着油门踩下，车子快速远去。

“我自由了！从现在开始我自由了！”张根对着远去的车

子喊。

在爱情中受伤的人，大多会产生怨恨心理，无论是封闭自己的内心还是把痛苦施加在对方身上。吴琼离开张根回到家里后，就被气得心血不畅通，总感到胸闷。“张根，”她躺在病床上把一只手按在胸前，“我不治你，我誓不叫吴——琼。”

那次手串厂厂长牛坚向吴琼要求生产桃艺的想法被拒绝后，多天来他一直没死心。这天上午，他又来到吴琼办公室，接待他的是丽丽，丽丽告诉他吴主管请了病假，住在镇人民医院。

牛坚一听，倒觉得这是一个不错的机会，就立即赶往镇人民医院。经过打听，在二楼一间疗养室里他见到了她，只见她后背靠在床靠垫上，整个人呈半躺状态，左手上正挂着一瓶吊水。

“呀，一个人在这静养啊。”牛坚把手上提着的大包小包礼品，放到床头柜上。

“你怎么来了？”吴琼打起精神对他说。

“凭感觉。”他说着就坐到床边的凳子上。

“你真会说。”她脸上向他露出一丝笑意。

“好些了吗？”

“病毒性感冒，没大碍，下午就出院了。”

“那就好，那就好。”牛坚拿过她的茶杯，换上新水递到她手上。

“原料用完了吗？”吴琼对水杯抿一口问他。

“手串能有多大作为，我还是想跟你谈谈那个。”

“你还想着桃艺？”

“什么事都瞒不过你。”他坐回凳子上。

“我上次不是跟你说过了吗，我是担心你们不具备做桃艺的实力。”

“这我能理解。”牛坚说着就从包里取出两颗桃艺，“你看，一个是张根刻的，一个是我们厂里刻的，你能看出有不同的地方吗？”

吴琼立即放下水杯，接过他手上的两颗桃艺，左右手各捏一个，仔细看看果然不分彼此。

一个上午的时间，牛坚陪在她身边忽站忽坐，时而问她冷不冷热不热，这让吴琼的心情有了好转，张根给她带来的那些伤痛，渐渐地被牛坚的温柔所替代，等到下午，牛坚又亲自驾车将她送回翠叠庄园。牛坚和张根一样，对吴琼的别墅并不陌生，每逢节日他都会赶来拜访。所以，他在客厅里一点儿也不感到拘束，还主动帮她倒一杯茶水。两人坐下后，牛坚又从包里取出一沓现金往茶几上一放，说：“桃艺上市后，算你干股份。”

“你看你，又让我违纪了吧！”她笑着瞟他一眼。

“这不叫违纪，是‘为己’。”他也笑着瞟她一眼。

“看你事业心这么强，从今天起，那批优质的桃核就全归你了。”

牛坚离开后，吴琼想到牛坚马上就要做桃艺，自己不仅从中得到一份收入，也正好利用这个机会来“教育”一下张根，于是心病忽然好了一半：“你去爱她吧，我让你爱个够。”一连两天她总是这样说泄愤话。

上午，就在张根刚坐到工作台前准备雕刻时，村委会陈助理来了，在他身旁还紧随着两个高个子，一男一女。张根立即放下手上的剔刀，把他们迎进客厅。经过陈助理介绍后，这两个人还是贵宾，是县里办中外文化艺术品交流会请来的外国人，他们居然也对桃艺兴趣不小，是特意赶过来向张根淘宝的。

“这就是我们桃源村著名的桃艺雕刻大师，张总。”陈助理微笑着将张根的身份对他俩进行介绍，两人一听，立即合起双手，像寺院里和尚念佛经那样对张根行个合手礼，张根给他们每人泡了一杯绿茶，大家品着茶就开始说桃艺了。

按照镇政府的要求，张根针对这次中外地方文化交流内容，制刻三十颗精品桃艺，明天用于交流会上展出；再刻十颗和平鸽赠予外国友人，主题是弘扬桃源村的传统文化，也象征着世界人民都向往和平与友好。

任务紧迫。张根让陈助理先陪他们二人坐一会儿，他立即去工作坊挑选三十颗刻好的桃艺，并亲自操刀刻出十颗造型不同的和平鸽一并交给陈助理和两个外国人。

陈助理和那两人刚走，工人们满脸堆笑，讲话的嗓音都比平时高不少，有说桃艺越来越有名，都流传到国外去了；有说以前这里看不到外国人，自从桃源村变成旅游区，差点把外星人都引来……

就在大家讨论时，张根的手机响了，原来是带货司机从五星罐头厂给张根打来电话，告诉他五星罐头厂的人不让运出这批桃核。

挂下电话，张根连毛孔都在充血，呆立着半天嘴唇才动一下：“终于下手了。”闷哼一声后他就匆匆走进李桃香办公室，她见他满脸冷灰灰的样子，忙问他：“阿根，怎么了？”

他身子一歪瘫倒在沙发上，额头上沁出一丝细汗。“桃香，该来的终于来了，吴琼将桃核断供了。”

“因为我？”她问他。

“你别急，我先过去一趟。”张根对李桃香说一声，就从沙发上弹起，大步跨到院子里，骑上摩托车奔向五星罐头厂。

就在张根走进吴琼办公室时，吴琼坐在办公桌前一条腿叠放在另一条腿上，手指间夹着一支烟。她从未抽过烟，可是抽烟的姿态却十分熟练，见到张根，还故意仰起脸，嘴巴对着他吹出一缕白烟。

丽丽见张根坐到吴琼对面，给他泡了一杯茶水："张总请，尝尝今年的新茶。"丽丽对他说。

没有望丽丽，他的目光盯着吴琼："这不是你的风度。"

她又把跷腿姿势变换一下，烟换到另一只手上："这风度好吧。"

"不能改变吗？"他问。

"万物都在改变，有快有慢。"

"直接点，桃核给还是不给？"

"我又不是你的员工，非得处处听你的？"她抖动指头弹一下烟灰，接着说，"请问你是否还有别的事？"吴琼说着站起身，将手上的半支烟丢进烟灰缸，背过身去。

张根知道她这是在下逐客令，他不再多言。

回公司后，他一脸土灰色，还没等李桃香开口问，他就对她摇头再跟僵尸那样直挺挺地倒在沙发上，半天才发出声音："这些年来，我尊重她哄着她，桃核还是没能保住。"

李桃香挨着他身边坐下："那天你跟我说是她同意我到你这儿来的，我就担心你说的不切实际，问题肯定出在这，我还是现在就离开吧。"她说着就站起身。

张根见李桃香要走，撑住胳膊从沙发上坐起来拽住她："让我好好想想。"

李桃香听他说这话，就坐到他对面。张根心里明白，吴琼这样做完全是针对他。他转到沙发背后，把手机从口袋里掏出来，想了想又对李桃香说："实在不行，你就在家回避几天，我们暗地联系。"

"嗯，那你现在就给她打电话。"

张根拨通了吴琼的电话，一会儿说自己做得不周全，一会儿说从今往后全听她的，让李桃香现在就离开公司。可是电话那头传来的是讥笑：

"你们当我蠢吗？你以为你是谁。去爱你的桃艺吧！"吴琼挂断电话。

张根右手握紧手机摇摆几下，他对李桃香说："桃香，不是我不想委曲求全，关键是这人性子太傲，把她当朋友相处可以，真让我娶她，早晚我会被她折磨疯。"

李桃香不知说什么好，她转身走进自己的办公室，提起自己的行李箱。

"真要走？"张根走到她跟前。

"是的，阿根。往后我不在你身边，你脾气要改一改，世上没有完美的人，吴琼有她的缺点，也有她的优点，凡事你不要过分与她较真。"她抬起手抹一下眼角上的泪水，说完就提起行李箱往外走。

"你以为现在走局面就能改变了吗？"他说着反而不拦她了，"其实走与不走已经是一回事了，你现在就是走得无影无踪她也不会相信。"果然，李桃香还没走几步又停下脚步，她眉头皱紧呆呆地站在院子里。张根继续说："我看倒不如你还留在我身边，和我共同计划下一步该怎么办。"

李桃香考虑片刻，她觉得张根说得也没错，等到吴琼哪天回心转意自己再走也不迟。

第六章

说桃核

手串厂生产的桃艺没多久街市上就随处可见。由于手串厂的生产模式基本全靠机器完成，桃艺的外观根本无法用神形兼备、品质优良等词来评价它，简直是糟糕透顶。说是桃艺，还不如说是烧红的煤渣子疙瘩，看上去叫人恶心。其实那天牛坚在医院给吴琼看的那两颗桃艺样品，是他在市面上购买的由张根雕刻的成品，两个全出自张根一人之手。现在他们的每颗桃艺价格低廉得连一棵青菜也比不上。最致命的伤害是，张根的桃艺公司失去了原料来源，现在被迫停产。虽然在此期间张根又与吴琼联系过一回，吴琼的回答还是那几句话。

客厅里，李桃香站也不是坐也不是："当初村主任硬让我们把公司挂村里名义，出了这么大的事，他们不能不管。"

张根看着她，明白了她话的意思，他将萎缩成一团的身子从沙发上翻转一下，忽地弹跳起来："我去试试。"

张根骑着摩托车来到村委办公室。主任见张根心急火燎的样子，感到这事情严重，他立即给吴琼打电话，可对方手机一直无人接听，他只好喊来陈助理拿方案。陈助理按照村主任指示，亲自奔赴五星罐头厂。

接待陈助理的不是吴琼，是办事员丽丽。丽丽告诉陈助理，说吴主管昨天出差了，过几天才能回来。听丽丽说这话，陈助理连坐也没有坐，于是他就对丽丽说："好吧，等她回来你让她给村委会打个电话。”丽丽说：“好的好的，陈助理你再坐会儿吗？陈助理你喝水吗？”“不用不用，我走了，再见。”陈助理说完走出办公室，骑上电动车离开了。

“以后只要是他们村委会来人或来电话，全都不见。”吴琼听丽丽说陈助理走了后，便从外面走进了办公室，她若无其事地坐到软椅上，一贯严格得任谁都很难猜透的那副面态，这会儿却是添了一抹玩味。

“吴主管，你真以为我走了吗？”谁也没想到，陈助理忽然出现在她办公室门前。原来刚才陈助理并未走远，他一直躲在暗处，如一个不正经的小偷，闭上一只眼，再睁着一只眼对着吴琼办公室门前窥视。

吴琼笑起来，对他招一下手：“小陈，我服你了，你请进。”

在吴琼的办公室，陈助理话语直奔主题，他告诉吴琼自己是代表村主任过来的，希望罐头厂把那点优质水蜜桃桃核有偿留给桃源村桃艺公司，那毕竟是村里竖起来的一面文化旗帜。实在不行，就将罐头厂提供的桃核作为在桃源村桃艺公司的股份投入，让桃艺公司独家经营。这样既保护了市场，又给地方文化产业发展留了生存空间……

吴琼对他这番话思索片刻，高挑的眉毛低垂下来，立刻做出一副亲和模样告诉陈助理，说村委会的美意她很感谢，不过他们五星罐头厂有这么大的生产规模，是不会贪图桃艺公司分那点股份钱。还说手串厂也是桃源村的私营企业，都在扶持范围之内。至于各家生产什么她管不着，五星罐头厂愿意把桃核卖给谁那是他们的权利，只要对双方有利就行。

“吴主管你说得没错，关键是桃艺公司已经停业了。”

“竞争本就像大浪淘沙那样，冲走的是沙子，留存的是金子，这是市场规律，谁也不该怨谁。”吴琼的眼里闪着一丝畅快。

听她这口气，陈助理预感到五星罐头厂的工作不好做。陈助理初次谈判碰了钉子，在吴琼办公室，他喝完两杯茶水，也没谈出眉目，一时双方处于僵局。

“现在桃艺在市场上交易火爆，谁能不眼红？这样大好的商机谁错过，不就跟犯罪一样啦。”丽丽也在边上唱高调刺激他。

“你烦不烦。”陈助理把眼神从吴琼脸上转移到她脸上。

“我看你才烦，假装走了又回来。”

“那是被你骗的。”

“难道你就没骗人？你才是骗子，你是大骗子。”

“我吵不过你，我是大骗子，你是小骗子行了吧。”陈助理对她皱皱鼻子转身走了。回村委会办公室后，陈助理与村主任也只能对吴琼表示无奈。

张根的处境又回到了原点。

“这些年我太了解五星罐头厂了，从厂长到各部门主任都是有实力的人。如果真想阻止吴琼把桃核提供给手串厂，那可不是一般人物能说上话的。”张根倒了一杯牛奶端给李桃香。

“实在不行，让村主任去镇上找王镇长出面试试。”

“主任也找过他了，王镇长说他没有权利强硬取消人家的交易权。只有靠我们双方自行商讨，协作经营。”他坐到她身旁。李桃香眨巴眨巴眼睛没再说话，她知道王镇长这话说得没错，大家都是桃源村的经济实体，他没理由区别对待。

在吴琼的办公室里，她正在给牛坚打电话，约牛坚去五星罐头厂边上的十里香茶楼见面。她挂断后，攥紧拳头直到手心被指甲抠得生疼。她对张根的恨意一点儿也没消除，心里只有一个目的，只有搞垮他让他尝尽苦头，他才会真正回头。

两人来到茶楼后，进入小包间。

“进度正常吧？”吴琼问他。

“只是师傅们手法生疏，技艺还需提高。”牛坚端起茶杯对吴琼说。

“我这边也遇点儿小阻力。桃源村村委找上门了，不过问题都让我解决了。”她对着手上的茶杯轻轻吹一口又说，“虽然我把源头控制住，我担心你这边工艺跟不上。”

“想不到这里面会有那么多讲究。”牛坚说。

吴琼担心如果牛坚桃艺做不下去，势必会影响她的计划，她想了想就对牛坚说：“上次你不是跟我说过吗，张根手下的那两个姓王的徒弟现在正闲着，你不是要把他俩挖过来吗？”

牛坚听这话感到莫名其妙，他并未与她说过这事，连想都没想过。他将眉眼竖了半天，忽然心里一亮明白了，原来她是在暗示他，她自己不愿落罪名。于是他立即装出恍然大悟的样子：“对对，我怎么差点把这事忘了，我马上就去办。这样不仅断了张根的原料，也断了他的人力后路。”

吴琼将手上的茶杯举到眼前，观察一下杯子里张开的叶芽：“最好别让人察觉。”

村委会议室里，村主任和陈助理正在召开关于下一届果农桃园承包听证会。为了提高果农们对果园的培植信心，村主任向大家提出废除以往“三年一动”的承包政策，将三年改为五年，这宛如给大家打了强心剂。

会后，主任又问陈助理：“陈老果态度怎么样了？”

“叫他头脑一下转过弯还有点儿难。”陈助理说着把听证会记录放到主任手上，主任翻一下放回抽屉里，又接着说：“小陈，陈老果是我们桃源村承包桃园的元老，上一届村委在对他的问题处理上虽然没有过失，但我们不能走老套路。你去通知他，从今天起恢复他的承包权。”

“太好了，我下午就去通知他，我想他一定会感激得流泪。”陈助理忙坐到自己办公桌子前，在电脑上调出陈老果以往的承包档案。

“对了，这段时间我忙于果农工作，桃艺公司的事情都疏忽了，张根那边情况怎么样？”

陈助理摇摇头，他告诉主任，目前很不乐观，仍处于停产状态，不过也有好的一面。说自从张根停产以后，市场上先前从桃艺公司批发出去还在流通的那一小部分桃艺，在这段时间里价格竟然不断飙升，人们的购买热情有增无减。

“哎，可惜。我们该说的都与吴主管说了。”

“难道我们就眼睁睁地看着桃艺公司倒闭？当初是我们硬把张根桃艺公司的名字改成我们村的名字，我们如果坐视不管，张根会怎么看待我们？”陈助理又提醒主任。

“这女人有点儿不好说话，我们再想想。”主任说。

这会在手串厂厂长办公室内，牛坚正接待着两位客人，他们正是张根的两个徒弟，大王和小王。此时，大王和小王坐在牛坚对面。

“我给你们开的条件，都觉得合适吗？”牛坚问大王和小王。

“牛厂长你太客气，只是担心给师父知道了，会让他觉得我们不讲信义。”大王看不出表情，坐在他边上的小王也随着他的意思把头点几下。

牛坚见他们两人有所顾虑，从烟盒里抽出支烟点燃吸一口，噘着嘴让烟子细细地冒出：“这事不怪你们，你师父张根只会恨我，是我对不起他，断了他的桃核路。我也认识他几年了，给我留下的印象不单是作为一个雕艺家让我佩服，另外他为人处世也不错。可是人要想让自己生活得有品质，就不能更多地去考虑别人。再说你们又不是他家的编制人员，这有什么对不起他的？反过来想，现在他不考虑你俩的处境，该是他对不起你们。”

经过牛坚对他俩反复洗脑，大王和小王有点动摇了。“牛厂长，这事让我们想想，想好了给你回话。”大王说。

回家路上，小王越想越觉得事情不对劲，张根是因为五星罐头厂断了原料才面临今天这糟糕的处境，要是自己和大王真的帮牛厂长他们干，传出去还怎么做人？他一边摇头一边告诉大王自己坚决不干。大王也没反驳他，反而还附和小王几句，也说手串厂那边不能去。可是小王转头又发愁了，不知下一步他们该怎么办，总不能闲着挨饿吧。

“哥，我小孩和你家的差不多大，奶粉钱不能等。”

“你看这样办行不，我们不去手串厂，不能让手串厂桃艺发展壮大。只要让它永远停留在不成熟的状态，我俩就能从中获利。你想，我们师父那边已经停手了，眼下桃源村谁还能超过我们两人雕刻桃艺的水平？我们从手串厂弄点半成品，取回来自己干，你说还有什么办法比这更好？”大王手心里渗出一层汗水。

小王顿时觉得自己要挣大钱了，但他又担心刚才拒绝了牛厂长的诚意，他还会不会答应为他俩加工桃艺雏形。

“这你还不懂，我们……”大王看到他有顾虑，忙贴到他耳边说几句。

晚上，大王和小王带上一箱烟酒赶往牛坚家。大王向牛坚说明自己不能直接进他厂里的难处，让牛坚与他俩进行暗下合作，好处大家各有一份。牛坚心想，只要能利用他们挣钱，厂里厂外合作性质都一样，他就爽快答应了他们，并且还赞扬他二人对师父讲情义，也给足了张根面子。

早晨的雾气将桃源村的房屋、道路全融合成了一体，说不清天空何时能变清朗。这会儿李桃香与张根两人正在工作坊里清理两台雕刻机，机器长时间不使用，不进行一下保养是不行的。

“阿根，我料定手串厂这样搞下去，不超过两个月桃艺市场就会被他们搞垮。等他们倒闭了，吴主管再跟你斗气，总不会把桃核咽到肚子里吧？”张根听李桃香说这话，并没有马上回答她，而是拿过帕子把手擦干净，向她问起桃艺还有多少库存。李桃香忙走进库房拎出一个篮子，她往他面前一放，成品桃艺一颗也没有了，只剩几十颗挑选下来的烂桃核。张根伸手从篮子里拿起一颗桃核，放眼前细细地对它看。李桃香见他这样，就把手上的篮子往地上一丢，对他说：“实在不行就用我们这里普通的桃核，我想，同样是在你刀子下出来的桃艺能差多远。”

张根拍拍袖子上灰尘，坐到旁边的凳子上：“桃香，我都跟你说过不止一回了，什么叫‘朽木不可雕’？虽然我技艺高，但遇上劣等桃核刻划时也难入木三分。从我一开始跟老爸学习雕刻桃艺那时，第一课我爸就教我选料，对于不具备雕刻条件的桃核你再怎么用心雕刻，结果也是徒劳。这么多年来，什么样的桃核我没用过？一个桃核放在眼前还未动刀，我就能够准确的料定刻完以后它是什么效果。如果你还是不信，很简单，从牛坚手串厂购几个普通的来，我马上刻给你看。”

“只要比他们这些桃艺好就行，他们手串厂卖二十元一个，我们就卖十元一个，谁怕谁？”

“如果把丑陋不堪的桃艺放到市场上去，客户们还以为我水平出了问题。即使我对我的桃艺不尊重，但我不能对桃源村所有喜欢我桃艺的人不尊重。再说，村镇领导和我们为了成立这公司花了多少心血，难道就这么甘心了？”张根摇摇头，把头埋下。

见他这样，她轻轻地走到他身旁，把自己的脸贴到他的头顶上：“阿根，想想看，除了我们桃源村能长出这么好的水蜜桃，难道别的地方就没有吗？你也可以到别的地方考察下呀。”

张根抬起头，把手上的桃核往桌子上一磕，其实以前为这原料的事情，他也曾动过心。他抱住李桃香，让她坐到自己腿上倚靠在他怀里，他对她说：“远地方不好说，至少可以肯定周边的镇上是没有的。”

李桃香又跟他讲些鼓励的话，说以前是以前，现在是现在，社会进步没有可比性，就像桃源村一样，以往没有旅游，没有这么多桃树林、古街镇。现在全都大变样了。李桃香从他怀里站起，闪着亮亮的眼睛盯着他：“周边实在没有，你跑到外省去也要把桃核给弄回来。只要你行动起来，就会有收获。”李桃香看着张根提不起精神的样子，她倒是显得信心十足。

“好吧，我听你的。”

二人谈定后，张根把自己所需的衣物都整理到行李箱里，由于李桃香身子沉重行动不便，他执意让她躺着休息不要操劳。吃完中饭张根就租一辆小车开始“千里寻宝”了。

按理说张根走后，李桃香这几天可以把时间全放到陈伯水身上，可她并没这么做。还好陈伯水也早已习惯了，他并未责怪她。

早饭后，陈伯水似乎感觉到气氛有点儿凝滞，就在李桃香提包准备去公司时，他用轻微的声音问她：“我感觉你最近情绪低落，是不是张根欺负你了？”

见陈伯水问自己，她就停住脚步，转回身把包放回桌子上，拖着椅子坐到他面前。“要是像你说的这样那还愁什么呢？他现在被别人欺负了，搞得公司都停产了。”

“有这么严重？”

“国庆节前后，正是旅游旺季，各处旅游区都是人，连我们十里河这边新开发的旅游点都挤满了游客，眼看着大把大把的钱都没办法去挣。”

“真可惜。”

“很可能要倒闭。”

陈伯水抬手对轮椅扶手拍一下：“过去在矿上有人欺负他时，我只要往边上一站，没人不退下。”说着他用力攥紧右拳举到胸前晃两下，胸膛上肌肉一鼓一息的。“现在我——唉！”他又把拳头轻轻松开。

“权力在别人手上，又不是拼力气，他们不给你桃核，你又能怎样。”李桃香瞪一瞪眼睛。陈伯水又将轮椅滑到她身边，侧着头对她说：“那要停多久呢？”

“要看那姓吴的心情了。她是五星罐头厂的人，桃核握在她手中，她说行才行。”

“噢，这人好厉害。张根能撑住吗？”

“他昨天动身去外地看看，估计明后天能有消息。”

听她这话，陈伯水拉过她一只手放在自己手心里：“桃香，你们好辛苦。”

李桃香想到这段时间陈伯水每天饥一顿饱一顿，她眼前不由蒙上一层水汽。

“伯水，我倒没什么，只是又要让你受委屈。”

“桃香，多挣少挣不要紧，重要的是你得把自己身体保护好，只要你平平安安的，你就是中午不给我订饭，我在家喝冷水也满足。”

李桃香站起身，抬手摸一摸他的头发：“一年又快到头了，看，你又多出几根白发。”

“是的，我也快要见到我的孩子啦。”陈伯水说着，就将耳朵轻轻地贴到她腹部，“我每天都这样听，孩子一定认出我来了，他正咧着小嘴跟我喊爸呢。”

“你想象力真丰富。”李桃香从他头顶上拔下一根白发。

“对了，桃香。直到现在张根他知不知道你是我的女人？”他把腰挺直，抬着头问她。

“你说是知道好还是不知道好？”她仍抚摸着他的头发。

“知道有知道的好处，不知道也有不知道的好处。”

“那我最近向他挑明，你觉得合适吗？”她试探他一下。

“眼看孩子都快出生了，跟他说明也没什么不好，让他有思想准备，到时候孩子叫他伯伯，他可少不了给礼钱，大家相互都有个亲戚投靠。”

“嗯，我也这么想。本来过去你们两人就处得亲切，以后你仍然称他弟，他称你哥，我们还是一家人。”她把手从他的头上移到他的肩膀上，对他捏一把。

“什么叫缘分？自从我得知你怀上他孩子的那一刻，我就觉得这是命中注定的。我为什么这样想呢？你说他一进矿里就分进我的队里，当时我一见到他就觉得他顺眼，那天我遇了倒霉事偏偏就他在我身旁。”

“我也觉得有点儿怪，如果不是他帮你捡回了这条命，没有他的桃艺，我怎么会认识他？”

“桃香，那时我差点冤枉你！不然我们日子真的不好熬，你也不会为我陈伯水留下这个孩子。”说着他又将嘴唇靠近她的腹部亲吻一下："孩子，我的孩子。"

"对了，伯水，公司里外没人，我放心不下。"她转过身去，取过手提包，"越是这样我越不能离开那儿，伯水，我又要把你一个人丢在家了。"她伸手摸摸他下巴上那一圈胡子。

"我送你到白果树下。"陈伯水立即掉转轮椅滑进院子里。

"没关系，我骑电动车。"

他把她送出院门，在院门外他又一把拉住电动车说："记住，遇到不平的路要下来推着走，登上十里河渡船后别站船头，拿凳子坐下。叫张根在外也多保重些，另外你可以对他挑明，我是他哥陈伯水，啊？"

"嗯，好。"李桃香一边答应他一边骑上电动车。

由于桃艺公司停止对各家批发商供货，这就让大多不知内情的人想入非非。有人说张根一定是出事了，停产好多天兆头不妙，还有人说那会儿自己该多备一些他的桃艺。

李桃香来到公司把里外都收拾妥当后，她决定再去街上走走。想到繁华的木子古镇竟无情地把曾经的"张小刀"桃艺从这空间里弹出，她不甘心。就在李桃香刚走进步行街，忽听身边有人叫卖："桃艺——限量版！雕艺大师张小刀的桃艺，极具收藏价值，机会难得，先购先得！"

李桃香对着叫卖声转过脸，果然在一个案桌上摆放着几十颗桃艺，并且摊主手上还举着一个牌子，牌子上写着"正宗张小刀桃艺"。见到这样的情景，李桃香不知出于哪方面考虑，她走到桌案前询问价格："多少钱一颗？"

"八十。"那人把大拇指头张开对她眼前晃晃。

李桃香从案桌上捏起一颗桃艺往眼前一放，果然是出自张根之手。想不到半个月前在自己手上只卖二十元一颗的桃艺，现在竟然飙升到八十元。

“告诉你，现在你不买，将来你一千也买不到。你懂吗，这是正宗的张小刀桃艺，张小刀你认识吗？他是当代雕刻大师，桃艺世家第三代传承人，不信你看——”那人见李桃香犹豫，立即翻出张小刀个人简历。

李桃香没有看简历，付了他八十元钱拿颗桃艺走了，但她没有走远，现在她要把这街市上的所有桃艺再次进行调研。经过探问表明，后上市的这些乱七八糟的低级桃艺，虽然价格低廉，每颗三至五元不等，可成交量并不大，大多顾客都不屑，甚至还有顾客直言不讳地对卖家说：“你这个烂东西，不要钱我都不买。刻得歪歪斜斜的什么也不像，哪是桃艺，我看像一坨粪疙瘩。”还有人说：“你这个是假的，不是张小刀刻的，他的桃艺我闭上眼睛都能认得出来，要真是他刻的，二百元一颗我也不讲价！”

……

一连几天下来，李桃香都没有停下自己的脚步，市场的行情走向也正如李桃香的脚步一样不停止地向前迈进。今天她在市场上居然发现，有些顾客为了证实购买张小刀的桃艺是否符合他本人真迹，还特意找人做鉴定，就像电视上鉴宝栏目那样，甚至还有人专门收取鉴定费。目前行业内的文化艺术品收藏者正在大显身手，张根的桃艺在他们手上的价格已经飙升到三位数了。李桃香的心情既悲叹又振奋，她在手机里不停地把这情况传递给张根，不住地说些什么高价出售、鉴定、收藏这些话，拿这样的现象来鼓励张根，让他无论如何都要想办法找到优质的桃核，抓紧恢复生产。张根给她回复是：“等候佳音。”

可是事实表明，张根的一切努力都没有达到预期效果，在外奔波半个月他无功而归。

张根把这些天来遇到的各家桃核的样本，分别装在几个大袋子里带回来，现在他让李桃香拿来几个篮子，一份一份地打开倒在篮子中，排列在李桃香的面前。

他精疲力尽地坐到沙发上，说："你看看，这些桃核的质量，由于水土的差异，还不如我们桃源村这儿最差的桃核。"

"我们桃源村果真是好地方。"李桃香看着眼前一颗颗瘦小的桃核，她耷拉着眼皮，"看来真的没办法可想了。"

张根想到吴琼把折磨他当成是一种乐趣，心里火苗又开始慢慢升腾。李桃香觉得那时的吴琼正处在火头上，幸许她现在态度能有所转变，她建议张根再找她谈谈。

"你觉得我还不够丢脸？"

"阿根，做生意姿态放低些，这样和她僵持下去吃亏的是我们。我看倒不如再去当面向她赔个不是，向她说几句好话。人的面子真没那么重要。"她坐到他身边劝慰他。

"要是这样还不如让我去死。"

他这话让李桃香很失望，这么多天公司停了，桃艺没了他都没被难死，难道跟吴琼说几句话就会死吗？她控制不住急情，冲着他狠气地把脚往地面上跺一下："急死人了。"

"要去你去，总之我不去。"他的脸转向一边。

他这话倒是提醒了李桃香，她抬起手托住张根下颌，慢慢地将他脸扭正："我去跟她说，我向她保证离开你的公司，今天你就娶她过来。挽回她并不难，我现在就约她见面。"

"李桃香，我看你是疯了！"他倏地站起身，"这辈子我谁也不娶，懂吗？谁也不娶！"他将脸背过去，两手叉在腰间。

"如果你不去，倒不如现在你就杀了我。"

激动的情绪使潮红布满她的脸，望着李桃香这般执拗的模样，张根终于应允她见吴琼一面，但前提是，让李桃香与她只谈桃核，请她高抬贵手，即便能给一小部分桃核也行，别的事免谈。

不知吴琼出于什么心态，接通李桃香打给她的电话后，居然爽快地答应与李桃香见一面。见面地点选在五星罐头厂边上的十里香茶楼里。

第二天上午九点，李桃香来到茶楼。

两个人一见面打完招呼就走进小包间内面对面地坐下。吴琼的眼神被李桃香高高凸起的腹部吸引着，李桃香难为情地把手覆盖在肚子上，不过她依旧挺直腰部，尽管这个动作使她的后背脊椎不怎么舒服。

“看你不容易，所以我没有拒绝你。”吴琼嘴角挂着笑意。

“只是想求你两件事。”

“像我这样的小人物，能帮你做什么事？”

“吴姐，我是诚心的。”

“好，那你说吧。”吴琼把茶杯端在手上，注视着她。

“求你嫁给张根吧！求求你！”她把眼睛睁大。

吴琼被她这话吓得一颤，茶水从她杯子里溅出几滴。她忙放下手上的茶杯，从茶几上取过抽纸，对袖口擦擦：“李桃香，请你不要再挑衅我好吗，我在你们之间不仅败退了，那天还被他狠狠地羞辱一回，难道还不够？今天你也想来羞辱我？”

“你误解我了，我没有羞辱你，我是在羞辱自己。”接着李桃香就把自己和陈伯水的处境以及二人相似的身世全都告诉了她，以此来证明自己不能嫁给张根的理由，所以自己才对她提出这要求。

吴琼半信半疑，她低下头暗自思忖：张根，我还以为你眼光有多高呢，想不到你竟离不开一个拖着残废丈夫的女人，我真不知道你对李桃香是真心还是假意。吴琼想着，她立即抬起头，心里一阵儿狂喜。她断定，如果李桃香是这样的处境，那张根迟早会倾向自己这边。

兴奋劲使吴琼浑身血液往上涌，她立刻站起身，从藤椅这边绕到藤椅那边，再从那边绕回来，她放下手上的茶杯，挺起胸脯对李桃香说："你看你，这事怎么早不和我说呢？我从未听你提起过陈伯水，如果你早跟我说，大家就不会费那么多心了。走，我现在就开车和你一起去看看他，我得好好慰问一下他。"

"吴姐，这些年来他从未见过外人，我怕他不适应。"李桃香不停地摆手。

"你想多了，他一个大男人难道还怕我？这不太可能。"

"没错，自从他身体变成半截残废，胆子也随着变得只有那么点儿了。"

这时，吴琼又坐回椅子上，刚才的兴奋劲变成僵硬劲了："我不见到陈伯水，就会怀疑你在说谎。"她像一尊塑像，眼神变得凌厉，"只要你不是在编故事骗我，下面的事情都好说。"

"吴姐，另外还有第二件事。"

"我们先说第一件，你是领我去还是不去？"吴琼仍摆着那副面孔。

"要不改天请你看怎样？"李桃香微笑着与她协商。

"就要现在去，我今天时间充裕，平时没空。"

李桃香犹豫，但又担心吴琼对自己说的话不相信。

"我不喜欢耍小聪明的人。"吴琼这才把身子晃晃。

"好，我带你去。"李桃香站起身。

没多长时间，吴琼就驾车和李桃香一起来到李桃香家。轿车停在院门前的那块空地上，就在她俩打开车门从车里走下来时，陈伯水正将轮椅停在院门边上，警惕地对她俩看。

“伯水，来客人了。”李桃香领着吴琼往陈伯水面前走着，陈伯水什么话也没说，只是眼睛紧紧地盯着吴琼，像看一个异类。

李桃香领吴琼进屋，端过两个凳子两人各坐一旁。陈伯水也将轮椅滑进屋里，停靠在李桃香身旁，看着她们两人说话。两人说完客套话后，吴琼就站起身，从包里取出两千元现金，他走到陈伯水面前对他说：“伯水，这是吴姐一点儿心意，你收着。”她说着就把钱塞到他手中。尽管李桃香和陈伯水都把手推来推去，最终还是按照吴琼的意思收了钱。

陈伯水自从矿山出事至今，除了李桃香之外，从未有别人对他关怀过，见吴琼这样对待自己，他感动得要把嘴唇咬出血，连腮帮上那层墨灰色的胡子都在颤动，他握紧她的手说：“吴姐，我陈伯水这辈子没有亲人姐妹，如果你不嫌弃我，以后我一定把你当亲姐看待。”

“你这是什么话，我怎么会嫌弃你？我一定会把你当亲兄弟看待，把桃香当亲妹妹相处。”

吴琼和陈伯水虽然会面时间不长，但彼此都留下了不错的印象。吴琼又把手搭在陈伯水的肩膀上拍一拍说些暖心话，让他往后要多加保重身体，有困难让桃香跟她说一声，又夸桃香总是为别人着想……还表现出她与李桃香是密友那样，“桃香常跟我说，对你这样被伤害过的人，如果她有一点儿亏待你，你是承受不了的。”

“我懂，我懂。”陈伯水被她一席话说得心服口服，头不住地点着。

“伯水，我与吴姐还有事。”李桃香担心他言多必失，忙走过来阻止他。

“我求你，你让我再跟姐说几句好吗？”他抬起头恳求李桃香。

吴琼见自己刚才说的话产生了效果，急忙接住他的话说：“伯水，我们都成姐弟了，你想说什么尽管说，我听着。”说着她又坐回到凳子上。

陈伯水也似乎今天遇上了知音，轮椅往她面前一滑，两手掌分别放在轮椅扶手上用劲擦擦：“姐，你知道桃香她为什么不亏待我？”

“好兄弟，慢慢说。”

“姐，我……我叫陈伯水。”他一边说一边拿手指对着自己胸口戳两下。

“姐知道你叫陈伯水。”她连连点头。

“可你并不知道，我陈伯水曾经是什么人。”他满脸涨得紫红。

“伯水，别激动啊。”

“姐，告诉你实话，我陈伯水曾经也是一个有模有样的男人，上过大学，有文化、有理想、有抱负呀，你懂吗？”

吴琼又僵硬地把头点两下：“懂，懂。”然后右手伸到他面前竖起大拇指对他晃晃。

“姐，还有你更想不到的。”他眼圈里开始闪泪光。尽管李桃香站在他身边不停地对他摆手，还用膝盖抵他轮椅暗示他不要说，他还是没忍住。接着陈伯水就滔滔不绝地把自己的身世和李桃香的身世全跟她说了。

吴琼听完后从面部的肌肉到四肢全都颤抖了，她从提包里掏出一叠纸巾不停地擦眼泪，表现出自己不仅对这两个人的命运深感同情，还特别赞赏他们能做到同甘苦。她站起身抓过李桃香的一只手，再抓起陈伯水的一只手，将他们这两只手搭连到一块儿，说道："将来你俩谁辜负谁，上天就惩罚谁。"然后又对李桃香说："平时你都是在背地说的，现在我要你当着我兄弟的面再表态一下，能做到吗？"她的目光在他们两人脸上转换来转换去。

"嗯嗯嗯。"李桃香加重语气。

"伯水，你都听到她的话了，我没骗你吧？她是天下最好、最疼你的人。"

"我对不起她。"陈伯水点着头表现出惭愧的神情。

"伯水，饭菜还放在老地方，我与吴姐先走了。"李桃香交代完后就与吴琼一起上车了。车子慢慢驶出村口，车窗外，李桃香家的房子渐渐缩小。

"我担心如果我嫁给张根，将来一定会出什么事情，因为他心里一直对你放不下，其实这点你比我要清楚得多。"吴琼双手稳着方向盘，对坐在身旁的李桃香说。

"可是我有丈夫呀，刚才你都看到了。"

"陈伯水只是一个摆设，他根本不能履行丈夫的责任。"

"我不会丢下他不管的。"

"李桃香，你还爱现在的陈伯水吗？我要听你讲实话。"

听吴琼问她这话，她犹豫一下，她没有回答，只是点头。

"其实你不说我也明白，我们女人总把真实的想法放在心里面，大事小事、好事坏事全都默默地扛着，哪天支撑不住了还不忍心扔掉它，真的不容易，真的。"

李桃香的心好像被什么东西扯了一下，她静静地坐在副驾驶座椅上。

“不过并不是所有女人都会活成这样，要看你怎么选择。”

“我听不懂。”李桃香摇摇头。

“张根有许多牵挂，这些将来也会变成我的牵挂，而且包袱很重，一定会把我压得扛不住。”

“怎么会？”

“会的，你想想，你和你腹中的孩子，还有你丈夫陈伯水，全都要由他来负担，每时每刻都要牵制着他，他一时也放不开你们。他放不开不就是我放不开吗？”吴琼说着降下车速。

“吴姐，你想多了，如果你答应和张根结婚，我今天就离开公司，我和我腹中的孩子还有陈伯水，绝不影响你们两人的生活。”

“如果你真这样做，我倒是不忍心了。你不知道那天我和他分手的时候，他像个疯子一样对待我。他说他爱桃艺，桃艺是李桃香，李桃香就是桃艺。桃香，我真羡慕你让他爱得这么深。如果你离开了他，我不知道他会变成什么样。”

吴琼说这话的时候语调听起来非常柔和，没有了往日的傲气。这么一瞬间李桃香控制不住情绪，眼睛变得湿润：“吴姐，请你原谅他，你和他和好吧，你看行吗？”

“我正要请他原谅我呢，因为那天我没有答复他的要求。”

“什么要求？”

“我让他和你彻底斩断关系，你永远不要出现在他身旁。”

“我现在替他向你保证，只要你愿意嫁给他，我们什么都听你的。”

李桃香见她仍不表态，又继续说：“难道你忘了在桃艺轩我们第一次见面时你是怎么想的吗，为了得到他，你宁可送我一套房子。而现在我不要你的房子，你还这样不爽快，张根究竟哪里伤透了你的心？”

“放心吧，那套房子我会为你留着，我相信你也会和我一样信守承诺。”

吴琼又问她第二件事是什么。

“请你快点把桃核供应给他，让他恢复生产。”

“你可能不知道，这时节后期新桃还没有成熟，以往库存的干桃核不剩多少了。”她又沉思一下，接着说，“我可以看在今天你和陈伯水的面子上提供点桃核给他。不过你必须让他亲自来见我。”

在李桃香走后去见吴琼的这几个小时里，张根感到时间实在是漫长，他担心两个女人见面后会出现什么意外，直到他见李桃香回来，悬着的心才落下。一见面，他就忙将她扶进客厅里坐到沙发上。李桃香抬起脸，长长地舒了口气，张根立即去给她热了杯牛奶端到她面前，李桃香却用手推开，告诉他在吴琼那边她喝的水多得快溢出。张根就轻轻地把杯子放到茶几上，转过身坐到她身旁：“快，说说看，情况怎样？”

“她和我一起去见了陈伯水。”

“你疯了，带她去见陈哥！我们要的是桃核，扯上他做什么？”

见张根沉不住气，李桃香对他笑笑：“阿根，有希望了，吴琼答应给我们桃核。不过，她虽答应提供桃核给你，但要你本人去见她一面。”

“她又要耍什么花招？”

“我看她不像耍花招的样子，今天她也亲眼见到了陈伯水，打消了对我的顾虑，她说只要我和孩子还有陈伯水远离你们，她就嫁给你。”

“桃香，都什么时候了？你还说这些。”

“阿根，我见她一面后，才知道这后果全是我造成的。如果不是因为我，她早做了你的妻子，桃艺就不会停产了。”她的眉毛皱成一条线。

“桃香，这些天来我想通了，即便我将来刻不成桃艺，有你在我身边，我也不会感觉失去了桃艺，你才是真正的桃艺。”他走到她边上，搂住她的肩。

“你把我当桃艺有什么用！不仅害了你，也害了我和孩子，连陈伯水都会被饿死，你懂吗？”她的耐心快消耗尽了，说着就推开他的手，站起身独自走进办公室，她把行李箱提放到沙发椅上，收拾起自己的东西。

“你听我说。”张根从客厅忙走进她办公室，将行李箱从她手中夺下来放回原处。此时李桃香不再说话，她坐到椅子上，头侧向一边。

“你就算离开了，我就能乐意和她生活在一起吗？本来还有点儿凑合劲，现在走到这份上，我的心已经被她弄得半死了。”他说着就慢慢地坐到对面沙发上。

她转过头看他，缓缓地说道：“实在不行就这样，我在十里河村街上摆一个摊卖你的桃艺，你想我和孩子的时候就去看我们一眼。”

“我不同意，无论你怎么说我都不会答应你受这苦。”

“张根，我恨你！”她一下子爆发出来，眼泪扑簌簌地往下掉，“你以为你这样就是真心对我好吗？你今天如果不去向她承诺娶她，你永远都别想见我和孩子！”说着她就站起身又走过去提起行李箱。

尽管张根拦着不让她走，她仍不停地对他推来推去，张根担心伤到她腹中的孩子，只好对她妥协。他轻声对她说：“我去，我现在就给她发信息。”他转身弯下腰从茶几上拿过手机。

吴琼接到信息，不到半小时后就给了回复，她答应与他一天后在五星罐头厂边上的十里香茶楼见面。

傍晚的光景，村子被柔和的月光覆盖，有几颗特别亮的星星给夜色增添了一份清凉感。李桃香回到家，一天的奔波让她身心疲惫，但陈伯水这会儿还是不能让她马上歇息。刚吃完晚饭她又进入厨房在大锅里盛满水，往灶膛里填几根柴棒点燃火，又匆匆走进厨房顶端那间小房间里，把屋顶横梁上面吊着的约手腕粗的一根铁链从上面放了下来，先拿毛巾把铁链擦一擦，再把大木桶滚到外面用清水冲刷干净。一连串准备工作做好后，她才回到陈伯水身旁。“走，泡泡去。”她对他说。

“最好免了，你身体蹭来蹭去的，担心惊着孩子。”他说着就侧过头往她肚子上靠了靠。

“我会小心的。”她将轮椅推进那间小屋，脱光他衣服后又把他推到铁链正对着他头顶的地方停下来，陈伯水熟练地将两手往铁链上一攥，手臂一弯曲，他就悬空被吊起来了。接着李桃香迅速把轮椅退向后，再把大木桶放到他身子的正下方，陈伯水的手臂再一伸直，身子落到木桶里。

这会儿，大锅里的水已经飘出一圈一圈白汽。她转身回到灶台边，把锅里的开水盛到盆里，端到陈伯水身边，拿手指放进水里试试温度，接着就用水瓢取盆里的热水从他头顶慢慢地浇了下去。

陈伯水闭着眼睛，享受着李桃香手指在他身上游走、搓洗的感觉。

“桃香，我觉得那个吴姐人挺不错的。”

“人有好的一面，也有坏的一面。我们公司停业，就是她一手造成的。”

“你说的那个吴主管就是她？”他抹一抹脸上的水珠。

“是的，她是五星罐头厂的人。”

“是不是她想要你们给些好处？”

李桃香端起盆里的水瓢，把他后背上搓出的泥灰冲干净，再抓起他的右胳膊。“钱物已经不在她眼里了。”她一边搓洗一边说。

“那她想要什么？”

“要张根做她的丈夫，”李桃香又转到他左边，提起他的左胳膊，“张根不答应她，她就不提供桃核。”

“那张根总不能就这样拖着吧？”

“我正在劝他呢，让他娶她。”

“我看她与你很友好的样子，难道她想让你从中成全？”

“嗯，是这样。”

这会儿陈伯水身上的灰垢让她搓得差不多了，她取过肥皂将皂液涂满他全身，待发出很多泡沫后，再拿盆里的清水将它冲洗干净。陈伯水还像之前那样，竖起胳膊将两手往铁链上一攥，手臂一弯曲，身体就悬空被吊起来了。接着李桃香迅速把木桶挪走，再将轮椅推到他的身体正下方，然后他再将胳膊伸直，这样他就轻松地又落到轮椅上了。李桃香拿起干毛巾把他身上的水珠擦干，帮他披上毛毯推进卧室里。

陈伯水躺在床上，一直回想着刚才洗澡时李桃香说的话。他想如果张根娶了吴主管，那李桃香这边必然会受到影响，谁会愿意自己的丈夫去关心别的女人，张根一旦受她控制，那自己和李桃香以后的日子又怎么过，但张根不结婚也是不现实的。

李桃香收拾好后，她刚回到卧室坐下，陈伯水整个身子已经撑坐起来了，他凝视着她的眼睛，告诉她非但不能促成张根和吴琼，反而要阻止他们在一起。李桃香觉得有些好笑，她目不转睛地盯着陈伯水，陈伯水还是这个意见，让张根谁也不娶。他握住李桃香的手，李桃香把手从他手心抽出没说话，她意识到自己体力透支已到了极限。

第二天上午九点，张根按照与吴琼的约定，他骑着太子王离开公司，提前来到十里香茶楼，刚坐下不久，吴琼也到了。两人一见面，双方并没有像往日那样寒暄，张根见她走到面前，自己只是慢慢站起身，略微地对她点点头，她也学着张根那样对他点头，然后就坐到他对面的藤椅上了。

在张根的余光里，吴琼还是那副样子，鲜红的口红使她看起来体面、骄傲。他提起桌上的茶壶，伸手取过玻璃水杯，先将壶中茶水少量倒进水杯里，再摇一摇把水倒出，接着再次倒满后往她面前轻轻一摆，这才返回自己的座位坐下。吴琼两手搭在藤椅两边，神情稳重、自然地对着他看。

张根终于先开口："我……伤害你了。"

她没说话，只是端起茶叶水放嘴边抿一下。

"请你谅解。"

吴琼把目光看向窗外，她仍是沉默着。

"难道我和你就不能成为朋友，像以前那样友好吗？"

"水蜜桃要上市了，"她终于把视线从窗子外收回，转移到张根脸上，"想必最近你的桃艺做得一定很红火。"

"红火不红火，你最清楚。"

“你家的事我怎么会知道。”

“难道你真的要逼我对你下跪？”

“跪我没用，你去跪她，她是你的桃艺。”吴琼故意这么说，希望张根主动对李桃香、自己还有他本人这三者之间的关系进行表态。

“哪怕你分一半给我也行，你知道桃艺离不开桃核。”他仍说桃核。

“真是笑话，难道桃艺只有桃核才能做成？你可以用手指变。”

“你一定想看我疯的样子，刺激吧。”

“天才都这样子，你要是真的疯了，那才证明你是天才。”

吴琼见他一直逃避，决定继续对他进行制裁：“好吧，看在你们向我这般求情，我答应给你点，不过工人没时间为您服务，你得亲自动手去库房挑，限量两千颗。”

“你明知道我一个人十天也挑不出。”

“那就二十天、三十天。五星罐头厂大门随时为你敞开。”她立起身看下腕间的手表，“我还有工作。如果你没有别的话要跟我说，我就不奉陪了。”她又提醒他一下，仍希望他能向她表态三人之间的问题，可张根一直是避重就轻。

张根空手而返。当他回到家刚跨进门时，李桃香迎了上来，看到张根脸上沮丧的神情她就猜出事情没办成，她尽量把自己的语气放得平静：“你跟她说愿意娶她了吗？你说我今天就要离开你了吗？”

“说了，这些话我都跟她说了，并且都连续对她说了好几遍。”他坐到沙发上对她昂着脸，认真的样子一点儿也不像在说谎。

“那她是怎么回答你的？”

“她说，即使李桃香从地球上消失，自己也不嫁给我。”

“桃核答应给你了吗？”

“答应了。”

“你怎么不带回来？”

“她让我自己去挑。

“那你就去挑啊。”

他忙将李桃香拉到自己的身边坐，然后深深地呼了一口气，就跟很不容易说出口似的，但他还是耐住性子告诉李桃香，说这个事不是一两天能完成的。五星罐头厂库房里堆得像小山一样的桃核，在挑的时候还要带把小勾刀，将桃核上面干粘着的残余桃肉刮掉，不是他们厂里有经验的工人来做，普通人根本做不到。

李桃香这才明白了吴琼的心思。这结局，让她觉得有点儿意外，怎么说吴琼和张根之间关系该不同于一般，她这么做真显得绝情。何况那天自己完全不顾尊严去求她，还领她去见陈伯水。想到这里李桃香的脸烫得快生出火。

“桃香，我要去木子街上看看。”

“这时候去不大合适吧，改天等你情绪好转了我陪你去。”李桃香拉着他手摇摇。

“我一定要去！看看我们失落的市场。”

李桃香见他执意要去，就叫了一辆出租车。

木子古镇并没有因为张根的改变而改变，仍旧呈现着一派繁荣的景象。李桃香一手提着包，一手挽着张根的胳膊。就在他们不知不觉走到一家曾经批发自己桃艺的那个工艺店门前时，店主瞬间认出他俩，扯高嗓门对他大叫起来：“张大师——张小刀来啦！”

这时边上听说过他名字的人，大约全被惊动了，李桃香和张根很快被围了起来。

“张大师，我们好久都没有见着你的桃艺了！我们都等急了。”店主迎过来忙握住他的手对他说。

“怎么没见着？店里有的卖，就怕你买不起。”边上人说店主。

“什么张大师？把价格标那么高，现在涨到五百元一颗了！谁还能买得起？”边上人瞪着眼。

“你这人怎么这样说话？”店主立即把手掌对这人肩膀推一下。

“你想动手？”这人卷起袖子吼。

“你说五百元一颗在哪卖的？能领我去看看吗？”张根问他。

“就在那边几家工艺店，明码标价。”这人抬起手指往那边指一指，“不信我领你过去看看，你自己的东西你不会不认识。”

这家叫木子工艺品商店，店老板姓袁，与张根都是老熟人。桃艺公司没有停产的时候，他也是张根的老客户。他见张根出现在他眼前很是惊喜，就立刻把张根迎进工艺店，急喘喘问他什么时候有货。

张根把李桃香扶坐到椅子上后，自己也顺势坐下：“有没有货还不好说。袁老板生意红火呀，听说你们把我的桃艺卖到天价？”张根问店老板。

“不是我把你的桃艺卖成天价，关键是你的身价比天还高啊。”店老板坐在他对面把腿晃晃，得意地咧开一口大牙。

“狂奔到五百元一颗有点离谱。”

“五百元算什么？还有级别更高的呢，要看桃艺品相说话。”

“怎么讲？出自我手的还有高低级别吗？”听这话张根显得

纳闷。

袁店老板听这话就立起身从展柜里取出五百元一颗的桃艺，他告诉张根，原先从他手上批发的那些桃艺，如果现在还能见到，品相就称为高级别的。那时自己怎么也想不到现在的价位会猛涨到这么高，不过可惜的是早都卖光了。现在这五百元一颗的，还是别人以往的库存货让他弄过来的，看上去品相为一般。

张根接过桃艺，对着桃艺看一眼后就把它还到袁老板手中："别说五百元，五十元也不值。"张根轻蔑地对袁老板笑笑。

"这什么话？你贬低自己的桃艺，就是贬低你的身份。"

"我不跟你明说，你自己好好研究吧。不过能雕刻到这样的水平也不是一般人，请你转告他，以后不要把我的名字刻上去，侵犯别人名誉是犯法的。"

听张根这么一说，袁老板神经有点儿紧张，他立即捏住那颗桃艺举在额前，迎着店门外照进来的光亮，他把眼睛眯成一条线对着手上的桃艺观察。"我明白了，不细看还真不知道原来是冒牌货。"一时间袁老板脸色变得灰灰的。

"对了，听说这镇上还有个桃艺收藏公司，离这儿远吗？"张根问他。

"不远，离我这儿大概二百米不到，出了门往东走。我跟他们公司经理还认识，他叫胡干，妻子叫刘珊珊，夫妻俩做得很红火。"

"听说他们在收藏我的桃艺，是吗？"

"没错。他们先收藏后出售，以两百元一颗回收你的桃艺，再以八百元一颗售出。"

"他们就不怕我大规模生产，哪天使他们一落千丈？"

袁老板一听，红着脸结结巴巴地说："张总，虽然你的公司已经不开了，但我还是称你为张总。我说句你不爱听的话，人人都说你从今往后不会再刻桃艺了。”张根听他说这话，把手上的茶杯轻轻地放到柜面上，示意他继续说下去。袁老板也没和他客气，他告诉张根，前阵子手串厂的人来给他送手串还有他们自己刻的桃艺时说，那几亩优质水蜜桃全被他们手串厂垄断了，还说他们手串厂和五星罐头厂搞联营，任何人也别想插手，除非张根去外地经营桃艺，可外地人也不认识张小刀，什么桃艺第三代传人、当今雕艺大师。袁老板一边在说这些话时，还拿手掌拍一下额头，后悔自己当初没多囤点张根的桃艺，如今眼睁睁看着这笔财富流失。

张根不愿意再听下去了，他和李桃香立起身，临走时他从袁老板手中买了那颗标价五百元冒充他刻的假桃艺。袁老板不好意思收他的钱，推来让去只收下本金。

路上，李桃香见张根一言不发，就问他：“桃艺收藏公司还去吗？”

“刚才袁老板都把他们的情况对我说了，去与不去都一样。”张根苦笑道。

回公司后，张根扶李桃香坐在沙发上，他拿来一个靠垫放到她的后腰处，以减轻她身子沉重的负累。李桃香刚倚下就迫切地问张根：“刚才在木子工艺品商店你与店老板说，那桃艺连五十元也不值，还让他研究研究，不让他们刻上你的名字。这是什么意思？”

张根把身子侧了侧，将带回来的那颗桃艺从口袋里掏了出来。他没有回答李桃香的话，只是对着手上的这颗桃艺冷笑：“桃香，你猜猜，我们公司停产那么长时间，你说我手下的那两个徒弟能闲在家里吗？”

“这段时间我们停产又没发人家工资，我想他们为了生活不会在家浪费时间。”

“是啊，问题就出在这。他们居然敢假冒我的名义暗地里制作桃艺。”

李桃香吃了一惊，忙从张根手上接过那颗桃艺，放眼前看来看去。

“别说你，就是刚才木子工艺品商店的老板卖了我这么长时间的桃艺都分辨不出，所以才让他二人钻了空子。”

“阿根，你再好好看看，会不会是别人？可别误会他们。”

“这上面的刀法和招数都是我亲自传授给他们的，别人没办法做到这样，我不会冤枉他们。”

“这两个人真缺德，我看他们平时在工作坊里还挺敬业的，也没什么坏心眼。不过，我不懂他们这优质的桃核是从哪里来的？”

“手串厂。”张根回答得十分肯定。他分析给李桃香听，说手串厂之所以帮他俩初加工，是因为收点他俩的加工费都比他们出售自己生产的桃艺要划算，大王和小王两人是走高端产品的路线，从目前看与手串厂生产的烂货不形成竞争关系，只是对收藏公司冲击较大。

听张根这么样一说，李桃香缓缓站了起来，走进自己的办公室。她将手上这颗五百元的桃艺与上次自己在木子街市上花八十元买的那颗，都一起放在自己的电脑桌上。她坐在电脑桌前，不免对这两颗桃艺产生无限的深思，特别是想到刚才在木子工艺商店，听袁老板对张根说的那番话，什么去他乡、别再刻桃艺啦……再想到大王和小王这两个徒弟会做出这样的事，她立即从抽屉里拿出一把水果刀。这会儿张根正松垮垮地拖着步子走进作坊里，曾经这里火热的气氛如今是一片冷清，一股泛霉的味道钻进他的鼻孔。

“我们走！”忽然李桃香出现在他身后嚷一声，他转回头见她气吁吁地握着水果刀，这让他吓一跳。

“你拿刀子做什么？”

“走，我们去五星罐头厂挑桃核。”

张根立刻明白了她的用意，忙走过去拿下她手上的刀子：“你这样会把人吓死。”说着他将刀子扔回桌案上。

“能把桃核挑回来比什么都强。”她说着又走过去抓起桌案上的水果刀。

“张总在吗？”忽然院门外有人喊张根。

“谁喊我？”他匆匆走出作坊。

那人对着院门铁栏敲两下：“你的货。”

张根打开院门，那人将一袋沉甸甸的东西交给了他，发货地址是五星罐头厂。“请你在单子上签字。”那人走后，张根疑惑片刻后便打开编织袋，原来里面装的是桃核，对，正是他梦寐以求的桃核。

“天啊，这不是桃核，是金子！它比金子还让我渴望啊！”张根见到这来之不易的桃核，情绪几乎控制不住。李桃香在屋里听到他的大喊声，忙走到院子中。张根将桃核提到她面前，“你快看，这是什么？”

“桃核！桃核！”她兴奋地喊道。

“走，进屋去，这点好东西看看该怎么支配才合理。”张根扭扭头对她说。

李桃香抓起一颗桃核紧紧地握在手心里，一刻也舍不得丢开。

两个人走进作坊，经过一番计划以后，李桃香认为，这两千颗桃艺上市以后，不能超过以往价格太多，这样才会赢得更多客户的欢心。

“桃香，我们定三十元一颗吧。”

“合理，就这么办。”

“今天吴琼这么做一定是在给我传递信息，等这两千颗桃艺售完后，让我再去找她。我说呢，她不会对我那样绝情。”张根脸上露着得意。

“看来是我们误解她了。”

为了让更多人知道张根的桃艺重现市场，张根就像过去一样，亲自把案桌摆到大街上，面对面与消费者交流。他和李桃香还制定了一个销售方案：一、暂不对经销商批发；二、不售予收藏公司。

一石激起千层浪，李桃香和张根刚在市场上一出现，无论是他的顾客、经销商还是收藏公司的人都受到不同程度的震撼，当然他的两个徒弟“二王”也不例外。

吃完中饭后，大王正在牛坚手串厂办公室向牛坚汇报工作，大王把这一个多月来的所得利润分成两份，他将手串厂那份放到牛坚手上说：“多亏你帮忙，大家才有今日。”

“哪里的话，还是你想得周到，暗地操作比明面上稳当。”牛坚把六万元现金在手上掂了掂，转身把钱放进抽屉里，他坐到大王对面的沙发上，点起一支烟，悠闲地吐着烟圈，半个身子斜靠在沙发椅扶手上。

“不过有些事情你还不知道，从今天起我与小王可能就要停手了。”大王的眉毛皱成一堆。

“为什么要停手，分成不理想吗？”牛坚睁大眼睛问他。

大王告诉牛坚，说自己感到很奇怪，他师父张根不知是从哪儿弄来的桃核，他突然又开始生产桃艺了，而且以每颗三十元的价格，已经在市场上零售。虽然产量不大，但影响力不小，连大王那几个定点经销商今天都不再拿大王的货了。

“不会吧，吴主管手上的桃核一颗也不会外流的。”牛坚说。

“桃核总不会从天上掉下来。”大王说。

听完这话后，牛坚忙将手指间半支烟头担到烟灰缸边沿上，拿出手机立即给吴琼通了电话，他把大王所说的情况全都告诉了她。

不多时，吴琼就开车来到牛坚手串厂，牛坚忙接过她的包，给她倒杯水。吴琼坐到他俩对面镇定地问：“出岔子啦？”

大王把市场突变跟她说了一遍。

“这都是我疏忽大意惹的祸。这几年我和他关系一直都保持得不错，见他二人哭哭啼啼求我，这才送他两千颗桃核，算是还他们那点人情。”吴琼心里清楚，她真正目的是想让张根回头，那天让快递将两千颗桃核送过去，意在吊他胃口让他继续反省。

“可你这么做，现在把他变成我们的竞争对手了。你给他一颗都会对我们造成威胁，有他的桃艺在市场上流通，我们的桃艺谁还买？鬼都不会要的。”大王的脸涨得通红。

牛坚见大王用这种语气与吴琼说话，立刻把脸转向他对他使眼色，可大王一点儿也没理会。

“这情形当时我也想过，但我觉得两千颗桃核用完他就再也没有了，并且他一定是走高端路线。每颗桃艺在市场上目前已经都被炒上了天价，不仅不会影响我们，反而会把我们的价格带动起来跟着他上涨。没想到他会把刚生产的桃艺价格压得那么不值钱，他脑子一定是进水了。我也想不通，他完全可以按照收藏公司的拍卖价出售，甚至还要以比拍卖价高一些的价格出售才合理，可他为什么眼睁睁地看着大钱不愿挣，只定三十元一颗？疯了，真是个疯子！”吴琼一边说这话，一边把拳头握起捶击一下桌面。

“我倒是觉得他脑子清醒。明摆着他是要把我们手串厂这桃艺挤垮。”牛坚眼睛直直的地盯着她说。

“你能不能带上几个人去他家，把他还没生产的所有桃核再要回来？”大王问吴琼。

“疯话，我看你脑子也进水了，答应送给人家的东西怎好收回？疯子！你们是小疯子，张根是大疯子，他是死不改悔的大疯子，唉——我马上也要变成疯子。”她果然像疯子一样，两手抓住头发挠挠。这时她察觉到自己有所失态，忙站起身，轻声慢语地对他俩说：“这事情你们自己看着办吧。”说着就走出牛坚办公室，牛坚和大王跟在后边，直到她开车驶出厂门，他们两人才返回办公室。

“我觉得是她精神不正常，还骂我们。”大王低着头。

“我也觉得她最近脾气有点儿怪，动不动就发火。”牛坚又斜靠到沙发上，捏起烟灰缸上那半支烟继续吸起来。

大王的嘴唇动了动，想要说什么，他望着牛坚，此时牛坚被一团白烟环绕，面部表情也变得模糊不清。忽然牛坚对大王细笑两声：“听好，我们要挣大钱了。”

渐渐地迷雾散开，大王才看清他的脸：“怎么挣大钱？”

牛坚站起身快步走到放钱的那个抽屉前，他拉开抽屉，取出那六万元往茶几上一甩，对大王说：“拿去。”

“这是干什么？”大王眼睛睁得快要把眼球蹦出来。

“拿着，不用你掏钱，去将张根手上的桃艺通通买过来。等他手上没有了桃艺，我们立即把买回的桃艺上涨为天价，你说这不是挣大了吗？你放心，利润分成不变。”

“天哪，按照八百元一颗计算，这两千颗是什么概念！”大王一下子弄懂了牛坚的用意，兴奋地从椅子上弹了起来。

牛坚把牙齿咬得咯咯响，他告诉大王，八百元一颗是收藏公司对外的售价，他们要低于这个价，每颗桃艺标价七百元即可。这样一举两得，既能毁灭收藏公司，也能毁灭张根，桃艺的天下就会永远是他们的。

大王的心扑腾腾的，他想这次他师父不但没能挤垮他们，还为他们积攒了一大笔财富，现在他们一下子从受害者变成了受益者了。

“牛厂长，你真让我佩服！只要你往后你能叫吴主管把桃核控制好，不再送师父一颗桃核，今天这笔财富我们就取定了。”

“大家的脑子又真没进水，会搬起石头砸自己的脚吗？这样的厉害性她比我俩要清楚得多。”牛坚把一只眼眯起。

大王回到工作室后，就立即把与牛坚会面的事情全都跟小王说清楚。没想到小王并不激动，反而产生了抵触情绪，他想到张根对他的恩情，便把自己的为难告诉了大王。他认为先前他俩与牛厂长合作加工半成品桃艺，又去市场上冒充张根的名字暗下出售，这已经是对师父不义气了，如今再派人将他的桃艺以每颗三十元买来迫使他停手，他们再高价出售，性质就不一样了。这不单单是背叛他，而是在欺辱他，说严重点，这就是在谋害他。如果将来这事走漏了风声，估计张根不被气死，也只剩半口气。小王握紧拳头，直摇头：“师哥，我……我不忍心这么做，真的不忍心。”

“我早就说过你书生气太重，说你笨一点也不过分。你听着，即使今天我俩不做，牛厂长也会派人这么做的，师父仍然会被别人蒙骗。”大王努力说服他。

“那是别人的事，只要我们不踏那道红线就行。”

“你不参与也没关系，但你要管好嘴别传出去，到时哥挣来的钱仍不会少你的。这黑锅，我来背。”大王态度坚决。

张根和李桃香在这段日子里，丝毫没有察觉自己正逐步迈进牛坚和大王设下的圈套。张根怎么也想不到，他每天孜孜不倦销售的桃艺，全都是大王派来的假顾客购去的。

秋后的太阳晒得人干巴巴的，到了中午，大街上摆摊的人都显得无精打采。“该吃午饭了。”李桃香对张根说一声，随手订了外餐。

“桃香，这两千颗桃艺现在只剩下几十颗了，果然如你说的，凡是来购买我桃艺的顾客，没有一个不热情的，手串厂那边也没了动静。”张根打起精神对李桃香说。

李桃香接着也催促他明天就去找吴琼，正好把上次的桃核货款和这次的一并带去，请她再把桃核准备些。张根拿手掌对胸口拍一下，夸这些年自己很了解吴琼，说她是重感情的人，不必担心，这次事实已经说明了这点。

就在他们说话时，送餐小哥已把电动车停到他的摊位前：“老板，你的餐到了。”说着就将两份饭菜往张根桌子上一放，他刚转身要走，李桃香一把拉住了他。

“把头盔掀起让我看看。”李桃香拽着他的衣袖说。

“有什么好看的？”虽然送餐小哥这语气不怎么和善，但李桃香还是很强硬地扯下他的头盔。

“你是小王！”张根惊讶地对他喊一声。

“你刚站在桌子前还没开口时我就认识你了，别以为你戴着一顶头盔，就能蒙蔽别人的眼睛。”显然李桃香话中有话。

原来就在那天小王与大王意见有分歧后，他就借故离开了大王，不参与他欺骗张根的事了，继而找了份跑腿的工作。刚才他接到这份订单，想不到竟是他师父的。当他在十几米外发现这情况后，真有点儿进退两难，本以为在头盔的掩护下，自己能够瞒得住，没想到还是被李桃香认出了。

“师父师母，我……你们……生意好吧。”他慌慌张张这么说一声，语调极不自然。

“你不是暗中冒充师父名义刻桃艺吗？怎么干起这工作了。”李桃香问他。他脸色涨红，自知事情已经败露，半天从嘴角里挤出声：“师父，我对不起你们。”他偷偷看了张根一眼，把头微微低下。

“不是干得挺好的吗？”张根也问。

小王告诉张根，本来还算可以，自从他师父这桃艺一上市，他与师兄刻的那个就没市场了，再说他自己也讨厌刻桃艺了，还是跑腿简单，送外卖不用费心。

“那大王现在干什么，他还继续冒我名刻桃艺？”张根又问。

“不清楚他的情况，我好久没与他联系了。”小王又把头仰起，闭上眼睛长叹一声。

张根从小王的神情里不难判断出，他现在日子过得并不舒心，并有一定的悔过之意，他不免对小王生出怜悯。不管怎么说，师徒以往的感情还是有的。他拉过一张板凳，让小王坐到他旁边，小王也不躲他了，顺势坐了下来。张根安慰小王别难过，说这事不怪他，全是因为桃艺公司那会停产发不出工钱造成的。

“我问你，送餐怎样，能做下去吗？”

“我觉得挺好。”

“如果你觉得不如意的话，还过来跟师父干吧。以后我想不会再停产了，发展的前景总会好起来的。”

小王觉得师父这话很幼稚，其实这两千颗桃艺马上卖完后又走到了尽头，但他又并不想把大王他们的所作所为告诉他，只想管好自己。接着他对张表示衷心的感谢，说自己真的不想再刻桃艺了。见小王再三推托，张根就没有再劝他，然后他就把今天卖的一千元货款现金从李桃香包里取出，分一半往小王手上一放，说是自己对他家孩子的心意，以后有困难再说。

小王见师父今天仍像过去那样善待他，又看着他和李桃香面孔异常憔悴，顿时愧疚到要喘不过气来。本来他几次欲转身离开他俩，可都没能做到。

“师父，我劝你别再做桃艺了，你斗不过他们。”最终他把憋在心里的大王和牛厂长策划的秘密全告诉了张根，“师父，这算是我对你的赎罪，将来凡是我能做的，打我电话。”说完这话他就把钱放到桌上，头也不回地骑上电动车走了。李桃香和张根两个人把眼睛睁得跟灯笼一样，你望我，我望你。

“我觉得这事有些离奇，单凭小王这两句话我们就相信，是不是太草率？”李桃香思索半天，开口对张根说。

“有点儿悬。”张根一动不动地看着李桃香。

“阿根，是真是假等你见到吴主管再说。”

当天晚上，张根为了试探这一消息是否真实，他就给吴琼发了一条信息。吴琼回复他：已为你准备桃核，明天上午十点茶楼见。

第二天早晨，他一见到李桃香，就得意地把吴琼回他的那条信息放她眼前晃晃。“看来不是那回事。”她也说。

张根从衣柜里找出那件斑马西装套在身上，这是他平时见客的专用礼服，他对着镜子整理好领子和袖口。李桃香又忙从梳妆台上取过喷发油，把他的头发梳理整齐。她认真地对他看一遍，手抚上他的脸说：“不要误了约好的时间。”出门前，李桃香又提醒他把上次两千颗桃核的货款带好。

不一会儿张根就来到了十里香茶楼。他进到包间里，吴琼还没有来，这样张根可以提前做一些准备工作，他将手提包放到一旁的凳子上，取过桌子上两只玻璃杯，一只摆在自己面前，自己对面再摆上一只，然后提起茶壶将茶叶水倒进杯中，坐下静静地等候她。

十分钟没到，吴琼走进小包间。张根忙站起身微笑着向她打招呼。吴琼也微微向他点点头，她坐到了他对面的藤椅上，将小挎包放到桌面。

“吴姐，哦，吴主管。”张根改一下口气。然后他立起身走到凳子旁，将预先准备好的上次两千颗桃核的货款从包里取出，“真不好意思，拖到现在才给你。”他把钱放到吴琼面前，又返回座位坐下。

“你今天来，就为了这个？”吴琼瞟着桌子上的货款问。

“另外再弄点桃核。”

“还有呢？”她目光移到他的脸上，眼睛放大了许多。

张根皱皱眉，手指头对着桌面敲两下，想了半天也没想出有别的事。“别的事没有。”他红着脸笑笑。

“会不会还有其他事情忘了没说？”她把脸仰起但目光仍然没有离开他的脸，希望他能明白她的心。

“那不会，来这前桃香还提醒我，让我把上次的钱款带好，连这次也做好了准备，吴主管，您这回能把挑核多给我点好吗？”

听他这话，吴琼先前脸上如灿烂阳光的表情一下子变成冷灰。“张根！”突然她抬高声调，“你就不能说爱我吗？你就不能说让她离开你吗？这么长时间你究竟在想什么？不瞒你说，我已经将李桃香和陈伯水找在一起对质过了，他们两人感情都十分要好，并且还当着我的面承诺永远不分开。你睁大眼睛看看，那陈伯水要多可怜有多可怜，你硬要和李桃香在一起，这与杀了陈伯水有什么不同！你看你现在变成什么样了，什么大师雕艺家，我看你就是刽子手，正在杀害陈伯水，同时也在伤害我，我——我恨你不死——”说到这，她将脸往侧面一扭，心头一酸顿时要流眼泪。

可是，张根一点儿也没有被她的行为所打动，只是拿手摸摸下巴。

“根根，回头吧！”她将脸又转向张根，并用亲和的语气说，“和我结婚等于成全两个家庭，就算你不刻桃艺，我也能养你一辈子。”她站起身走到他身旁，抬起手搂住他脖子，“我们不要再相互折磨了，好吗？”

张根掰开她的手，却向她提出要求，叫她先把桃核供应给他后，让公司运作起来再谈这事。

“这不难，但办事情总是要讲个程序。”吴琼说着摇摆一下身子。

“你还好意思谈程序，她腹中的孩子都要出生了，我问你，是你先还是她先？”他将后背往椅背上靠靠。

吴琼一口咬定，说自己在先，如果没有她提供的桃核，哪会有张根桃艺，没有桃艺，哪会有李桃香。她又坐回藤椅上，和他一样将后背往椅背上靠靠。

“这就对了，当初你只是给我桃核，并没把你人送给我，所以今天你恨我没道理。”张根辩解。

吴琼见他丝毫没有悔改的意思，觉得自己要崩溃了，她腰一挺站起来，不过她面容倒是泛着微笑：“看来你是一天也不能离开桃核喽，好吧，今天总不能让你白跑一趟。”她说着就提起小挎包不紧不慢地从里边取出一颗桃核，把它放到桌面上，“拿去吧。”说着她就提着包走了。

张根紧盯着那颗桃核，眼睛一会儿睁大一会儿乜得很细。“这就是为我准备的桃核。”想着，他猛地抬起胳膊对着桌面一横扫，那颗桃核瞬间被打飞。他呆呆地站在那儿，过一会儿，又对着地上的那颗桃核缓缓蹲下去，颤颤巍巍地抓起桃核，放嘴边把它沾上的灰尘吹干净，装进西装口袋。

张根回家后，他从包里取出吴琼没有带走的那笔货款，用劲往茶几上一摔，不用说李桃香明白了结果。

“真是的，给你一颗也是情面啊。”她的脸上一点儿表情也没有，靠在沙发上，侧着身子看着张根说。

张根听李桃香说给一颗也是情面，突然想起西装口袋里带回来的那一颗桃核。他咬着嘴唇，将右手伸进口袋握住那颗桃核，用力揉两下，又把拳头从口袋中拿出，伸到李桃香的面前慢慢地打开手指：“你——说错了——她给了我情面啦——你看！”他在说这话时，满脸的肌肉跳动得要一块一块掉到地上。

李桃香看着他手心的那颗桃核，显得匪夷所思。

“她给了我一颗，我好有情面呀！”他说着，仍然把手上的桃核伸在她面前给她看。

李桃香终于憋不住，想不到吴琼会这样羞辱他，她紧紧地抱住张根，依靠在他的肩膀哭起来。她和张根心里刚燃起的那点烛光再次熄灭。

连日来，张根精神恍惚，意志消沉到零点。他与李桃香两个人每天坐在房间里，空气死寂寂的，谁也说不出能提起对方半点兴趣的话。

“天要下雪吗，屋里有点儿寒。”张根坐在李桃香对面，半天冒出这么一句。

“还没入冬呢，哪来的雪。”

“人太较真不好。听你的，决定做普通的。”

“能行吗？”

“你又流泪了！”

“没，没有。”她转过身擦擦眼角，走进自己的办公室想把悲伤控制住。就在她刚坐到自己的电脑前，那颗放在电脑桌子上的“二王”冒名雕刻的桃艺映入了她的眼里，这使她又想到了吴琼。这一刻，满满的泪水如潮水一般涌了出来，直到心里的憋屈得到释怀后才从办公室走了出来。她坐到张根身旁，想对他说几句安慰话，再来改善一下他的情绪。

“阿根，其实以你的名气，就算用普通桃核刻桃艺，仍会受到大家欢迎。”她坐下来搂住他的胳膊。

“养活我们三个人是没问题的，现在倒也落个清心。”他望着她红肿的眼睛，挺挺腰杆。

“对不起，阿根，真想不到我会给你带来那么多的伤害。”

“我活得挺好，挺好。”这几个字他费了很大力气才从嘴巴里挤出，他抬起手擦一下眼角的泪水。

她将头轻轻地歪靠在他胳膊上，神情有些木然，自语般说着：“我真傻。想想自己过去怎么会这样天真，从正月桃树刚吐芽时就认识你，再迎来了桃花盛开，又迎来硕果累累，度过了春秋夏，我全都在隐瞒着你，担心被你知道我家还有个陈伯水，瞒呀瞒，到头来还是没瞒住你。”

“那时我不该逼你与我结婚。”他抚摸一下她的头发。

“瞒不住你以后，我还要千方百计躲着你，还要骗你说自己不爱你。唉——”她长叹一口气，“到现在我才明白，自己应该怎样活下去，究竟要为谁活下去。阿根，你还会像以前那样爱我吗？你还愿意娶我吗？”

听这话，张根苦笑一声：“你又何必为难自己？”

“你愿意还是不愿意？”

“给你看样东西。”张根说着就站起身解开自己的上衣，再脱下贴着皮肤的那件高领衫，挂在他胸前的那个红色小布袋显现在李桃香眼前。接着他就把小布袋取下来，小心地拿出藏在布袋里的“母子桃艺”，他慢慢地蹲下身子，单膝跪下来，将自己放着桃人的手掌伸到李桃香面前。

“你看，这母子俩一个是你，一个是我们的孩子，我会永远把你和孩子放在我的胸膛上。”

一开始，李桃香只是愣愣地盯着“母子桃艺”看，然后她就抬起手把两个桃人拿到自己面前，继续认真地看。她的嘴唇颤动越来越厉害，忽然闭上眼，身子一仰靠在沙发靠背上。

“桃香，桃香。”张根轻轻地推一推她的肩膀，李桃香慢慢睁开眼睛，她控制不住内心的震撼，搂住他的脖颈哭了，他也哭了。

“我跟定你了。”她的目光和张根对接起来连成了一线，她扶张根起来，二人依偎坐在一块儿。她又接着说，“我要为你活下去，我要嫁给你。我现在决定离开陈伯水，我已还清了他的情。亏欠的是他，他欠你的是救命之恩，欠我的是赡养之恩。”

她取过茶几上的纸巾擦干眼泪。

张根站起身，双手合拍起来，他来了灵感："你看这样行不行，我把他和你一块儿娶过来。"

听到这话，李桃香忘记了自己沉重的孕腹，她双脚发力，身子往上一挺像要飞跃："你怎能想到这个？"她对他肩膀捶两下，可是很快她又皱紧眉，垂下了嘴角。

"桃香，将他一起带过来，永远让你们相怜相知。你与他虽不是真正的夫妻，但你们相同的命运还是牵连在一起的。"

"不行，就是不行。你承受不了这个心理压力。即便他是个残废，可他总会让你不舒畅。那时你一定会想着我曾经是他的女人。"

"曾经是曾经，现在是现在。"张根说着走到她面前，一只手轻抚着她的肩膀，"再说我与他以前又不是不认识。"

"如果不认识倒好，大家都不知道底细，一切从头开始。"

"这和从头开始有什么不同？他又不是在自己家，过来后环境会改变人。"

"我担心他改变了，你也改变了。你会变得不像今天所说的。"她站起身左右走两步，长时间的久坐让她的脊椎隐隐作痛，她必须时不时调整肢体活动。

"桃香，如果我对你不真心，将来不尊重陈哥，就让我被雷劈让我不……"

话还没说完，李桃香忙抬起手捂住他的嘴巴。

望着李桃香的愁眉渐渐舒平，他匆匆走进卧室换上了那件花色西装。他一边扣扣子一边告诉她，说自己现在就过去当着陈伯水的面把这事说清楚，一是向他请罪，二是劝他面对现实。

李桃香立即阻止他这么做，她告诉他不要把这事看作是小孩子玩游戏，三言两语就能解决问题。更不要以为现在他把陈伯水当作亲哥看待，陈伯水就会把他当作亲弟看待。要想挑明也该由她亲自回去挑明，她还说，别看他没腿没脚，可人一旦要玩命，那就可怕了，又不是没领教过，当年网贷的那三个人都不是他的对手。那天在十里河边不是他对自己手下留情，她是活不到现在的。

张根皱着眉眼想一想："让他情绪缓冲一下也好。"他端过椅子扶李桃香坐下。

李桃香提议在她回去和他摊牌之前得计划好，她腹中的孩子将来归陈伯水还是归张根。

"事情明摆着，孩子是我的，为什么要给他？"他坐到她边上。

"现在他已经把孩子当作是他自己的了。"

"这不行，父子分离的事我做不到。"

"他一下子失去两个，心里会更不平衡，也许连我也不放。"

两人静静干坐着，最终张根抬起头让她拿主张，李桃香果断地对他说，自己属于张根，孩子属于陈伯水，两个男人一人一份。

"可他没能力抚养。"他站起身左右走两步。

"我们抚养，孩子长大后再还给他。阿根，看上去你是做出了很大让步，可要让陈伯水答应放我嫁给你，还是有难度的。我想，他能估计到我与他脱离关系后他将会变成什么样的角色。"

他停住步，仰着脸无奈地抿一抿嘴唇，开口说："好吧，听你的。"

李桃香没想到今天自己与张根会把这两件事办得这么畅快。

她缓缓站起身，将身子贴近他拥抱他，此刻，她觉得浑身减去不少重量，她甚至想飞到桃源村上空，一瞰这无边无际的美景。“阿根，我想去院子外走走，呼吸呼吸空气里的香味。”

“好。”张根挽着她的胳膊来到院门外。李桃香一会儿绕到院子东边看看，一会儿绕到院子西边看看，桃树林里弯曲的小路上的果农们见她这副模样，无不认为她是一个生在城市里从未到过乡下的人，因而才对眼前的一切光景感到新鲜。其实李桃香现在内心的感受与果农们所说的一点儿也不一样，自己非但对这里的环境不陌生，反倒是把自己看成了这儿的主人，与这处上天赐予的圣境，从今往后永远血脉相连。

高兴的情绪让他们忘记了时间，过了晌午，他们才感觉到了饥饿。两人想到要做点吃的，于是张根把李桃香扶坐在沙发上后，自己转身去厨房的冰箱里翻腾出一些存货。虽然食材不多，他却忙得像过节似的把灶具不停地弄出响声，一人一碗面条端上餐桌。

两人放下碗筷后，李桃香伸手取过一张纸巾为张根擦去嘴角的汤汁：“你看你，吃饭像孩子。”

张根将两个人的碗筷放到洗碗槽里洗干净后，擦擦手转回身对她说：“桃香，以后我晚上刻桃艺，白天去市场，你就在家把身体养好。明后天接陈哥过来，不会再让你两边牵挂了。”

“今晚回家我就要给他透露这事，让他有思想准备。”

“把他接过来，我会干得更安心，还能与他聊聊矿上的趣事呢。”

张根这么说倒是提醒了李桃香，她觉得过来后不如让他跟张学习刻桃艺，不需多长时间他就能上阵。如果他能干上这行，正好把一个废人变成了一个有用的人。她越想越觉得心动，还将手对着张根比画："你想，要是把他放在那刻桃艺，他会多么安心，性子不急也不躁，连你都不一定比得上他平静自然。"

"那你明天就去办。"

听张根催促她，她又犹豫了，又把语气转一下："我看还是先等你刀子动起来再说，暂时别将这件事告诉他，时机还不完全成熟。"

"行，我把上次从外地带回来的那些桃核先刻出来看看。"

"好，我去把作坊收拾收拾。"

这一下午到晚上，李桃香像变了一个人似的，脸上总是挂着笑意。

"我看你今天气色好。"这是她刚回到十里河，从白果树下还没走进家门陈伯水在门前等候她时对她说的话。

晚上，李桃香做了两盘菜，又从白果树边上的小商店买了一瓶白酒给陈伯水。

"你们这阵子干得不错嘛，看来吴主管并不坏。"他端起酒杯抿一口。

"嗯，我们还要感谢她呢。"她夹一筷菜放到他面前。

"我上次让你把我的名字告诉张根，你对他说了吗？"他放下酒杯。

"说了。"

"他一定感到很震惊吧？"

"别提了，他差点一头撞死。"她放下筷子。

陈伯水点点头："算他还懂事。那他对你说了些什么？"

"他叫我立即离开他，离得越远越好。他说对不起你，永远没脸再见你，只有把你放在心里念着，当时他就哭得要晕过去。"

陈伯水听后，低头不语，他端起酒杯一口饮尽，火辣的灼烧感从咽喉一直延续到胃里。直到晚饭结束，陈伯水才这样说一句：“你告诉他，我要见他，我也想他呢。”他拉了拉她的手。

李桃香心里一阵儿欣喜，陈伯水果然被她引进了自己的“伏击圈”。接着她故意把脸板着，用低沉的语调说：“我刚才说了，他内疚得没脸见你，恨不得死在你面前。他能见你吗？”她摸一摸他的手背。

陈伯水脸上露出一丝满足感，他认为只要张根知错了，自己也不是不好说话的人。他抬起手摸摸李桃香的脸：“人，总会有失误的地方。”听陈伯水这话，李桃香立刻决定让他和张根见个面，预温一下双方的感情。

第二天，李桃香到桃艺公司后把昨晚的谈话告诉了张根。并说已经跟陈伯水定好时间，现在就过去。又提醒张根说：“你记着，他要是有一点儿对你动粗的意思，你就往后退远点，毕竟以前他练过武术，你只要与他保持距离，就不会有意外。”

张根告诉李桃香，陈伯水虽然有凶悍的一面，但也有道义的一面。在矿上他当领班，从没随便欺负过别人。张根在说这话的时候已走近衣柜，从架上取一件老旧工作服往身上穿。

李桃香对他穿这身衣服感到很不适应，粗布已经褪色，看上去脏兮兮的。她皱皱眉头，劝他最好换上西装，她喜欢他穿西装的样子。

而张根却另有想法，说这件工装是他曾经和陈伯水在矿上一起挖煤时候留下的，那天他出事，自己在救他那一瞬间就是穿着这件工装。今天穿上它，陈伯水看到了就会想到大家曾经在一起采煤时的情景，它能消除他们之间的敌意。

两人穿过桃林，渡过十里河，在走到李桃香家院门前时，张根停下了脚步，他吸足一口气后，就从容镇定地走进院内，走进屋内。这一刻他终于站到了陈伯水的面前。

陈伯水聚焦眼神盯着他的脸看。在陈伯水的印象中，过去的张根面部肌肉没这么明显，头发也没有这样黑亮齐整，那是一副精神不大充沛的模样。几年未见，现在他看上去结实不少，有些俊俏。

双方对视许久，谁都保持着不先开口的姿态。

“你先说。”两人同时开口。

“你是主人。”张根冒出这么一句。

“你已反客为主。”陈伯水眼里闪着一抹红光。

经过双方寒暄一番以后，张根把头低一低：“陈哥，今天我来向你赔罪，请你消消气。”

陈伯水不说话，只是攥紧两只拳头，而且已经用足了力气，看上去他今天不把张根捶死誓不甘心。可是他虽然有这想法，但他无法做到，除非他能一下子飞到张根面前。他现在又只好松开两只拳头，手指不停地做伸缩动作。他暗暗地向着轮椅四周窥视，企图在轮椅附近发现一把锤子或者一枚尖刀，然后突然抓起来对张根扔过去，现在他全然忘掉之前和李桃香说的话。

“陈哥，今天我来就没打算活着回去，一切随你处置。”张根假装没有发现他的意图，只是淡淡地笑着。

陈伯水见两种方法自己都采取不成，只好将头低在那一动不动，过一会儿他才抬起头笑了起来。张根对陈伯水这笑更是增加了一分危机感，但他并未做出相应的回应，他认为如果那样的话，弄不好会使前面所做的努力功亏一篑。陈伯水收住笑声，脸略偏着对张根说：“话别说得这么难听，我没打你也没骂你。相反，你是我的恩人，我正要感谢你的救命之恩呢。你是恩人，是我的恩人，我不能不感谢你。”

“感谢就别提了，只怕是暗藏杀机。”张根笑两声，说着抬起手对陈伯水摆一摆。

“那你乘人之危呢？”陈伯水的脸色变了一下，挺直脖子横眉冷对他。

“陈哥你误会了。那时在矿上我与你认识没多少天，只是听别人说你有一个美丽的女友，可我们大家根本没见过她。现在我都这么大年龄了，我找对象有什么不对？总不能一下子就把对方的底细了解透彻。你没道理怨我，你只能怪命运制造了这个巧合。”

“会说，你桃艺刻得好，口才也不错，听你这么一说，倒是错在我身上了。”陈伯水从齿间发出一声怪笑。

“今天来，主要是听你的意见，你说对我怎么办就怎么办。”

“我能怎么办？我除了身子底下两个轮子能转动以外，浑身早就变成了废物。从目前来看，我连一只羔羊的本领都不如。对于眼前的事实，我不认账除非我不想活了。何况你是一头猛虎，主动权在你手上，你随时随地都可以把我给办了。办吧，我欢迎。总之，我已经被你弄成这个样子了，还是在恩人手上弄的。”陈伯水说这话时还把大拇指对着张根竖起晃晃。

张根知道陈伯水是在讽刺他，就把嘴巴不冷不热地咧咧。人陷入痛苦，多半是不愿承认悲剧的不可避免性，张根对于陈伯水的话不作反驳，如果这个时候堵死了他发泄的路径，后果一点儿也不比他身体上受到的伤害小，这样就更不利于他俩之间矛盾的和解。

“张根，想不到你这么有能耐。你是世界上第一能人，我弄不过你，我怎么弄也弄不过你。”陈伯水仍继续讽刺他。

张根听完这话，张开嘴巴吐口气，他想解释再多也白解释。他只好把心头所有的纠结汇成一句话：“陈哥，我明白你想做什么，我就只当那天在救你时，那石头块落在我头上，算起来至今我还多活几年。”张根这么说果真就这么做了，他一步跨到陈伯水面前把脸贴过去，“我知道你会摔跤，也懂拳法，就朝这儿砸。”他垂下头，拿手指点一点自己的头顶。

“别啊——”李桃香伴随着自己的尖叫已经冲到了张根面前，她伸出两只胳膊使劲将张根往后拉，在拽不动他的情况下，她又忙用两只手护住张根的头顶，她绷着脸严肃地对着陈伯水说道：“陈伯水，有本事打我。听着，动他一下，今天对谁都没好处。”

陈伯水举着拳头，把牙齿咬得咯咯响，看上去他很快就要使出千斤力量狠捶下去。就在李桃香以为陈伯水要对张根造成重创的时候，陈伯水居然没把拳头落下，他就跟开玩笑似的把自己拳头放眼前细细地看着，还用嘴巴对拳头吹气，再将拳头慢慢收回了原处。陈伯水向张根做个手势，示意他坐下。

“那块石头被你挡开了，倒是让我多活了这些年。”陈伯水说着又抬起手摸一摸那层青灰青灰的络腮胡子，“今天虽然没打你，我憋了半年多的窝囊气倒也释放不少。”

听这话，张根把前倾的脖子往后一仰。再抬起手摸摸脖颈，直到李桃香把他推到边上按他肩让他坐到凳子上，他才回过神。

先前大家把狠话、愤话全说完了，张根和陈伯水两人开始说好听话了。陈伯水说张根是他的救命恩人，张根说自己对不起陈伯水……李桃香高兴得不知说什么好，她站在两个男人中间，张开双臂将手掌分别搭在他们俩的肩膀上，脸上乐开了花。

到了中午，李桃香把之前准备好的一包包荤菜素菜提进厨房里，不一会儿，大盘小盘摆上了餐桌，食物丰盛，有鱼、虾、汤羹，看着就有食欲。

陈伯水与张根两人一入座，就相互举杯敬酒了。渐渐地两人都忘掉了今天各自的角色，瞬间返回从前他们在矿上相处的那段岁月。张根这时也改口不跟他喊哥而喊班长了，陈伯水也把他看作是自己手下的一名员工。他们一时说那天闹罢工涨工资的事，一时说几个人逛大街打抱不平的事，今天大家在小酒馆喝酒，明天在小餐部吃烧烤，还说那天他们几个人头脑一发热，偷了边上果林场一条狼犬给烤了。

就在他们尽情地谈说那些美好往事时，李桃香在厨房又烧了几个热菜，她把手上的菜盘往桌上放好后，又夹些菜到陈伯水碗里，劝他多吃点。张根与陈伯水边吃边喝边说边笑。这一刻，他们二人都把自己从狭窄的生活圈子里，放进了那个完全不属于任何人的自由空间中。

从这两个人眼前放纵的程度上看，陈伯水要明显一些。从他在矿上那天出事开始，在这两年多的时间里，他没有了朋友，没有了交往，没有了相聚。那个充满热情、思想、自由的空间刹那间变成了孤独、冷漠、绝望的空间。现在，他完全忘掉了张根是他的情敌，而是把张根当作一位挚友。因为在这些年里，除了李桃香以外，他太渴望有一个人和他聊聊，哪怕时间很短。

两个人的酒量都不大，不是李桃香阻挠的话酒瓶可能马上要见底。

“根弟，去，拿碗来！”陈伯水甩了甩胳膊。

张根立即冲进厨房取来两只碗，又重新开了一瓶酒，张根先把他碗里倒满，再倒满自己的。就在他们还没有来得及把酒碗靠上嘴边时，李桃香从他俩身后夺过他们手上的酒碗，一下子全泼到了院子的地上：“喝吧，看你们还喝不喝！”一开始两个人都觉得有点儿尴尬，很快就你对着我，我对着你笑开了。

午饭结束后，院子里的光线也柔和许多，云朵在天空中随意飘移，白与蓝显得格外清新。张根独自打车回公司去了，在他与陈伯水临别时，他还和陈伯水约好下一次喝酒的时间。

这阵子在牛坚的操纵下，大王陆续将从张根手上低价收回的桃艺发向市场，以六百元至七百元的价格对外出售，让许多人见了不仅眼红，还垂涎三尺。反应最强烈的是收藏公司的胡干与刘珊珊，因为大王这么做直接威胁到收藏公司的利益。夫妻两人十分懊悔当初没有判准市场形势，失去了低价抢购张根桃艺的最佳机会。

“有点怪。张根是从哪得来的这批优质桃核？为什么不再继续弄？”刘珊珊坐在办公室，对着坐在她对面的胡干说。

“有可能是以往的库存。”胡干说。

刘珊珊感叹一声，觉得张根有些好笑，一代工艺大师居然会被这桃核难住。她想着这个问题的时候，忽然产生一丝灵感，她告诉胡干，说如果她要是张根，她一定去和五星罐头厂重新谈条件，花重金买断它，这样就不会被原料所困扰了。

胡干说问题不是这么简单，听说五星罐头厂和手串厂现在联营，张根那桃艺公司毕竟是桃源村委挂名企业，谁也不敢私下谈好处费。胡干从烟盒里抽出一支烟点燃。

“如果这时候把他拉过来与我们合作，那才美呢。”刘姗姗说。

“美什么？桃核你从哪儿来？”

“去别处寻找。我不信，除了桃源村有特殊的土壤能长出那几亩优质的水蜜桃，别处就没有？”刘珊珊一边说这话，一边把巧克力放到嘴巴中。

“就你聪明！告诉你，听说前段时间张根在外跑十多天，就是为了寻找桃核，可带回来的竟是废品，一颗也用不上。”

刘姗姗眼睛一亮，说可以让五星罐头厂的工人从厂内偷一些桃核卖给收藏公司，收藏公司再将偷来的这部分桃核交到张根手上雕刻成桃艺，然后收藏公司再从张根手上把桃艺买回来，虽然桃核偷不了多少，但总比收藏公司去市场上到处回收桃艺要有优势。

听她这么一说，胡干立刻有了灵感。

“珊珊，我有个主意。”胡干夹起香烟放嘴上深深吸一口，立即再从鼻孔中喷出两根白烟，他接着说道，“听说桃源村村主任是张根的堂叔，五星罐头厂所用的水蜜桃都是由村里的果农们提供的，而果农们所培植的桃树是由村上承包给他们的。只要村主任跟果农们打个招呼，让他们把那十几亩优质水蜜桃一个也不卖给五星罐头厂，转卖到别的地方去，张根到别的地方再将那批优质桃核采购回来，这事不就解决了？”

“这倒是个好出路，张根的桃艺公司本来就是村上竖起的一面红旗，名义上属于公办企业，村主任即便不是他叔叔，也应该尽力相帮他。好主意，是个好主意。可惜，张根怎么没想到这点。”

胡干笑笑，说自己想到了和张根想到是一回事，这就要看张根愿不愿意和他合作，如果愿意的话，正好自己有个朋友在县外一个罐头厂当经理，早就对桃源村这儿生长出的水色鲜润的水蜜桃攀求不得。他可以让他拿出与五星罐头厂同等的价格收购桃源村那批优质水蜜桃，剥下的桃核可以免费提供给张根。

“这事能成。”刘珊珊手掌轻轻拍一下桌面。

胡干与刘珊珊又进一步分析张根的处境，一致认为张根已经山穷水尽，与收藏公司合作就是命运的安排。这样一来，后面他们就把握住了桃艺市场的主动权，而且也能将他们的对手“二王”击垮。他俩决定立刻去找张根沟通。

这边，张根虽然说从现在起开始利用那些劣质的桃核雕刻桃艺，可是一上午，他把他的绝技都使了出来，也只刻出三五个。由于桃核瘦小，刻出的这几个桃艺，连李桃香看了都不停地摇头，无奈李桃香除了安慰他两句什么也帮不了。就在张根对着桃艺发愁时，忽听铁栏门外有人敲门。

“张总在吗？”

张根走出工作坊，只见一对男女从一辆红色轿车里走出来，停在大门外。男人的腋下夹着个棕色皮包，女人脚踩细高跟搭配一身职业套装，两人打扮得油头粉面，年龄都在三十岁上下。张根打开门看了半天觉得眼生。

通过他们自我介绍，张根才知道二人正是上次在木子镇上工艺商店袁老板跟他提起过的收藏公司的胡干夫妇，张根把他们接到客厅里后，给他们每人泡上茶水。

“你们二位怎么到我这来了？”张根问。

刘珊珊眼睛带笑，一脸谄媚相，说因为张根最近又生产桃艺了，今天特来拜访，看他是否能分售一点儿给他们沾沾光。

听刘珊珊说这话，张根就让李桃香去作坊里把自己刚才刻的那几个桃艺取了过来，往茶几上一放。“如果这品相你们看的上，我就为你们提供。”张根说。

刘珊珊与胡干每人分别用手指头捏起桃艺，放眼梢上眼睛对着眨眨，两人的神色显得极为怪异。

“这是你刻的？”刘珊珊问他。

张根点点头：“确实出自我手。”

刘珊珊把手上的桃核放回茶几上，什么话也不说了。

“张总，我并不怀疑你说的话，看来这真是出自你手，因为你有好长一段时间没刻桃艺，在我看来，你现在能刻出这么高的水平，已经叫人很羡慕了。”

张根听胡干说这话，浑身皮肤像被芒刺似的。

“难道问题出在桃核上？既然这样，那你为什么不用好的料子？”他装模作样地睁大眼睛问。

“胡总，难道你真的没听说，五星罐头厂的桃核已经不提供给我们了。”李桃香坐不稳了，在边上插一句。

“原来是因为这个呀。”胡干说。

“胡总，桃核在人家手上，我总不能去硬抢吧。”

“抢，那样做不是你的风格。难道你就不会想出别的办法从源头上动脑筋吗？”

张根听他说这话，对吴琼的怒意又涌上心头，他没有再说什么，只是脸色一会儿红一会儿白。

胡干见机会成熟，便从烟盒里取出一支香烟，掏出打火机点燃，当第一口白烟飘浮在空气中时，他瞧了一眼边上的李桃香，忙把香烟放到地面用鞋底踏灭，接着他把自己的构思和设想详细地告诉了张根。

“对啊，桃艺出自桃核，桃核又出自水蜜桃。我让村委出面，让果农们把水蜜桃卖到外地去，我再将桃核买回来！我真蠢，吃了这么多天苦头。”他拿手掌拍一下额头。

“水蜜桃销路你也不用愁，我有渠道。不过，事成之后我是有条件的。”胡干说。

“胡总请讲。”他握住他的双手。

“桃艺在市场上的销售由我们收藏公司调控把持，你我双方分配的原则是五五分成，双方各占一半。”

“没问题，只要能让我的桃艺重见天日。”张根立即表态。

“我朋友的罐头厂那边已电话联系过，没问题。只等你去找村主任协调，我想他一定会支持你的。”

胡干和刘珊珊两人离开后，张根站在铁门前，这一刻他似乎连怎样笑都忘了，嘴巴反而变得僵硬，眼神也凝滞了：“桃香——我们——又有桃艺了！”

李桃香一转身扑进张根的怀里。

二人没在门口停留，回客厅后，李桃香坐到沙发上，她又对张根提出了一个新问题，她担心村主任不愿意冒险。不过张根却不这么认为，在他心中，村主任一贯有责任感。况且五星罐头厂所有的水蜜桃都由桃源村的果农们提供，而果农们的桃树林都是村委会承包给他们的，作为村主任对果农们吆喝一声并不是难事。

“阿根，吴琼怎么也想不到会被我们摆一道。”

“她很快也就要尝到被‘断路’的滋味了，现在我倒有点儿同情她了。”

李桃香建议事成之后把欠她的两千颗桃核还给她，算是回她的人情。

“不，是一颗。”他的眼睛笑成一条线。

刘珊珊和胡干回到公司后，两人心情的愉悦程度一点儿也不比张根逊色。刘珊珊把身子窝在沙发里，端着咖啡深吸一口冒上来的热气：“我们有了张根，从今往后再也不会为真品桃艺发愁了。”

胡干告诉她眼下还要做一件要紧事，自己在与张根合作的桃艺未上市之前，现在就去各路经销商那里散布消息，告诉他们说张根桃艺不日就要大规模上市，让他们立即停止从别人手中高价进货，特别要强调千万不要从大王手上还有手串厂拿货，这样到时各路经销商就会有足够的机会用收藏公司的桃艺了。

胡干向刘珊珊布置完任务后，就坐到茶桌前按一下电源，紫砂壶发出响声并且开始像石碾一样转动起来。

先前还在乌云里挣脱不出的太阳，这会儿放射出刺眼的光芒，房顶上、桃树林、庄稼田、河滩上一下子全变得辉煌明亮。午饭后，张根赶到村委会把自己的计划透露给陈助理，陈助理放下手上的文件，告诉张根等主任过来后就向他汇报，让张根先回去等消息。

“这小子几天不见变‘精’了，也想出整人的主意了。”村主任听陈助理汇报后笑着调侃两句。陈助理离开电脑桌，给主任泡了一杯茶叶水，放到他面前，说道：“主任，我看这事能做。吴主管不考虑我们村经济发展的整体性，不对她敲敲警钟，她是不会收手的。”

“是的，肆无忌惮搅乱市场，严重威胁到了我们好不容易扶持起来的桃艺公司。”主任端起茶叶水。

陈助理又告诉主任，说通过这件事情所起的冲突，看到了张根的潜力是不可估量的，他是一位真正的桃艺大师。在停产的这段时间里，他的桃艺价格突飞猛涨，还惊动了不少艺术品收藏家对他桃艺的追捧，如果对他不加以保护，轻易地被毁了，想起来不是对不起张根，而是对不起桃艺，对不起桃源村所有热爱这门艺术的人。

“所以近年来，无论是地方政府还是业内人士，都大力提倡要保护地方文化遗产，不能让它自生自灭。”主任表态。

“主任，该我们出手了。”他坐回电脑桌前，继续说，“不过，我想他们一定不会束手就范。”

“会有人帮他说话的，弄不好我这村主任当不下去。”主任放下手上的杯子，眉毛皱成一堆。

“是呀，五星罐头厂毕竟是王镇长亲自招商引资的企业。只怕……”陈助理说着把眼镜往鼻梁上推一推，“如果会给你带来风险，干脆睁一眼闭一眼算了，叫张根再另想办法。”

村主任固然知道其中的利害，但大家都为这事动了那么长时间的脑筋，也没能想出什么比这好的办法来，这样的办法如果不采纳，桃艺公司真的只有死路一条了。他两腿一挺站起身，手掌往桌子上一拍：“去！你去通知果农，我要跟他们开会，凡是不服从安排的，下一届终止他们承包权。”

陈助理连忙劝他不要着急，等他去找张根商量后再说。陈助理一刻也没耽误，又急匆匆前往张根家。

张根听陈助理跟他说出其中风险以后，也怕会连累主任，最后还是李桃香想出了办法，她告诉陈助理，让主任佯装不知道这事，从现在起她和张根也不会再去村委办公室与他接触，就说这是果农们自己决定的，就算上面追查起来也不会拿果农们怎么样。

陈助理回村委办公室后，迅速把这想法汇报给村主任。他对主任说：“这事你离得越远越好，我们不开会、不传达，更不要去通知五星罐头厂，大家全不声张，就跟什么都没发生过一样，具体事宜由我负责办。”

“你打算怎么操作？”主任问。

“我只要把陈老果一人说通就行，他是果农们的领头。等那批优质的果子一下树就立即打包，趁着夜深时运出。”

主任托住下巴皱皱眉头：“将来他们知道了，以什么理由解释？”

陈助理将脸靠近主任，说他让陈老果一口咬定五星罐头厂出价太低，亏本的生意不能做。等到一切稳定时，谁也奈何不了陈老果，更不会取消他种桃树的资格，他还是继续当他的果农。

主任被他逗笑了：“哈哈，谁也不会想到原来是你在幕后指挥的，我想陈老果不会拒绝你。”

“他报答我们都来不及，要不是上次村里给他好政策，他一棵桃树也别想有。”

这边，虽然李桃香想出了办法让村主任置身事外，可张根和胡干之间的合作倒是出了问题，因为合作久了谁也保证不了胡干不把内情说出去。

“桃香，想封住他们夫妻两人的口，我没把握。就算现在和他俩口径统一，将来又能坚持多久。”张根分析。

李桃香点头表示认可，说他们万一哪天把村主任出卖了，不仅害了主任，弄不好还会以此来要挟桃艺公司。

“可是，不跟他们合作，水蜜桃又没处卖。”张根说。

张根这话一下子点醒了李桃香，她忽然想到之前张根去外地十多天找桃核样品，认识那几家罐头厂，让他现在直接和他们谈谈。

“对，我怎么没想到这路子？我还有他们几位负责人的微信呢。”张根说着就忙打开通讯录查了查，“你看，”他拿手指头对着手机屏幕点点，“这是张厂长，这是李厂长……不过——”

张根把脸转过来看着李桃香，说这样甩了胡干夫妇俩有点儿不忍心。

“商场如战场，吴琼跟你忍心吗？”她语气不带丝毫犹豫。

“也只能这样了，我现在就跟厂家联系。”张根又开始按手机。

不出所料，外面几个罐头厂厂长对张根的想法都表示欢迎，都说只要村里能同意把那几亩优质的水蜜桃卖给他们，他们还愿意比五星罐头厂加点价，剥下的桃核免费送给张根。

胡干与刘珊珊夫妻俩自从与张根达成协议后，心情终日处在焦灼状态，胡干时不时就给张根一个电话，催促张根再去做做村主任的思想工作。因为张根已经对他谎称说主任对这事持反对态度，不支持自己这么干。胡干不死心，给他发信息：你每天多喊他几声叔还不行？你跟主任说让他当大股东还不行？你跟主任说一年准挣两百万激励他……

那天村主任虽然对陈助理和张根他们的想法表示认可，但他仍然高兴不起来，他在办公桌前踱来踱去，沉默一会儿，对陈助理把手招一下，陈助理立即靠到他身旁，主任抬起手掌拍拍他肩膀说：“我觉得这事做得还不到位，我补充一条。你再想办法把这消息传到吴主管那儿，让五星罐头厂知道。”

陈助理感到疑惑，他把头抬起来看着主任，不明白主任一时究竟想干什么。

主任把心结向陈助理表明，说主要因为这批优质水蜜桃是五星罐头厂的代表产品，如果这次真的把五星罐头厂搞垮了，会对桃源村地方的工人就业和经济发展造成巨大损失，即使保住了桃艺，那也得不偿失。

“我断定，果农们这做法只要传到五星罐头厂，他们一定会主动找到我们，请求我们出面协调，到那时还怕吴主管不妥协吗？”主任眼睛都笑细了，将花白头发往后抹抹。

“嗯，也好。至于让谁去散布消息，还是陈老果吧，本来五星罐头厂就有许多我们村的人在里面当工，不愁这消息传不到吴主管他们耳中。”陈助理说。

果然吴琼听到这消息后感到很震惊，她立即亲自向厂长汇报。

桃源村漫野都充满秋收的喜悦，部分水蜜桃再不过半个月就要上市，有些果农们已经为卸桃工作开始做准备。

村主任坐在办公桌前，放下手中的文件问陈助理：“都安排好了吧？”

“主任放心，陈老果对果农们都说过了，果农们个个都认为真要把水蜜桃卖到外地去。”

“希望吴主管通过这次教训后能有所醒悟，能与我们桃艺公司合作到一起。”主任话音刚落，手机响了。屏幕上显示的名字是王镇长，他清清嗓子，接通后，王镇长告诉他说他们马上就赶到村委会，考察他们村“三标”工作推展的情况，接完电话后，主任立即让陈助理通知村委各部门准备接待。

没多会儿，一辆轿车开到村里。王镇长一行过来三人，他们刚踏进办公室，茶水还没沾口，王镇长就向村主任提问各项工作了。从主任的回话中得知，“三标”任务完成得不错，王镇长给予肯定。接着王镇长便问起桃艺公司现在的状况怎样。

“倒闭了，张根正准备外出打工。”主任冷冷地回答他。

王镇长走到主任身旁，拍拍他的肩膀对他说：“这事不怪你们，我有责任，只怪我平时我工作繁忙，竟把这事给忽略了。我原以为你们与五星罐头厂这么长时间，这事双方早协调好了，想不到竟变成这个样子。”王镇长说着就掏出手机拨通五星罐头厂电话，不多时五星罐头厂派吴琼赶了过来。

“老张，你让张根也来一趟。”王镇长对主任说。一旁的陈助理拨通张根电话，很快张根骑着摩托车来到村委办公室。

张根与吴琼两人一碰面，彼此都把头向对方点一点，算是都给对方打了招呼，然后就各自坐到王镇长边上。陈助理给各人杯子里又添一点儿茶水。

这回王镇长说话没有兜圈子，他端起茶叶水抿一口问吴琼：“你们五星罐头厂这些年，水蜜桃原料是从哪来的？”

吴琼忙点头说：“是桃源村果农们提供的。”

“如果村上停止对你们供应水蜜桃，你们的局面会是什么样子？”

“那……那还用说，就算不倒闭也得瘫痪。”

王镇长坐不住了，他站起身对她说：“换位思考，你们断了他们的桃核路，会给桃艺公司带来什么样的命运？”

吴琼被问得把话噎在喉咙里，一句也回答不出，只是不停地把手搓来搓去。王镇长左右走两步，又对着她继续批评，说他们将珍贵的桃核当作废物去制作低劣产品。而对于“桃源村桃艺公司”来说，每一颗桃核都如金子那样可贵，它不仅可以雕刻出艺术价值很高的桃艺，还大大地弘扬了桃源村的文化精神，更重要的是，桃艺公司是桃源村的一面文化旗帜，这面旗帜不仅不能倒下，大家都正在全力扶持。

听完王镇长这话，村主任、陈助理还有张根这下才恍然大悟，原来王镇长在这段时间里，并没有暗中庇护五星罐头厂。最后，王镇长对吴琼明确规定，五星罐头厂那批优质的桃核，按百分之五十供给张根，剩下的供给手串厂。

“买卖公平，协同发展。”王镇长最后又把语气又加强一下。

“一定照办，一定照办。”吴琼泛着笑脸说。

今天谁都以为王镇长过来主要是检查“三标”工作的，实际上他是专程为了处理“桃核风波”而来。因为就在两天前，吴琼把果农们要将水蜜桃外流的消息告诉给厂部后，五星罐头厂所有领导简直恐慌到了极点，厂长立即给王镇长通报了这一消息。当时王镇长就猜出，果农们一定是受村委暗中唆使，不过他内心没有责怪村主任，反而觉得他们是被逼无奈才使出这招，反倒是觉得自己平时对这事关心不到位，今天他决定让五星罐头厂把优质桃核供应给桃艺公司。这也是他与五星罐头厂厂长私下达成共识后，才赶来这么做的。

吴琼返回厂里，她在办公室刚坐下，丽丽就把手上的一沓资料捧到她面前。

“吴主管，这是你要的上半年各车间的生产数据。”

她接下资料看也不看，往抽屉里一丢，拿起水杯让丽丽给她添点。“嘿，嘿嘿嘿。”她忽然笑了起来，只是笑声干巴巴的。丽丽把水杯放到她面前，双眼对着吴琼的眼神，“我一猜一个准，吴主管今天一定又遇上了什么开心事。”

吴琼晃晃杯子，茶水不是很烫正好解渴，她喝得底也不剩时，才深深地大口呼吸。她把水杯放到桌面上，意味深长地说：“开心，开心，都把我开心死了。”

“是不是张大师又给你刻一个‘天马行空’了？咦，吴主管，这几天我怎么没有发现你桌子上的那个桃艺，连玻璃盒子也不见了。”

“它飞了。”

丽丽急忙从她这一边又绕到另一边，还把手搭在她胳膊上轻轻摇两下，然后又对吴琼说："吴主管，哪天请你帮忙对张大师说一声，让他也帮我刻一个桃艺，我是属兔的，给我刻一只玉兔，好吗？"

"刻！我一定让他刻个够。"吴琼耸耸肩咬咬牙。

无疑，王镇长在村委会的决定彻底破坏了吴琼的所有计划。她反复回忆着他对她说的每一句话，那样子哪是说话，确切地讲是在训话。同时她又联想到与张根见面的那瞬间他对她挤一下眼睛的模样，这不是故意挑衅她又是什么？当时要不是那么多人在场，自己定会冲上去狠狠地咬他一口。

日出时分，天边铺上了一层薄薄的霞光，淡雅柔和的色彩，掺和着水蜜桃的清香，使桃源村每一处空间都无不叫人赏心悦目。

李桃香到桃艺公司刚在自己办公室坐定，张根就为他煮好了燕窝，张根告诉她这是特意托人从县里买来的，她离分娩期不远了，该补充的营养必须跟得上。"桃香，原谅我这段日子对你照顾不周，现在五星罐头厂桃核争端终于化解了，往后我一定好好照顾你。"

"阿根，你对我真好。对了，我们什么时候开工？"她显得很期待。

"我已经通知过小王了，先让他过来。"说着张根转身离开她走进工作坊，李桃香用完汤羹后也晃悠晃悠地来到他身旁。张根正抓起每一把刻刀用干布擦净上面的浮尘，然后再一枚枚摆放整齐。

"吴琼那边你也联系好了？"她坐到他身旁的凳子问他。

"马上让货车过去，把那里现有的干桃核拉些过来。"

“适当给她一些报酬，平衡一下她的心理。”

“我都想好了，跟以前一样，不会亏待她的。”

不一会儿小王来了，张根放下手上的事情，和李桃香忙把他领到客厅里，张根亲自给他倒了一杯水。

“谢谢师父。”小王接下茶叶水，他没有坐下，就像木桩那样立着。

“坐下说。”张根拍拍他肩。小王这才稳稳当当地坐到张根对面的椅子上。过去的事谁也没有再提，张根只是和小王大概谈一谈后天生产的情况，并打算再招一名帮手，小王听这话，主动要帮师父推荐一人，张根爽快答应。

下午，张根去镇上买了一大盘鞭炮，鞭炮声在桃艺公司上空响彻云霄。

为了表示庆祝，晚上张根买些酒菜，地点就放在村委会食堂，他宴请村主任和陈助理他们。主任建议，为了以后“桃源村桃艺公司”与五星罐头厂合作愉快，把五星罐头厂吴主管也邀请来修复一下感情。这建议让张根心里一亮。张根立即给吴琼发信息：感谢吴姐高抬贵手，今天略备小宴，诚请赏光。

吴琼看到信息后，心里头那股闷气反而更加膨胀。她毫不怀疑张根是故意嘲讽她。她回复：张根，你别得寸进尺，我们的事情还没完。

我不是那个意思。他跟她说。

我不会放过你。她也跟他说。

张根的客气话说得越多，吴琼的理解越相反，最后大家免淡。

宴席间，张根把未来的计划和设想与村主任他们做了一些交流，特别是这次能把桃核争到手，他说虽然恢复了桃艺生产，但也给村委添了不少麻烦。陈助理也谦虚回应他，说这是村委会的职责，还对张根说，如果因为停产这么长时间给桃艺公司带来了负面影响的话，让电视台和网络再宣传一下。

就这样，桃艺公司的一切工作全面正式启动。第二天刚上班，小王把他推荐的帮手一起带到公司。可当他们两人一同走进客厅见到张根时，张根和李桃香的脸色都变青了。原来小王推荐来的不是别人，正是张根的大徒弟大王。

“师父，请你原谅，我把师兄推荐来了。”小王对张根说。

“师……师父。”大王眼睛像死鱼眼，虽然睁圆但没有光泽，他对着张根把嘴唇动一动。

而张根眼神却与他相反，不仅亮，好像还闪出一丝红光，他一言不发地站在原地。也许换了别人，一见到大王就不会那么冷静了，不说掴他一巴掌，就是踹上几脚泄愤也是在理的。而张根没有，他只是把拳头使劲攥出一丝汗，浑身颤抖几下。

“你为什么不打我？师父。”大王仍弓着腰把头低着，两条胳膊软软下垂，闷声说一句。

“我为什么要打你？”张根转身坐到沙发上跷起一条腿。

“我有罪。我假冒了你的名刻桃艺不算，还派人低价收购你的桃艺高价出售。”

“愿买愿卖，你又没抢我的。”

“你这么说比打我还痛。”

“你痛在哪儿？”

“从里到外、从头到脚全痛。”

听大王说这话，张根反而被他逗笑了，他端起茶杯放嘴里咂一口，然后抬起手对他招两下：“别像犯人似的，你坐下说。”

“我不坐，今天我是送来给你打的，你打完了我再坐。”张根见他认错态度诚恳，心也渐渐地软下来了，接着就痛痛快快地教训他几句，算是出了这口恶气。他接着说道，“好了，你回去准备一下，明天把工具都带过来。”

“谢师父这么宽容，今天我随师弟来见你并不是要来上班的，而是来向你赎罪的，赎完罪我就轻松了，我明天就可以安心离开这了。”大王一直保持原来的姿态，他依旧把头低着，腰弓着，两胳膊垂着。

“别走了，在我这干吧，往后我这儿不会再停产了。”张根说。

“你真的要用他吗？难道你把从工艺商店袁老板那里带回来的那颗桃艺给忘了？”李桃香说着就走进自己办公室，从电脑桌上取过那颗桃艺，她返回客厅把它往茶几上一摆，瞪着张根说：“你就不怕他将来再背叛你？”

“师母放心，那是我俩一时糊涂，以后我与师兄再也不会犯了。”小王也在边上帮腔。

“师父师母，我今后会永远记住你们恩情的。”大王说完这话，就转身从门外提进自己带来的那两瓶酒，往桌子上一放，“师父师母，师弟我走了。”说完就转身走出门外。就在他刚走出门外时，李桃香匆匆地抓起茶几上的那颗桃艺，走到他面前说：“你拿着，留着长记性。”

大王接下桃艺点着头对她说：“师父师母放心，我一定好好保存，这辈子都想着它。”

“你傻呀——不做事啦？每天想着它累不累？”这时张根走到他面前，一边对他说这话，一边把手伸到他面前，“把桃艺给我。”大王犹豫一下，瞟了眼李桃香，最终还是把手中的桃艺放到张根手上，只见张根手臂往上一扬，呼的一声桃艺被扔出围墙外，“桃香，以后不要再提这事了。”说着他又转过脸把手放到大王的肩上说：“你外出打工不容易，如遇上困难，别忘了跟师父我说一声。”接着张根就让李桃香取来两千元现金，他把现金往大王口袋中一放：“带上，当路费。”

一瞬间，大王的嘴唇颤抖得都要从脸上要掉下来。他与张根目光对视成一条线，但身子已经往下缩了，很快他就蹲在地下。两只手搂住头呜呜哭起来：“我……不走了哇——还跟您干，今天您赶我走我也不走……”他痛哭几声后又挺起腿站起，把眼泪擦擦干净对张根说：“师父，跟你说实话，那段时间我和牛厂长回收你那部分桃艺，由于收藏公司对经销商传谣说你这边马上就要大量生产，所以到现在也没卖出几颗，全丢在牛厂长那里。”

“这能怨谁？只怪你们自己要小聪明。”

“为了赎罪，我去把它骗到手还给你。”

“不必啦，留给牛厂长当纪念。”

桃艺公司恢复生产的消息传得很快，生产运作当天下午，收藏公司的胡干和刘珊珊夫妇俩就急匆匆赶过来。

张根把他们接到客厅里，给他们每人倒上茶水。由于五星罐头厂与桃艺公司的矛盾都已经成为了过去，现在重新团结到一块儿了，胡干自然也就没有再提起上次与张根准备合作生产桃艺的事。这次他们来是与张根洽谈是否能代理他的桃艺。

“张总，你看怎么样？”刘珊珊把眼镜往鼻梁上推一推问张根。张根斟酌一下她开出的条件后，就转过脸问坐在身边的李桃香有什么不同的看法。

“这事让我们考虑一下吧，明天给你们回话，可以吗？”李桃香对他俩说。

“好的好的。”两个人说着，就起身告辞了。

张根送走胡干与刘珊珊后，回到客厅里，他看到李桃香面露笑意，就抬起手抚摸一下她的头发：“桃香，你好像有些心动。”

李桃香认为他们讲的并非没一点儿道理。如果按照他们所说，桃艺在市场上由收藏公司独家经营，虽然销售量不大，但也能够达到以少胜多的目的，正好平衡一下吴琼只供给桃艺公司百分之五十桃核的数量不足的状况。

张根听了后，他想了想，就把自己的理由摆到桌面上，他说如果按照收藏公司的说法，让桃艺公司限量生产，再由他们公司买断进行炒作，从短时间内考虑是有利益的。但从长远看，对桃艺未来的发展只会百害无一利，因为市场的营销规律是稳步发展，用泡沫堆起的银山，总有一天会垮下去，投机者是站不住脚的。

听张根分析得深刻，李桃香心服口服。最终照着张根的“套路”走。她向张根建议：“这两次从胡干夫妇的出发点来看，他们对我们是友好的，而且我们桃艺的身价也被他们抬高了不少，我看免费送点桃艺给他们收藏，算是还了他们的人情。”

“送给他们也不会要了。”他泛着一丝怪笑，“明天我的桃艺要大量上市，估计连他自己手上的桃艺都要送人。”

就在张根的桃艺被各家批发商刚放回市场两天时间，价格战打得牛坚的手串厂措手不及，他们生产的桃艺一夜之间全变成了废物。

手串厂办公室里，牛坚口里全都是埋怨吴琼没将桃核把握住的话，他忍不住拨通吴琼的电话，片刻吴琼开车赶了过来。

牛坚给她泡了一杯茶水，急喘喘说：“吴姐，我都要被整死了，你再不拿主意，恐怕我真的活不长了。”说着将杯子放到吴琼面前茶几上，自己坐到她对面。

“我没被整死却还有一口气。”吴琼后背贴到沙发上靠背上，脑袋左右摇两下。

牛坚从茶几上烟盒里摸出一支烟自顾自地抽起来。

“你难过什么？本来桃艺就是他的，你手串不是还做得好好的吗？”她瞟他一眼。

“那算什么，只是冰山一角。”他摆摆手。

“可我已经尽力了。”她把眼睛闭起来。

牛坚对着手上的香烟使劲吸几口。

“要想挽回局面，除非让一个人离开张根。”她说这话时，仍然把眼睛闭着。

“谁？”他问她。

她猛地睁大眼睛说：“李桃香。是她坏了我好事，把张根从我的身边给抢走了，所以如今我才失去话语权。”

听她说这话，牛坚被弄糊涂了，他皱紧眉头，眼睛对她眨几下：“吴姐，你在和张根谈恋爱？”

“何止是恋爱！我与他都谈婚论嫁了！牛坚，姐好气啊。”这时她丝毫不顾忌自己在牛坚面前的形象，把多日来积压在心中的委屈和苦闷全化作一串泪水顺着脸颊流下来。她耸动着肩，伸手从茶几上抽两张纸巾对眼角擦擦又说，“如果不是张根离开我，我怎么也会让你和张根两人在桃艺市场上相互协调、配合，绝不会允许他和你恶性竞争成这样子。”

“天哪！原来是这样。”牛坚把烟蒂在烟灰缸里按灭。

“我要把张根夺过来。”她睁着血红的眼睛看着牛坚。

牛坚站起身左右走几步，转回身对她说：“我看问题不在这儿，张根狂妄自大不听你安排，主要是有‘保护伞’罩着他，要不是村主任和果农力挺他，他连半颗桃核也别想从你手上得到。只有把‘保护伞’给砸了，你有了桃核的把控权，不用夺，他就会乖乖回到你身边。”

听他这话，吴琼沉默片刻，她端起茶杯靠近嘴唇抿一口，心中有了主意。她放下手中的茶杯，又对牛坚安慰两句，然后离开了手串厂。

办公室里就只剩下牛坚一人。他又想起前段时间回收张根的近两千颗桃艺，立即弓下腰从柜子里拎出来，算起来自己六万元资金被套牢。他心痛到把那沉甸甸装着桃艺的袋子紧搂在怀中，他掏出手机拨通给大王，把突变的情况告诉他，看他有无处置办法，可大王只是用轻松的语气这样说：“牛厂长，认倒霉吧，我真后悔当初跟着你们鬼混。”说着把电话挂了。

牛坚怒视着手机。他待不住了，于是拖着两只重脚走进原来生产桃艺的那处车间里，看着车间里到处都堆放着初加工的桃艺半成品，眼前倒闭的现状让他糟心透顶。

“张根，你让我痛心，我也不能让你舒心。”他盯着墙角里那个玻璃大罐走了过去。玻璃大罐里装的是生产用的硫酸，这让他动起了邪念。

“谁都有喜爱的东西。你既然让我得不到我喜爱的，你也别想得到你喜爱的。我要让李桃香那张美脸变成疤脸，让她变成女鬼。”牛坚立即将硫酸往瓶子里倒，“倒满，要把她整张脸都毁掉。”

第七章

陈伯水乔迁

晌午过后，秋风吹拂在脸庞上，却没有凉意。

“桃香，我们公司生产已恢复正常，该考虑陈哥的事情了。”张根对她说。

李桃香丢下手上的鼠标，抬起手臂搂上他的脖子：“好呀，从今往后我再也不用两边跑了。”

张根送李桃香到渡口后，小心翼翼地扶她登上船。李桃香叮嘱他，让他这两天定定心把桃艺产量补上去。既然昨天吴琼已经让人把桃核送过来了，回去就该抓紧时间动刀子。

“从今天开始，我不用加班每天也能供应千百颗。”张根说。

李桃香渡过河以后，她走到河岸上的白果树下，抬起头对自家门口张望，一边张望一边不停地思索怎样向陈伯水开口。她筹划一个又一个方案，没一个满意，仿佛自己即将逼近一颗要被引爆的炸弹。

“你回来啦。”就在李桃香前脚还没跨进院门那一刻，陈伯水跟往日一样，笑盈盈地滚动轮椅那两个轮子出来迎接她，并告诉她自己在这大半天里，苦思冥想才把孩子的名字起好，说男孩叫陈果，女孩叫陈花。李桃香一听，心里酸酸的，她将手放到轮椅手把上，想为他出把力。“不需你动手，平时你又不是不知道到我的本领，还是让我自己来。今天我心情好，更不需你帮。”陈伯水说着就轻轻地推开她的手。

“伯水，今天我一定要帮你推。”李桃香把双手放到轮椅把上。陈伯水见她态度坚决，也就没再拒绝她。

“桃香，你推吧……无声的爱高于一切，在这个世界上，除了你还有谁会帮我推这个讨厌的东西，你能这样守候我，我就是做了鬼也忘不了你这辈子对我的好……”他的声音逐渐变小。

李桃香面带微笑，眼角却闪烁着一颗泪珠。陈伯水随着李桃香进屋，他就自己把控着轮椅了，他从房间的一头滑动到另一头，对李桃香说：“你看，我都想好了，估计立冬后，我们的宝贝就要出世，我把这地方好好收拾下。我寻思着过去我们盖这新房的时候，还剩下少量装饰材料，我准备利用起来，把这间房子划分一半，做一个小型育儿园。到时你把宝宝交给我，不让你费心。”

“哦……嗯。”李桃香没想好怎么回答他，只是把手覆在肚子上，称自己头晕得厉害，就回房里躺床上休息去了。

自陈伯水伤残这些年，让陈伯水和李桃香最感到担忧的莫过于疾病，特别是这不好的现象如果发生在李桃香身上，那么家里的一切动力都将消失。大人忍饥挨饿一时半会儿的没问题，可对于李桃香腹中的孩子来说这比什么都棘手。

这时陈伯水颤颤巍巍地把轮椅滑到她床边，一会儿摸摸她的手，一会儿摸摸她的额头，还不停地问她是累的还是受秋风寒的，李桃香什么也说不出，只是说头晕得天地都在旋转。

“伯水，你今晚……又要挨饿了。”她握着陈伯水的手，软绵无力地对他说。

“没什么，我又不是没饿过，只要对孩子没影响就好。”陈伯水安慰她，将耳朵贴上她腹部。

“伯水，我……有件事……要跟你说，说出来你别难过。”

“没关系，我习惯了，能挺住。”

“我想去医院，把孩子给流了。”她闭上眼睛。

陈伯水听她说这话，突然眼睛睁得圆圆，原先蜡黄的面色瞬间变通红。他先是两手在颤抖，渐渐地全身都抖了起来：“你……你想杀死他？”

“不是，我是在救他。”她睁开眼。

“你不仅想杀死他，还想害死我！”

“不对，你说得不对！我这是在救他也是在救你。”她把脸转向陈伯水，“伯水，你冷静点听我说，我担心自己在什么时候身体突然垮下去，就像现在这样。没人照顾我我不怕，可孩子怎么办？你这样的身体状况怎么办？”

李桃香这几句话说得陈伯水沉默了。他死死地攥着拳头，眼里的血丝一根一根的。

“如果你愿意的话，我们今天就准备，你好好想想。”

“不行，我死都不允许你这么做！”陈伯水把轮椅掉转一下方向滑了出去，在屋子外边他一直重复着这句话。他整个上半身时而悬起时而落下，把轮椅颠得哗啦啦响。本来在关于孩子的这个问题上，陈伯水一开始并没有想到孩子对自己有什么好处，相反，他把孩子看作是灾难的起源，是孩子把这个本来和睦的家搞得天翻地覆，孩子给这个家庭带来的不幸，远远比自己失去两条腿要痛苦得多。孩子的到来绝不是对肉体上的伤害，是心灵，是对自己心灵的摧残，在得知李桃香怀孕那段时间里，自己的生活可以说暗无天日。但任何事物都会变化，自从那日在十里河边李桃香被自己教训一顿以后，经过她的开导和提示，所有的情况就一下子变得相反了，孩子不再是灾星，变成了救星，正是自己未来的希望和依靠。如果流了他，毁灭的不是孩子，而是自己。

陈伯水坐在门前，对着已经偏西的太阳苦思着，直到一抹月影飘浮在树梢上，墙壁上映出的那个剪影仍然一动也没有动。

两天过去，陈伯水仍旧不愿意让李桃香去医院流产，可是又想不出什么妙招来改变困境，眼看距离李桃香生产时间没多久了。

这会儿李桃香坐在院子里的椅子上，新鲜空气并没能使她的病情得到缓解。早晨她又说胸口也开始疼痛，陈伯水将轮椅滑到她身旁陪她一起晒太阳。

“我觉得你能有本事把孩子怀上，同样你也能有本事生他养他。”陈伯水看着她，他的脸不再紧绷，目光显得期待。

“我觉得自己快不行了，可能活不长。”她的语气轻而软，表现出一副痛苦的样子。

“只要能保住孩子，什么办法都行。”

“我能有什么好办法？就是有好办法说出来，你也会往坏处想。”

“不会，不会，绝对不会。”陈伯水说得很诚恳。

李桃香见机会成熟，就对陈伯水说：“我想向张根求婚，让他娶我。由他来负担我们，只有这样，你、我和孩子才有活下去的希望。”

陈伯水听李桃香说这话，并没有如一颗炸弹瞬间引爆。他抿着嘴唇一言不发，接着慢慢地跳转轮椅方向往前滑两步，停在那里不动，他把脸仰起来对着天空思考。进入深秋以后，一部分大雁排好整齐的队伍，它们在天空划着翅膀发出一声声哀鸣。陈伯水一动不动地对着天空的大雁看，大雁们是在南迁，因为北方的气温开始变凉。

他看一会儿大雁又不看了，把头低下来。想到自己虽身处困境，但还没走向绝境，命运对他还算不错，还把两样宝贝留一样给自己。这两样宝贝一个是李桃香，一个是李桃香腹内的孩子，眼下这就看自己怎么选择。如果要保住孩子，就要让李桃香嫁给张根；如果留下李桃香，她势必去医院流产，那么自己就将失去孩子……

在他陷入苦思的时候，李桃香从椅子上站起来，她走到陈伯水的身旁说："如果你不愿意也没关系，还是让我去医院流了他吧，我现在就去。"

"你真的要去吗，是真的？"他突然抬起头盯着她。

"嗯，是的，真的要去。"

"别演戏了，你没必要制造假象。又是头晕，又是腹痛，还要去医院流产。把话早点向我挑明就是了，何必逼我就范达到你俩的目的。"

李桃香心里一惊，想不到自己从昨天到现在费尽心思经营的"剧情"居然被陈伯水看破。本来她想立即为自己辩解，可是她很快改变了这么做的想法，她认为自证实在没多大意义，目的是借助一个假象让他清楚这个道理。不过还好，根据眼前陈伯水这种态度看，他虽然戳穿了她的目的，却意外冷静，对她并没有过分训责，似乎他早就有了这样的心理准备。

这时陈伯水牵过她的手，对她手背轻拍两下，说道："只是张根条件优越，又是当今雕艺界的名人，你有把握吗？"

"他条件是很优越，可他头脑还比较单纯。目前他还做不到把问题考虑得太深远，只要他答应下来，他将终身为我们三口人辛苦。"她说着便将另一只手放到他的肩上，像给他按摩那样进一步试探他的反应。

“吴琼那边怎么说？”

“你不是让我阻止他们俩吗？所以他们两人关系暂时还没有形成，如果现在我不提前准备，时间一长张根必定选择她。最近我感觉张根已经开始有对她暧昧的倾向，这对我们很不利。”

“你和吴琼争，她不会再断你们的桃核吧？”

“不会，村委和镇长出面已协调好。”

“当然，如果真像你所说的，这样做也没什么不合适。我只是担心你瞒不住张根，将来能维持多久？”陈伯水抬着头对她皱下眉。

“现在让我担心的倒不是他，而是你。伯水，让你做出这么大的牺牲，我觉着对你不公平。”

陈伯水发出一声苦笑，将手从她手上缩回来：“我都走到这地步了，还谈什么公平？除了这么做，我别无选择。不过——你得对他讲明，孩子归我不能归他。”陈伯水的表情从苦笑变成严肃。

“放心吧，我的心也属于你。”李桃香这么说着，就将双手抓住轮椅把柄，将轮椅调正。

“你要做什么？”陈伯水抬着脸问她。

李桃香没有说话，她后退一步轻轻地弯下两膝盖，她要把心中对陈伯水所有的感激与歉意，借用这个庄重的礼仪献给他。“伯水，谢谢你的理解。”李桃香跪倒在他面前，把额头磕在他的脚面上。

陈伯水见她这样子，忍不住垂下脸，两边肩一耸一耸的，豆大的泪珠掉落到她的头顶上。实际上，他就是不理解她，自己又能如何，今天她是以友善的方式暗示自己退出，对自己来说，有这样的态度情面已经给足了。即使她就是不把他放在眼里，他又能拿她怎样？走到那种地步，自己什么也得不到不说，说不定哪天就会孤单地饿死在屋里。

李桃香虽然过了这最难的一关，不过当她和陈伯水提起要把他一同带到张根家的时候，却遇到了阻力。陈伯水告诉她，自己是失去了两腿，可还有眼睛和耳朵。

李桃香听陈伯水这么一说，当天就去街上给他买了一副墨镜，又买了一副耳塞。

这些天，牛坚对自己的罪恶计划也正加紧做准备，他暗中对李桃香的相貌及行踪轨迹进行全面了解后，决定今天动手。他从柜子里取出鸭舌帽、墨镜还有防护服，这是作案必备的几样。

“牛厂长在吗？”牛坚正准备演练一下，只听有人按门铃，当他打开防盗门时，让他吃一惊，眼前的两人不是别人，是张根还有他的徒弟小王。

“牛厂长，师父找不到你家，让我领他过来。”小王对他解释说。

“好，来，进来。”他立即调整好自己的情绪，还请他俩坐到沙发上，从容地给他们倒上两杯水。

张根接下水杯，牛坚坐到他对面的椅子上。

“牛厂长，我把话就跟你直说了。”张根说。

牛坚听这话，暗暗做出提防。

张根接着说：“我公司现已正常运转，为了减少你的损失，听说你手上还存有我制作的近两千颗桃艺，我现在把它们原价赎回去。”张根说着，就从手提包里取出一个捆得严严实实的正方形纸包，“这是六万元。”

牛坚见这情景，脑子都蒙了。

“另外，如果你手上还有半成品粗加工桃艺，我全都收购下来，明天我就让小王过来点数。”

牛坚控制不住内心的感激，倏地站起身弓下腰握紧张根的手：“根哥，不把我当外人的话，我晚上宴请你。”

“改天，改天。”张根说着就让他取出装着近两千颗桃艺的袋子。小王提上袋子和张根离开了。

他们走后，牛坚浑身战栗，一下子倒在沙发上：“我比不上张根啊，怪不得他桃艺做得这么好。”他又翻身，取出双肩包里的那瓶硫酸倒进下水道。

先前张根桃艺被作为非物质文化遗产项目申报到有关部门后，事情没有像张根所想象的那么顺利。前天村委会陈助理找他碰面，他才知道情况有所改变。由于那次观摩会各路代表均在场，当时听王镇长说要将桃艺申报非物质文化遗产，为了竞争这一美誉，木子古街和十里河老木船的代表回村后也把这两个项目报到王镇长手上了。目前张根桃艺、木子古街、十里河老木船这三个项目形成了“三足鼎立”的态势。最终哪个项目能成为真正的非物质文化遗产，三方各执一词，这样一来就很难判定最终取胜的是哪一方。早上张根接到陈助理电话，让他把自己所有的资质、获奖证书原件，再精选二十枚桃艺送到村委会，说主任最近要再往上面跑一趟，资料越全越好。张根刚在村里把这事办好，回公司还没坐稳，就接到了李桃香从县民政局打来的电话，让他带上身份证过去一趟。

原来李桃香、张根和陈伯水三人虽然都达成了契约，可是李桃香认为如果不做出合法手续，将来肯定是要惹出麻烦的。

张根来到民政局，二人领到结婚证。

旷野的秋意在浮光掠影下闪耀着红色的格调，野菊花的叶瓣掉落在树根上，证明它们的使命就是照拂未来的生命。两人如齐飞的鸟，在回家的路上别说有多高兴。

早晨，李桃香刚到公司，就把新的订货单交给张根。她皱了皱眉头，这两天二人正在准备婚事，她担心这批货不一定能按时发出。

张根看着订单上的交货日期，也意识到时间紧、任务重。刚才还听小王说上批料快用完了，眼下五星罐头厂的桃核到现在也没送来。他一拍脑袋，像是想到了什么，原来今天五星罐头厂开始向果农们检收水蜜桃了，收购工作也是由吴琼负责的，也许她忙于收购，把桃核这事给忘了。张根立即拨通吴琼的电话，正准备开口催促对方，没想到吴琼回话十分严厉，她开口就指责张根违背了那天王镇长对他们双方的约定，还说村委和他又在煽动果农闹事。

对此张根感到很怪异，他刚想问明白，吴琼就挂断了电话。他预感到事情苗头不对，立即骑上摩托车赶到村委会，门卫室的保安告诉他，主任和陈助理都去了五星罐头厂，张根又将车子掉回头奔向五星罐头厂。

五星罐头厂大门前停放着许多运输水蜜桃的车辆，边上还停着一辆警车，果农们都挤在大门前吵吵嚷嚷的。张根把摩托车停到一边，几句话就听明白了，原来是因为五星罐头厂给果农们的价格不合理，果农们拒绝出售水蜜桃，如果不是几个民警在维持秩序，双方有可能会大打出手。看到这样的场面，张根忙拨通陈助理的电话。来到厂部，他一进门，见陈助理、主任正在与吴琼还有他们厂里的两位领导进行交涉。吴琼见张根来到陈助理身旁，故意对他把眼睛挤一下，再迅速恢复先前的状态，又接着对村主任说："这不是我们压价，是他们以次充好，把二级品混到一级品里面，你说是他们无意还是我们有心？”

“吴主管，我不说你也知道，成熟的桃子是不能放久的，这是全年中最后一个采摘期。即使有个别的二级品混淆在一起，那也不能一概而论。果农们辛苦一年不容易，可不能错过了销售期。”村主任恳切地对她说。

“不是我们不收，是他们不卖啊。”吴主管仰起脸，眼神不确定看谁。

“怎会不卖？哪怕你们把价格再抬高一点点，果农的话我都好说。”村主任说。

“这我当然清楚，果农不听你的话，难道会听我的？上次他们不就想把桃子卖到别处吗？村主任，难道你忘了？”吴琼终于把这些天憋在心里的这句话化作利箭射向他。

“请你说话注意点分寸。”陈助理立刻站起身，村主任见陈助理显得激动，就拉拉他的胳膊暗示他别惹她。

“还是那句话，物有所价，亏本的买卖谁也不会做。”吴琼端起水杯抿一口。

两个小时过去，双方没谈拢。村主任只好先让果农们把桃子拉回家安放好，价格悬殊，勉强不得。

三人回到村办公室后，大家意见一致，都说这事还是由上次桃核事件引发的，才使吴琼产生报复果农们的念头，咬定二级品充当一级品完全是借口。陈助理让主任最好火速向王镇长反映。

“难道他们真的就不怕果农们被逼，最后把水蜜桃卖到别处去？”主任抓起一支钢笔，将笔帽对桌面上点点。

“我现在就与那几个厂联系，不必与她客气。”张根听主任说这话，便掏出手机准备按键。

“你别急，先回去等我消息。”主任说着就站起身，“这事我们不能自作主张，得向王镇长汇报后再说，上次为这事差点与王镇长闹误会。”

这一边，在五星罐头厂的厂长办公室里，吴琼正向厂长汇报上午的收购情况。她说果农们受村委会挑唆，故意给他们收购工作制造麻烦，以次充好，借故想把水蜜桃销往外地。

厂长对吴琼的话半信半疑，说上次桃核冲突都已经和解，现在他们没必要把水蜜桃卖再到外地去断他们的源头。

可吴琼的语气坚定而诚恳。说正因为上次被村委逼迫妥协，所以才有了这次哄抬价格。要想将来五星罐头厂在桃源村这块土地上健康发展，这次就不能被他们吓倒。最好把这情况告诉王镇长，上次自己一切都按照王镇长的意见做了，村里再这样纠缠下去，王镇长不能不管。

厂长思索片刻，就把吴琼讲的话原原本本地汇报给王镇长了。

下午刚上班，陈助理同样也急不可耐地催主任给王镇长打电话，可主任却有点儿迟疑，说自己得想好理由。

“很简单，你就说五星罐头厂在实施报复，寻衅滋事！”陈助理说。

主任考虑一会儿后，才拿出手机，就在他准备按键的时候，王镇长也给他打来了电话，他急忙放到耳边接听。

王镇长在电话里说：“老张，你是怎么搞的？五星罐头厂都做出那么大的让步了，把桃核赠给你们桃艺公司一半，难道你们还不满意？事情都过去了，你们还揪着不放手，挑动果农无端生事。告诉你，要是果农他们把水蜜桃卖到外地一个，你这村主任也别做了。”王镇长不等村主任给他作解释，就挂断了电话。

陈助理见主任接完电话一言不发，脸色变得乌青，忙给他倒一杯茶水放到他面前桌子上：“主任，出了什么事？”

“我要辞职，现在我要辞职！”接着村主任就把刚才王镇长的态度告诉了他。

“这不行，我要把今天的真相亲自对王镇长说，这明明是他们挑事反而陷害我们。”陈助理脸涨得通红。

主任自己取过纸笔，不一会儿辞职报告写好。他抬起头看着陈助理：“这样做没什么不好，还是让位给有才德的人干吧。”

陈助理沉默着，他用牙咬咬嘴唇，半天才开口：“主任，不是我说你，你这样做真让我瞧不起。在我心中，我立志以你为榜样，要做一个顶天立地的村官。可现在就因为王镇长说你两句气话你就要辞职，这事传出去，人人都会笑话你没气量，还会觉得你是真的做了什么亏心事。你没听说吗，现在有个别做了亏心事的官员，都会采取这种手段来避免自己受追责。”

村主任被陈助理的说话方式弄得大脑晕乎乎的，因为陈助理平时别说批评他，连想都不敢想。他犹豫了。

陈助理又趁机发挥几句，他先把电脑关了，把桌子上签字笔和记事本全收到抽屉里，擦擦手说：“如果你真的要辞职，我也把公章交出，你到哪儿我到哪儿。”

村主任看着眼前陈助理这样一个年轻好干部，对工作这么较真，就不好意思再提了。他仰起头长叹一声，不紧不慢地把手上的辞职书撕成碎片。对于王镇长在电话里跟他说的那番话，他也不再深想了：“唉，工作就是这样，谁没被领导批评过。”

“有什么了不起，不卖给他们又能怎样！我要把桃子运往外地去。走，听听主任怎么说！”这时村主任忽然听到门外喧哗，他转过脸一看，原来是陈老果领着一群人把村委会办公室门堵了起来，很明显果农们都是冲着上午的事情来的。

“大家冷静，大家冷静。”村主任忙对他们打招呼，由于人多，只有陈老果一人走进屋，其他人在门外等候，主任亲自给陈老果倒一杯茶。

“主任，我们现在就等你一句话，桃子外运还是不外运？”陈老果接下主任手上的茶水，盯着他的眼睛问道。

“一个也不能外运。”主任果断地说。

“那也不能老是这样放着，过一秒烂一寸，桃子的特性你是知道的。”听陈老果说这话，主任急忙走出门外对大家安抚。

“主任，现在大家只要你表态，要么把水蜜桃运往外地，要么就去把五星罐头厂给砸了，找那姓吴的算账！”就在说话的人话音刚落地，四周就响起一片吼声：“砸了，我们去把五星罐头厂砸了！”

“住口，你们住口！”村主任立即站到高台阶上，把胳膊肘对大家挥挥，“你们听好，谁要去砸五星罐头厂——就先砸我！”他一边大声吼着，一边将手掌对着自己胸脯用劲拍着：“本事大啦，来砸我啊！”主任继续拍胸脯。

果农们一下子安静下来，个个对他瞪眼。

接着在村主任的耐心劝说下，大家都表示听村委安排，主任给大家承诺，最迟明天上午定局。

大家散了后，村主任回到办公室，他端起水杯咂一口，叫来陈助理问他：“刚才我和他们说话时，你用手指抵我一下什么意思？”

陈助理皱紧眉眼说：“我是担心明天上午定不了局，到时果农们不服。”

“这我比你清楚，明知水蜜桃走不得又留不得，没办法我只能先来个缓兵之计，唉。”他长叹一声坐到椅子上，身子往椅背上一靠挠挠花白头发，“小陈，看来你还是挽留不住我这村主任呀。”

张根上午从村委会办公室回家后，一直郁闷得吃不下饭，李桃香的心里同样不是滋味，但也劝不动他。

由于双方局势僵持不定，下午，县联防队十多人去到五星罐头厂门口才控制好局势。为了防止第二天矛盾升级，吴琼又与联防大队王队长进行了新一轮沟通，打算明天再增加十人，弄不好还要抓几个果农做典型。破坏收购、煽动果农闹事，只要这罪名一成立，村主任这块绊脚石必然会被移除。张根没有了后台，他别想再从五星罐头厂得到一颗桃核，想到这里，她的心头一阵儿欣喜。“张根，看来你还是逃不出我的掌心。”她说。

吴琼回到翠叠庄园，包往沙发上一扔，转身进厨房给自己煮一杯咖啡，现在她要好好地犒劳一下自己。她将咖啡端放到客厅茶几上，从果盘里取出一包白砂糖往杯子里一倒，再捏着勺子搅两下，几缕白色的丝线弯弯绕绕地飘向空中。

她脱掉鞋子，半蜷缩着腿坐到沙发上，呼吸着咖啡浓郁的香气，估计咖啡可以上口了，她伸长手臂端起茶杯微微抿一口，就顺势歪倒在靠背上。

“好香的咖啡。”就在吴琼刚要闭上眼睛时，忽然从餐厅里走出一个人悠闲自得对她说一声。吴琼顿时被吓得心脏扑通扑通狂跳，待她坐起身看清眼前人，就不把这人看作是强盗或者魔鬼了，因为这人是她再熟悉不过的——张根。

她拍着自己的胸口，脚一用力站起身对他说道：“如果我现在报警告你私闯民宅，你想推也推脱不了。”

张根以一副慵懒的姿态走到她对面，轻轻坐到沙发上，从口袋里掏出一把钥匙在她眼前晃晃：“防盗门钥匙是你亲自为我配的，连指纹都是你教我录在智能锁里面，你要告我私闯民宅恐怕不成立。”

原来那会儿在他俩的“爱情”还没有中断的时候，为了张根到她这儿出入方便，吴琼把防盗门钥匙给他配了一把，智能锁上还录了他的指纹。

“我家里又没有桃核，你来这里做什么？”吴琼把一只手搭在腰间。

“别这么凶，我们今天不吵架，好好说话。”张根抬起手拉一下她的衣袖，吴琼见他这不软不硬的态度，心里的火想发也发不出，就慢慢坐了下来。

张根看着吴琼之前煮好的咖啡，深深吸了一口气：“好香。”这么说一声就伸手将咖啡端到自己面前，自顾自地喝起来。

“张根，我告诉你，别以为今天你来的目的我不知道，想叫我做出让步是吧，你太天真。”

“你错了，我倒是来劝你把事情闹大点。”张根放下手中的咖啡，微笑着对她说。

吴琼听这话，一时间弄不清他的意思。她斜靠在抱枕上，定睛地看他。

“跟你实话实说吧，自从桃艺公司一直挂着桃源村委的招牌经营到现在，我心里不服啊。你想，从我爷爷开始到我都熬出多少心血？几代人才把桃艺创出这么大的名气，如今这名气竟然轻易地被村里给占了，落在桃源村头上了。你说我能甘心吗？”他又摇摇头接着对她说，“我总想回到以前那样无拘无束的单干日子，可我是桃源村的人，只要在这地盘上生活，就永远属于村里镇里的人，我不服从能行吗？而且桃源村桃艺公司已经成了地方土文化的代表，是镇里扶持的对象，我根本拒绝不了他们。如果今天你真的能把镇里村里共同扶持的这桃源村桃艺公司给搞垮，我正好解脱。不过——我担心你今天把张主任搞下台，明天又会来个李主任，那帮果农们又会听李主任的，李主任仍会为桃源村桃艺公司的生存发展而努力，我仍然会被他们控制。不瞒你说，我与李桃香马上就要结婚，准备离开这里。”他说着就从口袋里拿出与李桃香的结婚证递到她面前，她立即接过翻开看看，额头上沁出一丝细汗。

沉默在两人之间发酵。这一刻吴琼对他的话已经有所醒悟，纵然张根采取这变相的方式来述说自己的想法，听上去好像是在支持她，但他真正目的和用意她还是清楚的。不过她明白，就算今天自己表面占了上风，但最终并不能阻碍桃艺公司存在和发展，根本奈何不了张根。再说目前他已经与李桃香形成事实，再逼他也没意义了。她这么想着就把手上的结婚证还给了他。她把脸仰起，用她的自尊心告诉他：“你放心，明天我会让他们尝到苦头的，谢谢你对我的鼓励。”

“希望你明天多思考，多保重，可别作茧自缚最后伤了自己。”这一次他把目光久久地停留在她的脸庞，然后他站起来将那把钥匙用手指头捏着，“给，物归原主。”说着把钥匙往茶几上一放，转过身离开了她。

“张根，你别走——”

张根停下脚步还没站稳，吴琼已经冲到他身后，抬起拳头对着他的肩膀嗒嗒连续敲几下，不敲了以后，她就将两手伸进他腰间，身子贴着他转到他面前，凝视他的双眼说："吻我一下，好吗？"

张根仍然僵着身不动。

"最后一次。"她微微把眼睛闭起。

张根慢慢地低下头，她踮起脚尖。

吴琼闭着眼睛，享受着唇齿相融。只听身后的防盗门"咣——"响一下，才知道张根已经离开了自己。但她仍站在那原地不动，半天才睁开眼睛，她蹲下身，眼泪滴答滴答地落在木地板上。过一会儿她把凌乱的头发往一侧捋两下，努力撑起身走到茶几前，伸手抓起张根还给她的那把钥匙贴到脸颊上，冰凉的泪水将它打湿。

第二天形势骤转，吴琼对水蜜桃的收购恢复以往常态。果农们见到一笔笔货款全额到账，个个都乐地对村主任竖起大拇指，夸主任办事给力，夸主任言行一致，夸主任是为人民服务的好主任。

村主任在场听着那一连串好话，脸上肌肉不停地抽颤："怪事，这女人在搞什么鬼把戏。"

张根得知后，立即奔进李桃香办公室，把这一好消息告诉她。李桃香反而长叹起来："唉，她能转变想法挺不容易的。"

他摸着她头发对她笑。

张根再不受干扰了，他决定这两天就行动，把李桃香和陈伯水一起迎接过来。

在陈伯水家的正厅屋里，张根坐在陈伯水对面，李桃香坐在他们两人之间。他们三人这次会面，和上次相隔不到半个月时间，可各人的处境却变化不小，特别对陈伯水而言。自己虽然被张根夺去挚爱，但双方见面后，他对张根没有采取任何暴力行为，竟然还说些感激他的话。

“根弟，往后一切都有劳你了。”

“陈哥，如果你现在后悔，我还可以退出。”

“我知道这不是你的错，但你不能没有责任感。”陈伯水向他伸出一只手，张根急忙抬起双手握住，“你放心，从前我们是兄弟，往后就更是了。”

“不过，兄弟也要明算账，有件事情我要对你说在前面。”陈伯水抽回自己的手，他从口袋里掏出一个叠得方方正正的纸块，他打开后用手指夹着抖抖，接着说道：“你先看看这个，如果没异议，就在上面签个字再按个指印。”这是陈伯水刚才趁李桃香去张根家的时候，自己拟定的一份关于孩子归属问题的协议书。

李桃香先接下那张纸看了看，又转交到张根手上。

“不是我对你们不放心，我是担心孩子长大以后我们再闹争执。到那时，孩子归谁就说不清了，所以趁孩子出生前，我们做长辈的先把这事处理好，签个协议，将来对孩子也有个交代，你们说是不？”

张根双手捧着那张纸，先从上看到下，再从下看到上，上面明确规定孩子生下后跟陈伯水姓，若是男孩取名陈果，若是女孩取名陈花。孩子归陈伯水所有，并且张根和李桃香必须无条件抚养孩子到十八周岁为止，不得违约。

张根抬起头注视着李桃香，李桃香也把目光和他的汇聚到一起，两个人默不作声就这样一直面对面看着。

“签吧，就像我和你那天说的一样。”半天李桃香说了一声。她从桌子上取来圆珠笔，递给张根。

“我，签了？”张根问。她也抿抿嘴，接着张根就抖抖颤颤地把自己的名字签上了。

“你也签。”陈伯水的声音平静而自然，他指了指李桃香。在李桃香签完字以后，各自又在上面按上了鲜红的指纹，一共两份，陈伯水与张根各执一份。

“陈哥，该办的事都办了，你看是不是早点收拾收拾，明天就动身去桃源村，到时我在河西渡口接你们。”

陈伯水望了望李桃香，没有回答。

“嗯，也好。”李桃香转脸对张根说，“明天你等我电话或信息，安排一辆电三轮过来，连货带人一起去。”

张根点点头，跟陈伯水打个招呼，就站起身告辞了。

就在屋里现在只剩下李桃香和陈伯水两人的时候，李桃香的脸上忽然泛起一丝不悦的神色。

“怎么了？在我面前你处处向着他，我都忍了，难道我要求你们跟我签个协议，就使你不高兴了吗？”陈伯水在对李桃香说这话的时候，他将协议书折齐放进衣服内侧的口袋中。

“伯水，你又多疑了，我是担心你即将离开这个家，心里会不舒畅。我是想告诉你，如果以后你有什么不舒畅的事，你就先与我说明，千万别出现不和睦的局面。”李桃香说着，便走近陈伯水的身旁轻轻握住他的手，他推开她的手，“呵，还没去就打‘预防针’了，大不了我再回这地方。”他极不耐烦地扫了她一眼。

“你看你，总是往坏处想。”她把头低着说。

“现在你把我推到院子里，我要前后看看。”

李桃香把双手放到轮椅把上，开始移动他的轮椅。轮椅每挪动一步，他都要让李桃香把轮椅停下来认真地看看，每看一处还要跟李桃香讲自己曾经怎样亲手建造它们的情形，李桃香只好应付。陈伯水终于看完了院子里的每一处，他又让李桃香推他到院子外转转。这时夕阳的光色已经变得黯淡，他忽然抬起手指向西面，他问李桃香明天那是不是要去的方向，实际上李桃香知道他是明知故问。

黄昏消失了，暮色降临，漆黑的夜空闪烁着几颗星星。晚上，李桃香在厨房里做几盘好菜，像今晚这样奢侈的生活，已经两年不曾有了。

不一会儿，李桃香就布置好晚饭，她又拖着笨重的身子去白果树边上的小超市买瓶白酒。这顿晚餐她要让陈伯水感到惊喜，今晚让他喝一杯。

当李桃香将陈伯水推到餐桌上这一刻，从陈伯水的面部表情可以看出，他正充满着乐意。她见他露出久违的笑容，就很得意地坐到他身边，还不停地抬起下巴欣赏他那表情。这段时期陈伯水的脸色都冷得跟死尸一样，阴气沉沉。

“伯水，喝几杯吧。”李桃香并不是故意表现自己献殷勤，更没有激励他的意思，今天晚上无论陈伯水怎样做她都不阻止。

果然，他对李桃香的话立即做出回应，他伸出一只手把桌子上的这瓶酒举在眼前，接着就轻松地拧开瓶盖，倒满面前的杯子。他端起酒杯，先是放鼻尖闻闻，接着将头一昂，一杯饮尽，他又给自己满上第二杯。“桃香，你说电视里那些事是真的假的？犯死罪的人在上刑场之前，都会受到好待遇，吃上一顿美食，人称‘送终饭’，我觉得我现在有点儿像。”他说着，又喝掉杯里的酒，把酒杯放回桌上。

李桃香很快明白他这话是在针对她：“你又没犯法，怎么这样想？”

“人有没有被囚禁，不一定从肉体上来衡量，有时精神上也会被判死刑。”

“伯水，揪心的事情都过去了，我们的生活能过到现在这样已经算是不容易了。再说你也认可这是我们唯一的出路，身不由己啊。”李桃香说着鼻子一酸。

“虽说揪心事都过去了，可是我的精神却死了。”

“人的精神不会死。”

“这个精神就是曾经你与我的爱情。现在这个爱情被张根拿走了，从明天开始你属于他，从明天开始，我的爱情走向刑场，我的精神在刑场上死亡。”

“不，伯水！你没有失去爱情，现在不仅我很爱你，张根也在爱你。还有我未来的孩子，我想他将来一定会更爱你。你今天的付出，他将来会明白的。”李桃香说着，半边脸轻轻靠上他的肩，身体微微发颤。

陈伯水的双眼圆睁着，眼膜泛起一条条血丝。他明白，再好听的话，不过是耳边的风。

为了避开不愉快气氛，李桃香缓缓地站起来，说菜凉了，自己先去热一下。陈伯水却拽住她的手不让她去，他说今晚只想喝酒。就这样那一小瓶白酒被他喝得几乎见了底。

饭后，李桃香忙着给他烧水洗澡，再将他搬运上床。

“今晚我与你睡一起。”李桃香对着躺在床上的陈伯水说，陈伯水肩膀耸动一下，没理她。

李桃香打算今夜睡到他床上陪陪他，虽然这两年他们都是分床而眠，不过偶尔仍然会在一起过下特殊的夜生活，至少说明陈伯水除了自卑懊恼，心理仍是健康的。像今天晚上，李桃香无论出于什么想法，但事实已经证明，从明天开始陈伯水就再也没有这点奢望了。今晚他与李桃香同床的场景，以后完全由张根代替。

就在李桃香穿着内衣准备坐到他床上时，陈伯水突然双手一发力，半个身子靠坐起来，对她说："你先不要上床，你把内衣全部脱光，站在原地让我好好看一遍。"

当一对正常的伴侣间提出这样的要求时，说起来也没有什么对与错。可是他们这两年一贯奉行低调的情趣行为，李桃香是不怎么能够接受这要求的，她显得很为难。

"我上床陪你，跟平时那样，好吗？"李桃香自己也说不清陈伯水在她眼中何时变成了一个有距离的人，而且在他面前自己竟生出一股羞涩，更奇怪的是她居然会觉得这么做对张根不公平。

"不行，无论怎么样，今天晚上你还是我的人。"

"你今天怎么了？我身子从前你又不是没见过。"

"从前是从前，今晚是今晚。"

最终李桃香向他做了妥协，她脱下内衣，赤裸地站在他面前，还按陈伯水的要求，像模特那样从不同角度展示她的身体。

陈伯水认真地看着站在眼前的女人，从上到下一丝不挂。其实连陈伯水自己也说不清楚，这究竟是要羞辱她一回，还是自己气急败坏？从他残废至今，这些年别说李桃香不愿意这样，她就是主动脱光站在他面前给他看，他也没兴趣。此时，他猛然发现，这哪是自己曾经的妻子李桃香，这是壁画里的神女。在不明不暗的灯光下，那充满柔润光泽的肌肤如被乳液洗过一样，还飘着淡淡的清香味。

"啊——"陈伯水控制不住自己的情绪大喊一声，抬起一只手朝着身体下端愤怒地对着那块死肉拍打两下。

灯熄了，李桃香躺在陈伯水身旁，他们不再谈论白天的事，各自沉浸在不同的梦境里。

第二天，李桃香把所要带走的东西准备好，家里看上去没有多少能用得上，可陈伯水说这样他也丢不下，那样他也舍不开，直到李桃香把几个编织袋都塞得快要炸开。按照她刚才与张根在电话里的计划，她先从邻居那借一辆人力三轮车，让张根过来把货物分批送到十里河岸，再把这些东西运上船，渡河以后放到预先雇好的电动三轮车上。

不一会儿，李桃香就收拾妥当了。她帮陈伯水穿衣洗漱后，又通知张根过来负责给陈伯水推轮椅，让他亲自护送。

陈伯水见张根穿着西装打着领带迎面向他走来时，他立即夸赞道："嗯，像个新郎。"张根一边微笑着附和他，一边也向他说些好听话，再转到他身后抓过轮椅手把，慢慢把他从房间里推到院子里。忽然，陈伯水似乎想到了什么，他把手指对身后拨弄两下，示意他把轮椅停下。

"桃香，你把桌上的香炉摆到这院子间，我要面对苍天，面对即将成为我们故居的家，跟它们拜别。"李桃香放下手里的活，立刻从屋里捧出那个香炉，点燃一支檀香插到香灰中，然后在院子地面上铺一块塑料布，再与张根把陈伯水从轮椅上抬下来，端端庄庄地把他放到塑料布上。李桃香严肃地站在他左边，张根严肃地站在他右边，陈伯水把身体调正，一开始他两手合起来贴到胸口上，接着他就弯下腰磕拜起来，磕拜完他把身子和脸一同伏在地上，一动也不动看上去如同沉睡。

"伯水，抓紧时间我们还得赶路。"李桃香站在那对他催一声。忽然陈伯水直起身子，他把脸仰起来，张大嘴巴声嘶力竭地大声吼："天啊——家啊——等十八年后我再和我的孩子回来看你们啊！天啊——家啊——等十八年后我再和我的孩子回来看你们啊……”他就这样不停地连续吼着，两只拳头举在空中一上一下地摇动。声音发出的震撼力，居然把院墙外高高的凤尾竹叶子都震落几片，眼看他浑身气力快耗费殆尽，最后他还不甘心地把十根手指狠力抠进土里握起一把土，睁圆两眼对着手心里的那把土低声地念叨着：“等十八年后……我再和我孩子……回来……”临别时，他让张根和李桃香把屋里屋外打扫干净，以免十八年后回来乱乱糟糟的看不顺眼。李桃香也顺便让张根带上那条铁链和大木桶，说陈伯水去那边洗澡会用上。

“伯水，要不要去敬老院与养父母打个招呼？”李桃香问他。陈伯水闭上双眼什么话也没说，只是把头微微地摇摇。

三人一起来到河岸上，远处的河面刮着微弱的河风。陈伯水觉得有一丝凉意，他把头往衣服领子里缩一缩，再不停地回头向自己住过二十多年的地方望去，暗暗地感激那对憨实的老夫妻——自己的养父母，对自己多年来的培育。这不免又使他想起自己两周岁时曾被丢在十里河船舱里的那段往事，顿时心底冰凉。虽然他这时在张根面前不能随意暴露出自己要流眼泪的样子，可他觉得往心里回流的眼泪，比十里河的水还多。

“搬家去哪儿？”老船公一边撑着篙一边问陈伯水。

陈伯水斜着头，没理他。

“两年没见着你了，那时你完全不是这个样子。我没忘记你，可你忘记我了是吧？”老船工忽然意识到自己不该这样说话，忙把头别过去，纠正一下语气：“唉，其实人人都会变化。你看，我背也驼了，胡子也白了，不久前还换上了一副假牙。”老船公把白晶晶的牙晃一晃，他又说：“以我现在的体力这船早就不适合再撑了，都什么时代了？放几只游艇下去，电动的跑得又快又美。可镇政府说，时代越是先进我们桃源村这条老木船就愈是古朴。特别是对我们这旅游区来说，它每天在十里河上渡来渡去的，谁不说它是一道风景线？还说要把我这条老木船申请什么非物质文化遗产！我说我这条烂木头人家见着要笑得肚子疼，他们说这怎么会呢？保护它都来不及啊。没想到我这老古玩今天竟变成了一种文化。看来我想扔掉它是不行的，非要撑它到我撑不动那天为止！”接着他把话题又转向陈伯水，“那时你经常到这河里游泳、钓鱼。哎，你不记得吗？有一回我这小船搁浅在河床上，还是你帮我将它推下水的。正好那天我捉到了一只老鳖，要把那只鳖送你表示感谢，可你硬是不收，你真是个大好人呀。”

陈伯水这时不仅看不出与老船工有旧情，反而就像跟老船公有八辈子冤仇似的，不但连半句话也不回应他，现在连望都不望他了。他只是睁着红红的眼睛，一眨不眨地盯着河面上那只水鸟，他就这样眼睛一眨不眨地盯着那只水鸟。

“哟——呵喽——撑船哟呵喽——鲤鱼摇尾岸上走哟呵喽——船哟长翅天上飞呵喽……”这时，老船公伸长脖子，仰着脸吆喝起船工号子来，声音飘得悠远。

渡过河面，张根与李桃香把坐在轮椅上的陈伯水一同抬到电三轮上，自己和李桃香坐在他左右两边将他稳好，电三轮缓缓启动，沿着小路驶进桃林深处。遍野的桃树林没有了果子，没有了叶子，昨夜风雨过后，枝干都挺得跟豪猪身上的刺针一样，整个桃源村呈现着临冬的气息。

电三轮距离张根家没多远了，李桃香用胳肘轻轻抵一下陈伯水，陈伯水很快明白了她的意思，忙从夹克衫口袋里取出墨镜和那副耳塞，分别戴到眼上和塞进耳孔里。这样他到了喜庆现场就能减少一些尴尬的局面，以免给他的情绪带来不必要的干扰。

本来李桃香和张根对于这种情况已经做了安排，为了避免给陈伯水带来心理上的刺激，公司里喜庆的气氛没有搞得太明显。所以从昨天到今天，张根只喊来两个助手把家里原来的格局重新布置一下，处理一下卫生，再把昨天自己在婚庆店里买的那几幅“喜”字前前后后贴几张。他又准备了几袋糖果，因为附近的邻居们平时只是听说张根有个漂亮的女友，大约都知道了今天正式婚嫁，有的总会来看看热闹。至于村主任、陈助理、五星罐头厂的、各路批发商……他们明天都一起安排在木子镇上一家酒店。

不一会儿，电三轮就摇摇晃晃地到了张根家大门前。张根先从车上下来，然后再把一只手伸到李桃香面前，摆出一副绅士的姿态让李桃香抓紧他的手，这样她就被平稳地接了下来。虽然这一仪式比较简陋，但李桃香来这里之前，还是对自己做了一些装扮，除了身上穿了件红色大衣，描眉画唇是不可少的。

边上的人一见到李桃香，无不夸她长得就像张根刻的桃艺那样美，还有说她和张根郎才女貌，天生一对。

就在大家不停地对李桃香发出赞叹时，张根和另外两个人把陈伯水和轮椅也从电三轮上抬了下来，人们一下子都把目光迅速地转移到陈伯水身上。

“这人是谁？”

“还戴墨镜。”

“看啊，他还没腿！”

“别乱说，声音小点。”

……

张根担心边上人对他议论太多，影响陈伯水的情绪。就急忙将陈伯水推进院子，把他放到院子尽头那间小屋里，它是其中一间工作间改造而成的，张根说先解决燃眉之急。

这时大门外响起一阵儿鞭炮声，闹喜的人也越来越多。陈伯水待在这间隔音较好的屋子里，再加上他戴着的那副墨镜和耳孔上的耳塞，这样外边的鞭炮声、欢歌笑语声对他影响就不大了。

天黑之前，张根亲自下厨切一盘熟牛肉，搭些鹅翅鸡爪什么的，又拿瓶酒。因为白天忙于应酬，自己和李桃香还有陈伯水都没有坐到一起吃一顿，现在三个人围在一张桌子上吃个团圆饭。

这时陈伯水忘了把墨镜摘下，耳塞也塞在耳孔里。

“陈哥，现在又没有别人，能不能不戴墨镜？”张根以协商的口气跟他说，接着再给他满上一杯。李桃香听这话，就主动站起来先摘下他的墨镜，再取下他的耳塞。

“你呀，我又没让你昼夜全戴着。”李桃香说着就把墨镜和耳塞一起塞到他夹克衫口袋里。

“在这里要是不方便，我还是回十里河。”陈伯水说。

“这叫什么话，都成了一家兄弟了还见外，眼下条件不完善，我是怕你受委屈。”张根这么说着，就双手捧着酒杯站起身，又恭敬地对他说，“哥，我敬你一杯，往后如果我做错什么的，你尽管批评指教。”说完这话，他就将酒一饮而尽。

“你谦虚了。”陈伯水点点头，他大概路上受了颠簸，感觉食欲不太好，好不容易把这顿饭熬到结束，大家就各自安排休息。

在今天这个夜晚里，张根和李桃香没有很快入睡，他们并肩靠在床头，李桃香依偎在张根怀里。这两年来，她的心里总像是被什么东西堵住，此刻她才觉得什么是真夫妻。

人一旦遇上与自己命运相关的新事物，往往夜不能寐。陈伯水同样不能很快合上眼睛。他躺在小屋里，细细地打量着眼前这个陌生的环境。一把半旧色木椅子、一个散发着油漆味的透着新光的衣柜，还有自己身下的这张铁架床，它们冷冰冰地被囚在他呼吸的这个空间里。过了一会儿，他又把目光转移到头顶，看看顶棚上的石膏板吊顶有没有未合缝的，因为装修时间仓促，工人在施工时难免会有马虎的地方。

本来这样观察来观察去完全是随意的，可是，当他眼睛的余光偶然从白墙上的小窗子中，看到张根和李桃香卧室的窗子正闪着亮光的时候，这就使他被酒精烧的迷迷糊糊的大脑，一下子清醒了一半。他曲起双臂，两手掌往下轻轻一撑坐了起来。这样，他就能无拘无束地对着新房的窗子想怎么看就怎么看了。

新房的窗子与他小屋的窗子距离五六米，而且里面吊着一层薄薄的纱帘，由于窗子玻璃表面被张根贴上了“喜”字，即使陈伯水望穿秋水也不可能看到张根和李桃香今晚在房里的情况，只是有点儿像看“皮影戏”。房间里的灯光把张根与李桃香的一举一动反投到窗子上，所以陈伯水也只能通过窗子上投影的变化产生不同的联想。联想的内容很简单，陈伯水只要回忆一下自己几年前那个晚上他与李桃香是怎么回事，就可以得知现在张根与李桃香在干什么了。

“睡觉！”陈伯水就跟与自己怄气似的果断躺下来，他紧紧地闭上眼睛暗暗对自己说：“什么也别想，什么也别想……”可是他嘴上虽然这么说，不一会儿他又悄悄地把身子撑起来，扭过头又对着那窗子看，直到他俩房间里的灯光熄灭以后“皮影戏”没了，陈伯水还没有躺下，他仍呆坐在自己的小窗口前对着他对面的窗子看，眼前虽然一片漆黑。

已是下半夜，小屋外面的夜虫们窸窸窣窣的，谁也听不懂它们谈论着什么。

第二天上午，李桃香和张根把公司里的事情都安排妥当以后，就迅速赶到木子镇大酒店，忙着向各路来宾打招呼。经过婚庆公司一番包装，李桃香身着婚纱美若天仙，没人不为她倾倒。张根也是，那件黑色的燕尾服穿到他身上，他不仅像一个雕艺家，更像一位绅士。一切准备就绪，他们隆重的婚庆仪式就开始了，村长、陈助理没一个人缺席，村委会还为他俩献上贺辞。

由于李桃香和张根这段恋情在长时间里基本处于不公开状态，今天来贺喜的绝大多数嘉宾都感到很意外。县里镇里有关部门得知后，也都安排人去张根家对他们送物送钱送慰问。县残联赠予陈伯水一万元，镇政府给陈伯水送去五千，陈伯水万分感激，双手合掌放在胸前不停地摇着，李桃香收下大家的钱物后，与张根二人不停地说着感谢话。

第八章

张桃儿

张根和李桃香举行婚礼十多天后，李桃香生下一个婴儿。

在母婴房里，李桃香不多时就恢复了精神。孩子放在她脸边，攥着两只小拳头，闭着眼睛安详入睡。

“像谁？”李桃香把脸转一下，对着张根轻轻问一声。没想到张根阴沉着脸没反应，李桃香猜出了他的心思。

“怎么，你还怀疑，要做亲子鉴定吗？”她说。

他摇头。她又问：“那你怎么绷着脸？”

“有人替我高兴了。”他两手插进兜里仰起头。

她明白了，原来他在遗憾孩子马上就要送给陈伯水了。这时，她也联想到了自己，为了这孩子，她忍受了许多常人没有经历过的心酸。虽然这些心酸事随着孩子今天的出生都随风飘去。

“要不孩子留下，我和陈伯水再回十里河？”她对他眨眨眼。

果然这句话扎到了他神经处，他抓住她的手：“桃香，孩子毕竟是我的亲骨肉，作为亲生父亲，心里总会失落。”

听这话她就不吓唬他了。“阿根，他也不容易。无论怎么说，你已经尝到了真正做父亲的滋味。孩子将来是跟着他，可他永远都会心痛孩子不是自己的血脉。”

“桃香，别说了。”

“嗯……阿根，明年我们再生一个孩子。”

“不，是两个！我要双胞胎。”

由于李桃香和孩子身体状况无碍，在医院进行两天护理后第三天就出院了。上午张根雇了一辆保姆车，沿途缓缓地开了两个小时，车子才驶到公司院子大门口。村里人对这样的消息都比较灵通，有些人在车子还没有到家的时候就聚在公司院门前等候。陈伯水也滑着轮椅到张根家大门口迎接，在李桃香那天被送去医院时，他的觉就没睡安心过。

车门打开，李桃香抱着孩子慢慢地走出来，张根贴在她身旁托着她的手臂，一步一停地把她扶进院子大门。

"是陈果还是陈花？"陈伯水双手转动着轮椅，滑到李桃香身边问。由于李桃香身体虚弱缺乏气力，只是瞥他一眼，然后她就被张根扶进卧室休息了。

陈伯水待在门旁静静地等候着，他闭上眼睛在进行一场预测。"没错，是陈果。"果然从他脑子中跳出这几个字，在他睁开眼睛的时候，张根正从卧室里走出来。

"男孩还是女孩？"他拉住张根的手臂问。

"女孩怎样？不喜欢给我。"

"你看你，我是真心问你。"陈伯水扭着脖子满脸堆笑。

张根弯下腰，对着他的耳朵说出那几个字说："是——男——孩。"

"儿子！儿子！哈！我的儿子！"一听，陈伯水张大嘴巴嚷起来，举起拳头对着张根手臂捶一下，运着轮椅在原地转一圈。

这一天，公司里因为迎来这样的美事，连作坊里的工人都乐得满脸喜色。吃完晚饭以后，还有人陆续上门祝贺张根，直到送走最后一个客人，李桃香和张根这才安静下来，可是两人仍然不能马上入睡。李桃香给孩子哺乳完后将他抱在怀里，她和张根一样倚在床头靠背上，两个人都在为孩子的名字进行磋商。

“这没有什么可争议的，按照陈哥之前与我们签的协议，女孩叫陈花，男孩叫陈果。现在是男孩，理所应当叫陈果。”张根侧过脸盯着李桃香看。

“话说得没错。不过如果现在就把陈果的名字扣到孩子头上，就好像还没有让你俩真正地当一回父子，也没有让孩子完整地当一回我的孩子就属于他了。”她望向怀里的孩子，眼泪又流到脸颊上。

“没办法呀，孩子注定是要偿还给陈伯水的。”

“任何事情办起来总不能一点儿情味也不讲吧，何况这仅仅是一个称呼。我看等孩子哺乳期过了再改口叫他陈果，再教他对陈伯水喊爸爸，你看行吗？过早地对外宣称，对孩子也不公平。”

“唉，你这该明白我在医院里的那种心情了吧。不然暂时什么也不叫，等他长大点再说。”

“那也不能每天都只喊乖乖、宝贝吧？”她把眼泪擦干抬起头望张根。

“你看这样好不好？我们这里大部分孩子刚出生的时候，都会习惯的起个乳名，比如宝儿、金儿、顺儿……跟喊乖乖宝贝差不多。这样陈伯水也不会介意，我们心里也有一个缓冲的过程。”

“我觉得这想法不错。”

“那你就跟他起个吉利的乳名吧。”

“我看就叫他桃儿。你忘了？这还是在我们的公司还没有成立起来的时候。是你以前就想好的乳名。”

“你记性真好。那就这么定了。”

“桃儿，桃儿，我的宝贝桃儿。”李桃香对着怀里的孩子轻声唤着。

在陈伯水的房间里，陈伯水也在不停地思考孩子的问题，他躺在床上两个眼睛睁得滚圆。他在被窝里一边想事，一边把身子翻来覆去。虽然处于冬季，屋子里的气温并不高，他却暖到把胳膊一直放在被子外面。“我终于等到救星了。”陈伯水说的救星就是自己的儿子“陈果”，陈果救的不是别人，正是陈伯水。现在他从膝下无子的状态一下子变成了老有所依，在他的生命环节里，他不再无助了。

这几天陈伯水完全沉浸在快乐中，总是早早地就将轮椅滑进院子，一会儿悄悄往他们房间门口张望，一会儿再仰着脸对着他们的窗子瞧瞧，从他的精神面貌来看，时刻都显示出了孩子是归他的那种傲气。有时候他见到员工家孩子的时候，还会这么对孩子说：“孩子成长快呢，无须几年，陈果也会像你一样高。上小学，上中学，再上大学。”

陈伯水除了在人多面前控制不住自己，有时还会在没人的时候冥想。想到陈果将来选择什么样的工作，再想到自己曾经没有选好工作的时候，他就会把手举起摆一摆跟自己说：“我，绝不允许他去干矿工。”然后他再用温柔的声音告诉陈果：“果儿，你一定要考上公务员，我不图金饭碗，有个铁饭碗也行。”

可最近，陈伯水美好的心情有所改变了。每当他找到张根说自己很想看一看儿子时，张根就皱皱眉头，说李桃香分娩时间不长，每天活动都在卧室里，除了自己可以随意见她以外，其他男人靠近她总是不合适。所以他就没有答应陈伯水，劝他再等几天。

“没关系，我进去看儿子又不是看她，你叫她把衣服都穿好就是。”陈伯水虽然告诉张根自己会避嫌，可张根还是表现出为难的样子，使他不能马上如愿。另外陈伯水总是听到张根口口声声称孩子为“桃儿”而不是“陈果”，这一点引起他内心的不满。

“叫他桃儿我不同意，该叫陈果！”陈伯水这样对自己嚷嚷时，半个身子亢奋得把轮椅颠得吱吱作响。就在他用不友好的态度就这个问题质疑张根时，张根却笑着回应他说：“陈哥，你没必要想太多，因为孩子刚出生，脸蛋像桃香那样跟蜜桃似的，所以就顺口叫桃儿了，这是他乳名。你预先给他起的‘陈果’是他的大名，大了点以后你就是不说我也改口，这并不影响他的归属，他还是归你的。”

在接下来的时间里，陈伯水暗地里把这话与张根又交流了多次，可势头没有一点儿好转，每天院里院外所有人都称桃儿，后来甚至还有人在“桃儿”两个字前面添个“张”字，谈笑不拘地叫着张桃儿。

不过叫陈果的并非一次也没有，平时在院子里没有其他人的时候，李桃香偶然把孩子抱给陈伯水看一眼，那时他自己就会对孩子叫一声“陈果”。算起来，从孩子出生到现在“陈果”这名字被叫的次数没超过三次，而且全是出自陈伯水自己口中，他觉得除了自己承认孩子叫陈果，世界上绝无他人，同样认可“陈果”是他儿子的人更找不出第二者。

早晨，张根正忙着分摊桃艺并让快递发给几个客商，这时电话响了，原来是村委会陈助理的电话，说桃艺在“三足鼎立”竞争非物质文化遗产的比拼中大获全胜，正式被列为桃源村“非物质文化遗产”，文件已下达。陈助理还告诉张根，让他立刻将家里安排一下，马上县、镇、村三级领导，都要来他家亲自接见他并开座谈会，现场向他颁发证书和奖金，电视台还要直播。

张根立即把这佳音告诉李桃香与陈伯水。陈伯水的心情跟死灰那样，这会儿见张根扬眉得意的样子，也只好应付他一下：“嗯，你厉害。”

张根决定现在要按照高规格布置，他后悔当初没把这些旧物全部换成新式的，张根一边对工人说，一边在客厅里全方位思考如何布置才合理。李桃香那股高兴劲一点儿也不比张根少。她把孩子哄睡下后，忙着将茶壶、茶杯洗干洗，准备提前烧开水泡茶。她又给东村小超市老板打电话，购些糕点果脯让人送过来临时应付一下场面。不多时，客厅就被张根和两个工人收拾得有条有理，沙发和茶几都被擦得光亮，李桃香又建议张根把他爸的遗像拿到侧屋，她说在客厅里会让别人感到不自在。

工作坊里，工人们把地上的桃核屑还有一些其他杂物做一遍清理，两张工作台一并放得整整齐齐。就在大家把手上的事情快做到位时，院子外响起了一串鞭炮声。张根走出院门，站到公司招牌下对来人进行接待。

“进来坐，进来坐。”张根领着他们走在前面。县文化局李局长向客厅里望一望，步子没跨进门她就摆摆手，说客厅空间有限，不适合开会。座谈会改在工作坊里，身边所有人没人说不字。很快工作坊就成了会议厅，大家围着工作台面对面地坐到椅子上。李桃香提着茶壶给每个人倒上一杯茶叶水，在台案上放上糕点果脯。虽然条件简陋，可这气氛让在场的人觉得大礼堂也比不上这儿阔气。

“咳咳——”李局长向大家发出一声开会前的信号，电视台摄影师架好了摄像机，对主要方位调好镜头。

李局长讲话结束后，镇长接着开始，镇长发言的内容与李局长差不多，无非也都是一些振奋人心的话。最后轮到村主任发言，村主任觉得自己所要说的话都被局长和镇长说完了，就推辞一下："我没什么好说的，感谢上级领导对桃艺的支持，祝贺张根取得这么好的荣誉，给我们桃源村争光。"村主任虽然发言词不多，听起来倒也实在。

三级领导依次说完后，该张根发言了。面对台下的领导，他的手心沁出一丝细汗，好在刚才陈助理已私下对他做了口授，他大体上有了方向，所以就显得不那么惊慌了。

张根发言结束后，李局长站起身："我宣布，现为非物质文化遗产桃艺的传承人张根，颁发奖金两万元、证书一本。"为了突出主题，陈助理安排张根和李桃香两个人并肩站在一个明显的地方，然后电视台的摄影师把镜头转过来对着他俩调好视角，这样李局长就跟接见什么人物那样，她离开主席台走到他俩面前，一只手将装有两万元的信封交给李桃香，另一手将证书交给张根手上。

"还没完——"李局长转过身从一旁的办事员手上接过一面锦旗，打开锦旗，两行烫金字十分耀眼——

上联：弘扬传统文化

下联：谱写桃艺华章

在大家的掌声中，镇长秘书也将镇里赠送的锦旗展现出来。

上联：桃艺美名四海扬

下联：文化遗产是宝藏

县里镇里都发了锦旗，村里能不发吗？没错，村主任早就把锦旗打开站在那儿等候了，锦旗上所写的内容连局长镇长看了都不停点头。

上联：喜得贵子张桃儿

下联：继承桃艺后人来

村主任见大家都在夸他学问深得如海洋，他不好意思地努努嘴巴。

王镇长提议，将三面锦旗都一并挂在客厅里，让桃艺精神永远得到彰显，同时以后观摩会、座谈会也好有个适当的落脚点。村主任立即带头，秘书和张根他们不一会儿就把三面锦旗还有证书挂在了客厅正面墙上，然后李局长又指挥大家在锦旗下合个影，她说要把今天永远留作纪念。

这会儿，桃艺被选入“非物质文化遗产”的庆典活动圆满结束了。大家三五结队地走出客厅，张根和李桃香在侧旁陪同着，院门外有说有笑。

院子外热闹异常，院子内已经是无声无息，但并不是空无一人。这时陈伯水正坐着轮椅，静静地待在客厅的门旁，两眼一眨不眨地对着客厅墙上村委会赠予的那面锦旗看，他一直盯着上面看，面部一点儿表情也没有，就像十里河岸上曾经出土的陶俑模样。

“喜得贵子张桃儿，好！写得好！”陈伯水盯着锦旗上的字，在心底默默地说，他将牙齿都快咬出血，连额角上也生出一道青筋。

院子里渐渐地传来脚步声和说话声，张根和李桃香已经送走了客人，正悠悠返回院子里。

陈伯水不声不响地滑着轮椅躲进工作坊里，用眼睛窥视。

“我越看你越像明星了。”李桃香面颊泛红，她挽上张根的手臂。

“我要是成了明星，你就是明星太太啦。”

他俩调笑着走进客厅。这会儿张根要好好欣赏一下挂在墙上象征荣誉的证书、锦旗，他把两只手背在身后，一会儿从茶几边走到条桌前，一会儿又从电视柜前退到客厅门前。而更值得李桃香欣赏的是那个包着两万元的大信封，她急忙返回卧室从皮箱里取出。她走到张根面前噘着嘴巴说：“你说那么大事情，怎么只给两万元？”

“你之前没听局长说吗？这是县里给我的，镇里还有一万呢。刚才镇长临走时，叫我下午去镇里开交流会，顺便把奖金发给我。”张根对她笑笑。

陈伯水返回自己的房间中，愈想愈觉得李桃香对不起他，现在他感觉自己从头到脚就连指甲都是冰凉的。

午饭后，按时间约定，张根匆匆赶往镇政府去了。

李桃香觉得困倦，就在她把桃儿轻轻放到床上时，一个身影闪进她卧室，她急快转过身。

“是你！”李桃香感觉不妙。

“冷静点，别吵醒孩子。”

“你要做什么？”

“没什么，只想和你亲热亲热。我知道他出去办事了。”

“你快走开！再不走开，我就叫人了。”李桃香满脸气得通红，但她没有叫喊，她压低嗓音接着说，“伯水，你不能这样没有原则。”

“你讲原则吗？快点，免得让我动手。”他将手放在轮椅扶手上搓搓。

“我已经和他结婚了。”

“只是一半，另一半永远是我的。”陈伯水忽然将身子往上一提，整个身体连同轮椅一起跃到李桃香面前，跟饿狼似的抓住她，疯狂地将头钻进她怀中胡乱冲撞。

“不，不……”李桃香反抗着，她不停地把手对着他头顶拍打，却也奈何不了他。就这样，直到陈伯水把不满情绪都发泄完，才离开她的房间。“哼，不给你们点颜色就不学乖。告诉你，好戏还在后面。”他说着就忿忿地将轮椅从台阶上蹦下来。

大王从作坊里走出来碰巧正撞上了陈伯水，陈伯水说的话被他听得清清楚楚。

桃艺变成非物质文化遗产后，张根的身价比原先又涨了不少。早晨村委会陈助理就给他打来电话，让他今天九点之前务必赶到县里开桃艺非物质文化遗产研讨会，安排好工作后，他就乘上出租车离开了公司。

陈伯水昨天对李桃香发泄了一通，但他一点儿也没有对桃儿的事情有所释怀。他在自己房间里将轮椅不停地对着四个方向转来转去，这时他脑袋也如轮椅那般转过弯来，他决定变被动为主动。他要把内幕向世人说清楚，当时他和张根说好的孩子归他，而且他俩还特意签了一份协定。

下午桃艺公司刚上班，陈伯水趁着张根去县里开会还没有返回这会儿，他觉得正好说事。由于他所住的屋子与工作坊是连在一起的，他经常会在工作坊里与一老一小两个工人扯闲，虽然他俩是刚招过来干粗活的，但彼此熟悉。所以他决定先从他们二人入手。

他对小工人说："桃儿的真名叫陈果，在他妈妈肚子里的时候，这名字我就给他起好了。你说好听吗？"

小工人年纪小，对他们的事情不感兴趣，只是望他一眼又低下头继续选料。他又把轮椅转到小工人另一边，将脸对着他，重复一遍之前那话，小工人抬起手指挠挠头发仍然没理他。这时陈伯水见老工人正手持着保温杯对净水器取水，他又忙将轮椅滑到老工人身旁，拿手捏一捏他的衣角："我告诉你一个秘密。"老工人听他说这话，转过身："好啊，今天你兴致怎么那么高？"他将保温杯盖子拧两下，就顺势拉过凳子坐到陈伯水轮椅对面。

"跟你说，孩子不叫张桃儿，叫陈果，因为我叫陈伯水，他是我的儿子，所以他就叫陈果。"陈伯水担心他听不懂，忙用指尖在掌心一笔一画地写给他看，"是耳东陈，苹果的果。"

"你啊，不是我为张总说话，我觉得你这么讲对张总很不尊重。其实你与张总的情况，我们早都听外面人说过了。"老工人显得有点儿不耐烦。

"可是，有些事你们没听说。"陈伯水冷笑道。

"是吗？"老工人喝一口杯子里的水。

"孩子，这孩子是归我的。"陈伯水把手指逆向指指自己。

"归你归他还不是一样，这要看孩子长大以后跟谁有感情，他爱谁就属于谁的，不爱谁就不是谁的，你说对不？别说孩子不是你亲生，现在亲生亲养的都不一定与父母亲近，你还较那个劲，不是我说你……"那人把眼睛眯成一丝缝线看着他，又接着说，"以前我们都同情你，现在我倒觉得你才是不讲情理的人，孩子明明是他的，你还要强占。我劝你别动这些歪心思，你身子都伤成这样了，再把心给伤了就不值得了。”

“哼！我咽不下这口气。”

……

老工人和陈伯水两人的对话使坐在边上刻桃艺的大王听不下去了，他忍不住对老工人嚷嚷：“磨蹭什么！去把雕刻机上的桃艺取来。”

老工人不再与陈伯水争议，似笑非笑地走开。

大王从昨天听到陈伯水说的那句狠话——“不给你们点颜色就不学乖”，再与刚才陈伯水凶巴巴和老工人争议的话一串并，他很快就发觉陈伯水因为孩子的事对他师父积怨不小。这让他产生了警觉，他担心陈伯水暗地里对他师父做出什么事。

晚上，暗色的天空压迫着树梢，偶尔几只鸟雀在枝叶间发出零碎声。

陈伯水没有吃一口饭，心中像悬了一块大石头，连喘气都感到困难。张根问他怎么了，他直摇头说没问题。张根放心不下，就去请林东村诊所的小医生对陈伯水的病状进行诊断，一会儿给他量量血压，一会儿拿听诊器放到他胸口听听，再放到他后背上听听，医生最后也没说出什么定论。只是说他有可能是因为伤残而造成了气血不和，还说不用打针，给他开了几粒药丸后小医生就走了。本来晚上张根要给他洗澡热热身，也被他拒绝。

张根见他不像生大病的样子，就安慰他两句：“陈哥，那你先早点休息，如果明天还有什么不舒服，我带你去县医院。”张根又给他端来一杯开水，“待会儿别忘了吃药。”给他安排好后，张根才返回自己的卧室。

李桃香坐在床边将桃儿往怀里拥一拥，转过脸对张根说：

"如果他要是着凉感冒，等会儿我去给他煮碗生姜水，喝下去冒点汗就会好的，这两年他遇上这种情况我都是这么做的。"

"可小医生说他没着凉，说有可能是气血不和。"张根挨到她身旁，对她皱眉眼。

"什么叫气血不和？女人才会生这毛病。我看他是自己是找不痛快。"

"又没人做惹他不高兴的事，他为什么要这样？"

"有些人不痛快不一定因为别人对他不好，有时他自己对自己不好也会这样的，我对他再了解不过。过去在家时，他常常会莫名其妙弄得大家不高兴。阿根，他心不坏，人是好人。如果他有让你不满意的地方，你就看在我的情面上不要与他计较好吗？"她望着他说。

"可他搬来这里又不是一天两天了，就最近这段时间里，他的性情总是让人感到冷飕飕的。"张根摇摇头，显出警觉的样子，又对李桃香把声音压低："跟你说件事，下午我刚回来，大王就到边上提醒我，让我最近注意陈伯水，说陈伯水今天在车间里闹情绪，还有昨天他也看到陈伯水在我们卧室前骂骂咧咧，行为有点儿诡异。"

李桃香心里一惊，估计昨天陈伯水从她卧室里出去时被大王发现，事情已败露，如果张根真的相信大王的话，那目前好不容易建立起来的幸福很可能有崩塌的危险。虽然陈伯水在自己卧室里对自己没弄出什么事，可张根绝不会原谅。她决定得把张根思路引开，矛头指向大王。

"阿根。"她昂着脸对他眨一眨眼睛，"不知你忘了没有，那天我把那颗桃艺强行塞到大王手中，训他留着长记性的事？"

"怎么不记得，后来我把那颗桃艺又从他手中取下来扔了，解了围。”

“他内心对你非常感激，可他对我就不这样了，他一定记恨我一辈子。我想他跟你说的话，显然是在挑拨我们三人的关系，是对我当时让他难堪的报复。他这样的用心，好阴险。”

张根觉得李桃香说得不无道理，别说是大王，当时就是换了任何人，也会憎恨李桃香有理不饶人。张根把头抬起，肩膀放松一下：“当初要知道他是这么个小人，我不该留他。”

“你也不必自责，不留他你没了帮手。以后让他不要无中生有就行。”

“不过，虽然大王的话不可信，但陈哥的心情我们也不能不重视。”他说着坐到她身旁。

“别想他了。我看不超过两天他就会转好，他就是这么个人。”她将脸颊往桃儿的小拳头上靠靠，“阿根，你看桃儿睡得真香。”她转过身子让张根看看桃儿。

就在张根低下头看桃儿的时候，瞬间他又皱眉头了。

“桃香，不知是不是因为我想多了，他的问题不会出自桃儿身上吧？”

“什么意思？”

“会不会他以为将孩子叫桃儿没叫陈果是对他不尊重。”

李桃香听后便觉得很好笑，她说孩子刚出生时随口叫个乳名这是再正常不过的，等过段时间孩子长大些，她自然会喊他大名陈果。她摇摇头侧过身去，将桃儿轻放到床上给盖好被子，她站起身甩一下手臂又说：“陈伯水犯不着为这事闹不愉快，除非他精神不正常。”

“可前段时间他为名字的事跟我提到过几次，当时我也像你这么想，所以我也就没把这事放心上，要不我们现在就正式喊他名字陈果行不？也许他那时跟我讲的话是认真的。”他问她。

“好吧。既然你这么想，我就听你的。正好桃儿快满月，等他满月了我们就改口叫他陈果。”她对他笑笑。“快看！节目到了，我们的节目到了。”她突然惊喜地抬起手臂，对电视屏幕上指指，忙又坐到床边。此时县电视台的新闻栏目正在播放白天在这里开桃艺非物质文化遗产表彰会的实况。现在两个人把注意力全部转移到今天晚上最期待的事情上。

在陈伯水的卧室里，陈伯水与他们情况相比可就大不一样了。其实张根在陈伯水刚过来那会儿，也帮他的房间装了一台小电视，在孩子没有出生时，陈伯水不仅每晚都会观看，连白天他也悠闲地待在电视机前。没多久张根为了让陈伯水更加快乐，又给他添了一部智能手机，所以他的每一天玩厌了游戏就看电视，看厌了电视再玩游戏，连他自己都说简直活得自由自在。可自从桃儿这名字出现开始，他就再没兴趣扭动开关观赏人世间的奇谈怪论了，那部智能机也被他扔在一旁变成了哑机，屋里变得死寂暗淡。

陈伯水躺在床上，都下半夜了他的眼睛还一直是睁着的。现在，他彻彻底底弄清了“桃儿、陈果”该归谁的逻辑，血缘与恩情才是真正的筹码，而这两个筹码全掌握在张根手上，自己唯一的筹码是那份协议书。

他躺不住了，两条胳膊用力一撑坐起来，翻腾出自己与张根签的那份协议书。经过审视，他终于明白一个道理，现在的自己如同一只纸糊的风筝，在不被人使用的情况下，就会被扔在孤独的角落。即使在被别人使用的时候，也只不过是用一根丝线牵着放在一个无依无托的空间里，无论牵着它的那根长丝线断与不断，它的命运注定孤独。

“张、李，你们真是机关算尽。”他两眼对着协议书快滴下血水。他没兴趣再想了，也没时间再想，因为小屋已经传来了天明的气息，夜游的东西都渐渐归宿。他睁着红通通的双眼，只感觉到耳膜一鼓一息的，浑身血液仿佛聚在头顶。直到这股热流向四面八方散开时，他才抓住协议书，将它揉成一个小白球往口中一塞，喉结动一下，咽了。

早晨，工人还没上班，张根就先到工作坊做些准备工作。陈伯水一夜没合眼，反而比平时精神更加焕发，几乎与张根在同一时间就把轮椅滑到院子里了。天气晴朗，金色的云层最终抵挡不住那轮火球，不多会儿整片天空就被照得白亮。

“陈哥，你怎样了，是否要送你去县医院？”张根与他刚见面就这样问他。

“看你说的，我没那么脆弱。昨天可能着凉了，我一觉醒来，身体恢复如初。”为了显示自己没什么毛病，他还抬起拳头对自己胸脯肌肉捶一下。

“这就好，这就好。”张根拍了一下他的肩。

“根弟。”今天陈伯水突然改口喊根弟了。

“这挺别扭的，还跟我喊张根吧。”张根带着笑容劝他。

“过去你救了我，现在又养着我全家，喊你根弟，难道还不应该？有什么别扭的。”

“还是叫我张根吧。”

“我想跟你学习雕桃艺，当你徒弟怎么样？哪天学成了，你也省得给别人发工资。”陈伯水继续说道。

“陈哥，没必要。”

“再这样待下去，我一定会生糖尿病或者高血脂。你不懂，凡是不运动的人晚年全生这类病。”他拍拍轮椅扶手，“为了让我不生这类病，你真心对我好的话就答应我的请求。”陈伯水目光中充满着期待。

晚上，张根把陈伯水白天说的这番话告诉了李桃香，他说道：“难怪你说不超过两天他就会好转，这才过一夜。一早我进工作坊，他就叫我根弟叫得我有点儿不好意思了。”

“他就是不主动找你说这话，我也正在打他的主意呢。”

“虽然他今天主动要跟我学刻桃艺，可他不适合啊。”

为了不影响桃儿睡觉，李桃香将桃儿从怀里放到枕边。“这么办，你可以让他选料，利用他臂力大的优点，总之闲不得，他越闲着心里就会越不自在，让他干点事还减轻了我们的负担，而且又能讨他欢心。”固然李桃香把这话说得符合情理，可张根认为，对于像陈伯水这样精神受过打击的人，平时心态容易跑偏，对他还是要以关爱为主，最好让他什么也别做。

两天过后，在陈伯水的再三恳求之下，张根对他不得不松口，安排一件小事由陈伯水负责，让陈伯水白天为他照应公司院子，以免闲杂人进入场地使桃艺流失。

果然陈伯水对工作十分敬业，不仅没让人从院子里偷走一颗桃艺，他还利用工人们下班的时间做些分外的事情。比如，把工作台上的剔刀摆放整齐，把工人不小心丢在木屑子里的桃艺捡起来放回盒子里。当张根骑摩托车给客商送桃艺归来的时候，他就会主动拿起抹布把停在墙角的摩托车擦擦亮，后来连摩托车每次加油都成了他的职责，甚至有时还会拿着螺丝刀，像维修工那样对着摩托车这地方敲敲那地方拧拧。现在，工人们都改变了对他不尊重的态度，还称他为“管家”。

大王自从上次向张根透露自己对陈伯水的看法后，见师父反而对陈伯水越来越信任，他决定再次提醒师父。可没想到张根竟然怒斥他：“当初我真不该把那颗桃艺给扔了，该让你留着它长记性。本以为你会好好地辅助我工作，没想到你心中仍然藏着恶意，挑拨大家的关系。你看陈哥现在干得多好！你怎么就跟他过不去呢！”

“师父别生气，我只是为你着想，我……”

“我警告你，以后你再不怀好心，我只好赶你走了。”

大王见张根这样训斥自己，就不再说什么了。

从此张根更加器重陈伯水。

这天，张根刚从镇街上购物归来，见陈伯水在院子里将轮椅滑来滑去正巡查院子里的情况，他就将摩托车往墙角一停，手上提着一大盒鞭炮来到陈伯水面前。陈伯水早上刚刮净胡子，也换上了一件新外套。

“今天你把胡子刮了，打扮得这么精神。”张根盯着陈伯水脸看一看。

“今天是好日子，我能不打扮吗？”陈伯水说着指了指张根手上的鞭炮盒，满脸泛着微笑。

“陈哥，我发现你的能力还跟过去一样。”张根把大拇指竖起来对他晃晃。

“你不是在讽刺我吧，是不是我工作哪里做得不到位？”陈伯水僵着脸皮望着他。

“你看你又想哪去了？”张根把脸后仰着。

“根弟，今天是桃儿满月，都准备到位了吧？”陈伯水自从那天弄清“逻辑”以后，现在也改口不叫陈果叫桃儿了。

张根连连点头，他告诉陈伯水大门外凉棚都已经搭好了，桃源村王老板刚把现宰的半头猪运过来，由于今天是小范围的朋客，供应三桌宴席是不成问题的。张根又抬起手指向院门外，说：“看，他们把桌席位置都摆好了，天一亮我就去街上买了这盒鞭炮。”他将手上鞭炮晃晃。

“我建议工人放假一天，让大家也乐乐。”

“陈哥，我们想到一起了，昨天我提前发了通知，不仅放假一天，我还要给他们每人发一份红包。”

“好，这才是当老板的样子。”

“不过，今天我担心忙中有乱。”

“你放心，我不会让半颗桃艺流失，你把大门钥匙交给我，一个闲人也别想进院内。”

“谢了哥，忙完后我一定要好好敬你几杯。”张根从包里掏出一大串钥匙，把其中的大门钥匙挑给他，陈伯水接过钥匙往空中抛掷一下，再接住，笑着对张根说：“你忙你的，接待客人要紧。”

平常张根没有亲戚来往，今天来贺喜的都是他以往结识的一帮朋友，还有与他建立业务往来的桃艺客商们。虽然镇上的、村上的、五星罐头厂的还有县外的一些批发商他们都没有亲自到场，只是在电话里对他说几句吉祥话，但今天这热闹的气氛还是令人满意的。一阵儿惊天动地的爆竹声以后，他们都陆续地坐进棚里席桌上，棚边上支着两口大锅，烹调的香味飘得很远。热腾腾的白气弥漫着，使大家在冬日里无一丝凉意。

一般情况下，孩子满月时母亲都会把婴儿抱出来让客人们见见面，客人们都会说些如长得乖、漂亮、前程似锦等话夸一夸，而李桃香没把桃儿抱出来，她一直待在卧室里。原因是今天室外天气不佳，早晨天空还飘着几片雪花，她担心外面凉气会把桃儿吹感冒，再说，张根的朋友全是男人，他们只对宴席上的酒菜感兴趣。邻里间也偶然有几个女人在陈伯水的许可下走进院大门，进入她房中与她聊几声就匆匆离开。

当宴席接近尾声，餐桌上忽然有人吊高嗓门嚷："怎么不让老板娘来和大家见见面，有点儿不礼貌吧？"

"我差点忘了。"张根忙去喊李桃香，李桃香将桃儿放床上盖好被子，就和张根匆匆走出院门来到凉棚里打招呼送客。张根一会儿给她介绍这人、那人，她也随着张根的手势不停地对他们点头、晃手，她还跟着张根说同样的话："走好走好，欢迎再来！"请来忙事的人将桌椅条台、锅碗瓢盆也都样样收拾妥当，一边向他俩打招呼，一边陆续离去。

"这件事终于忙完啦。"张根甩一下手臂浑身放松下来。

"我们也回房间吧。"李桃香挽上张根的胳膊，就在他俩转过身准备走进院门的时候，发现铁栏门不知何时被陈伯水锁上了。

"看，陈哥多么尽责。"张根对大铁锁指指，"对了，你不是说桃儿满月这天，把名字换成陈果吗？我现在就告诉陈哥，从今天开始，桃儿正式改名为陈果，以后大家喊他陈果。"张根对李桃香说话的语气很恳切。

"嗯。就这么办，你去跟他说。"李桃香点点头，扬起嘴角。

"陈哥！"张根大声对陈伯水喊一声。这时陈伯水在院子中间坐在轮椅上没有正面对着大门，他是反方向把后背朝着他们，张根以为他没听到自己喊他，就拿手掌对铁门栏杆拍两下。

"他是怎么了？"李桃香顺着铁栏空隙对着他的后背看，张根也觉得他的行为有些怪异。就在他俩百思不得其解时，情形有了变化。陈伯水和轮椅慢慢悠悠地如幽灵那样转动了方向，他们终于看到了陈伯水的面孔。

同一时间，李桃香和张根惊呆了，陈伯水的脸部变得如僵尸一样冷冰冰没有表情。更吓人的是，他一手搂着桃儿，一手握着一只打火机。

“怎么样？明白了吧，一个人要想达到目的是离不开伪装的，这些天我装得像吗？”陈伯水在寂静的气息中终于张开嘴巴，他又继续说：“不过，我还没点火，现在我和桃儿全身只是被汽油浸满，就是最近我给你摩托车加的那桶汽油，只要你们听话，我还会让他多活一会儿。”

见眼前这情景，李桃香像遭雷电从头顶麻到脚尖，她撑不住了，膝盖抖一下瘫软下去，张根立即挽住她手臂用力托住她。现在张根不禁为自己没有听大王的忠告感到后悔。

“快救桃儿。”李桃香弯着膝盖对他说。

张根忙将另一只手伸进裤兜里，拿手机报警。

陈伯水发现了他的企图，立即对他警告道：“张根！听好了，这是我俩之间的事情，你是男人的话就要敢做敢当，没必要找这找那的。你要是不听我的话喊人，只要一秒钟我与桃儿，不，是陈果，我与陈果就会立即变成一个火球，时间不容你耍心思。我知道你俩平时都会耍心思，想怎么耍我都无可奈何。可是今天你们再也没有机会了。”

从这一刻开始，陈伯水掌握了主动权。他又抬起手晃动手中的打火机，说：“我要痛痛快快地干一回坏事！我早就残疾到不像个人样了，干脆就做个魔鬼吧。既然是魔鬼，就该做出让人憎恨的事情，也好让你尝到什么叫痛苦的滋味！”

现在张根就是有闪电般的速度，也没办法阻止他的行动。

孩子像是被吵醒了，他睁开眼睛打量着他面前的男人，可以肯定的是，他弄不清谁是好人谁是坏人，弄不清人为什么要经历这些事情。他扭动着腿脚，没哭，也没笑，只是偶尔嘤咛一两声。

张根忙将手从口袋抽回，他明白，这时与陈伯水对抗是不会成功的，他开始寻找新的思路来应对眼前这险情："哥，我不相信，你真忍心对你儿子下手？"

"正因为我爱他，今天我才要与他团聚，一起上天堂。"陈伯水喊道。

"你又没疯。"

"等到我疯的时候，一切都太迟了。"

"哥！你能不能靠我近一点儿？"

"怎么，你还想再看他一眼？好吧，我不为难你。"陈伯水把轮椅滑到离大门有四米左右的地方停下，又把打火机放到桃儿胸前，机警地盯着他俩，"看清了吗？"

"看不看清不重要，我只是有一句话要请教你。"张根说着用力把瘫软的李桃香往上拽，接着说，"什么叫冤有头债有主？"

"你以为我不识字吗？"

"我没这想法，我以为哥不仅有文化，还讲情义。"

"哈哈。"陈伯水突然狂笑，"想不到在我和儿子上路之前你还鼓励我。"

"我没这意思，相反我只觉得你这样做很不光彩。"

"光彩？你以为我活得还光彩吗？腿没了，女人没了，孩子没了，家没了，一切都没了，你看我多么、多么光彩啊！"

"伯水，"李桃香的心情这会儿似乎也得到了缓冲，她挺了挺膝盖，"腿没了，是你自己失误不能怨别人。女人没了不切实际，从我认识张根到今天，你说我哪一天离开过你？更不能说没有孩子，陈果是你的，也没人与你争抢，你好好看看，陈果多乖啊。”

“你喊陈果了，这么些天来我从来没听你喊陈果，今天你喊陈果了！”陈伯水并不看怀里，只是把头往前伸着，脖子上的那根粗筋仿佛都要裂开。

“陈果，他是陈果。”张根也立即跟着喊陈果。

“你也喊了，你也喊他陈果了？”陈伯水说道。

“本来就是，本来就是。”张根向他点头。

“我的儿啊，我今天终于听到你身旁有别人喊你陈果了，我本以为在这个世界上只有我一人承认你是我的儿子，没想到现在已经发展到三个人了，我相信将来有一天所有人都会记住你的名字，也会记住我是你的爸爸，你是我的儿子。”陈伯水把打火机又从桃儿胸口移到他腿前了。

“哥，这下你该放手了吧！”张根哀求他。

“放手？你不知道，我为了与儿子在一起花了多少心思。那时我为什么轻易地答应把李桃香让给你，就是因为你们也爽快答应把孩子留给我。我等啊等，终于等来了陈果，谁知到头来只是我一厢情愿！”

“不，绝不是你想的那样！”张根解释。

“骗我，你们在骗我。”陈伯水苦笑。

“那份协议书可以证明。”李桃香喊道。

“收场吧，一切即将结束。”他又慢慢地把手上打火机移到桃儿胸前。

“别！伯水，你听我说。”李桃香双手抓住铁门栏杆，“伯水，看在我们过去的感情上你饶了桃儿，我愿意换他的命！”李桃香说着就对铁门跪了下来。

“你换他？”陈伯水问。

“嗯！我换！”李桃香直点头。

“不，你死了谁还去陪伴张根，谁还会让我蒙受羞辱？”陈伯水摇头。

“我有罪，换我吧！”张根拍拍胸脯。

“我有罪，换我！”李桃香道。

“罪，你们还好意思谈罪？好吧，我给你们两分钟时间谈谈什么叫罪。说对了兴许我能改变想法，要快点说，我耐心有限。”

“哥，我爱上了李桃香，还把她从你身边夺走。我该死！”

“该你了！”陈伯水把握着打火机的那只手向李桃香挥一下大吼一声，让她再说。

“伯水，我……我违背了当初在十里河边发誓永远守护你的诺言，总之我伤害了你，对不起，伯水！”她抖着身体，一边说一边揉着又红又肿的眼睛。

“失望，你们让我失望，没一句说到重点上，现在我只好对不住你们了。”陈伯水做出要按打火机开关的样子。

“别——”李桃香尖叫。

“等下！哥，你再听我说最后一句，”张根为了牵引住他，又说，“哥，既然我和李桃香说的这也不对那也不对，那就请你让我明白，我们的罪究竟犯在哪儿？”

“难道你真不知道？”陈伯水歪歪头瞅张根。

“说吧，哥！”

“你把手伸出来。”陈伯水镇定地说。

张根把手伸到铁栏空隙里。

“是你那只右手。我问你，桃艺是怎么来的？”

“是桃核做出来的。”

“如果不是你这只手，它自己能变吗？如果不是桃艺，她能选择你吗？如果不是桃艺，能有桃儿陈果吗？”陈伯水一连三问，“所以，罪在你的手！就是你这只雕刻桃艺的右手。”

张根明白了，为了顺陈伯水的意，他爽快地告诉陈伯水先把孩子放了，他把右手砍下。他还把右手举起来跟陈伯水确定一下：“你看行不？”

“你果然善解人意呀！”陈伯水表示赞同。

“那好，你把桃儿递过来。他身子小，从铁门底下空隙里递出来。”

“你没有资格跟我讨价还价，得先把你的手砍下。”陈伯水把手上打火机对他挥一下。

“凡事都有主次，我错误多，砍我的手。”李桃香急忙抱住张根护住他右手。

“难得你这么疼他，可是你的手不值钱。”陈伯水说着，把额头对李桃香不停地晃几下，接着他又告诉李桃香，说她的手虽然不值钱，不过可以借用她的手来完成这件事，他现在要亲眼看着李桃香把张根的右手砍下来，只要她亲自动手，他就立即放人。

李桃香两眼瞪着，一言不发，整个人跪坐在地上，浑身像麻醉了似的。

“看来我的儿子还比不上一只手喽！”陈伯水单手把桃儿提起来抖两下，这时桃儿发出哇啊哇啊的哭声。

“一换一，快点抉择，时间对谁都很紧迫。”陈伯水催促道。

“桃香，你砍吧，我绝不喊一声。”张根在说这话的时候，立即把袖子卷到手臂上端，又从衣角上撕一道长布条，给靠近右手腕的地方一圈一圈缠紧做应急准备。然后他将右手往李桃香面前一伸，用坚定的语气说：“菜刀在厨房桌上，你去拿过来。”

李桃香犹豫。

“没时间了，为了桃儿，拿吧！”张根把左手握在右手腕上。

“再不动手，我要按了。”陈伯水又晃了晃手上的打火机。

“我……拿！”李桃香奔到大锅旁边，把明亮亮的菜刀提了过来，张根两腿蹲下，他把右手掌平贴在地面上，将手指头并拢，左手攥住袖口，侧过头闭上眼睛。

“我要按啦——”她的耳朵旁又传来陈伯水的嘶吼声。

李桃香双手握住菜刀慢悠悠举向高空。可是她就一直那样把刀摇摇晃晃地举着并不很快劈下去，因为她发现奇迹正在发生，张根的大徒弟大王正出现在陈伯水斜后方的墙角边上，如一只狩猎的猫，正蹑住手脚向陈伯水背后靠近。她没有时间去思考大王是怎样进入院子里的，现在要紧的是自己怎么与他配合救下桃儿。于是她两眼注视着张根按在地面上的那只手，她装出一副胆怯样，嘴唇不停地嚅动，用细微的声音迅速把这情况告诉张根，让他做好冒险与大王一同营救桃儿的准备，这让张根产生了信心，他立即把按在地下的手掌握成拳头。

“你快点，我要按打火机了！”

“陈伯水！我手软了，让我使会儿力气，你放心，我一定让你满意。”

这时大王已经离陈伯水只有三四米远了。

李桃香大声叫起来：“啊——”她又把手上的刀左晃一下再右晃一下……

大王离他只有两米了，虽然只有两米远，李桃香反而感觉比原来更远，因为在这时候，大王的脚步须更轻、更慢。所以她还要继续牵制陈伯水的注意力，固然她这么想，可她的心已提到嗓门上，她紧张到连站都站不稳了。

张根见她浑身哆嗦得厉害，害怕露出破绽，急忙用暗语大声提醒她："李桃香，砍手有什么可怕的，只要你沉住气，不要太紧张，就一定能成。你千万别慌，不然刀子就会跑偏啊！"李桃香明白他的用意，立即调整心态。

大王离陈伯水只剩一米远。

李桃香虽然心态平稳些，但她不得不继续拖延时间干扰陈伯水，"张根，我要砍你的手了！陈伯水，你看好，我砍下去了！张根以后没有刻桃艺的手了，陈伯水你高兴了吧，张根再不能刻桃艺了……"她一边对陈伯水大呼小叫，一边疯魔似的甩着头发扭晃身子，陈伯水的视线被她搅得很乱，忽然他张大嘴巴对她怒吼："别喊——我脑子快炸开了，我数到三，你再不砍手我就要点火！一、二……"

就在陈伯水说出第三个数字时，大王冷不防地从陈伯水腋下一把将桃儿抢进怀里。大王不敢有丝毫迟疑，抱着桃儿直奔到铁栏门跟前，张根迅速把双手伸进铁栏空隙接住桃儿，李桃香扔下刀也把双手伸进去："桃儿，桃儿……"可是，铁栏空档毕竟窄小，他们两个人虽然把手伸了过去，但只能将桃儿抓在手上你传来我传去，就是没办法将桃儿从铁栏空档那边拉到空档这边。事态紧迫，为了防止陈伯水从后面攻击，大王把桃儿放到他俩的手上后，自己转过身来，从地上抓起一根木棒横在胸前。

出乎意料的是，陈伯水显得很淡定，他停在原地非但没有跟着大王追过来，还将头低着望也不望他。

“陈伯水，你还有良心吗？师父师娘平时对你这么好，你竟干这样的恶事！师父对你好，我手上的棒子可不认人，你敢上前一步，我就废掉你两条胳膊，让你彻底变瘫！”大王双眼对他狠瞪着，摆出一副要与他决斗的姿势。

陈伯水终于抬起头，忽而笑了起来：“很好！你救了他们。”说完这话，“啪——”把右手上的打火机按一下，将袖口慢慢地往火苗上移动。

大王看出了他意图，心中顿时生出一丝畅快。

“陈哥——别——”铁栏门外的张根也看懂了他的心，立刻对着陈伯水大声呼叫，并咬紧牙关拿肩用力地撞击铁栏，李桃香照样双手托护着孩子，因为孩子仍然被隔离在门栏杆里面无法拉出。

“大王，快！阻止他，阻止他自焚！”张根又求大王。

“他死了省得你操心。”大王把头别过去。

“胡说！算师父再欠你一个人情，快点救他呀！”张根急得用拳头不停地敲打他后肩催促他快点营救陈伯水。

陈伯水手上的打火机火苗“噗——”将袖口点燃了，大王果然丢下手上的木棒一个飞跃，凌空扑向了那火焰，一下子把火焰压灭。这时陈伯水被他扑倒在地面上，手上的打火机也丢落。可是陈伯水并不甘心，虽然自己被大王压倒在身底下，但他仍然伸着胳膊张开五指企图抓住那枚打火机。大王和他一样，同样把目标放在打火机上，他一边压紧陈伯水，一边也伸长胳膊将手掌死劲地捂在陈伯水的手背上，虽然眼看着打火机与他的手指尖只相隔两寸远，但陈伯水并不能轻易得手。

这时大铁门栏杆终于被张根撞开了，他侧着身子挤了进去，迅速将桃儿接下，李桃香也急忙挤进铁栏门内把桃儿抱进怀里取暖。“我的——宝贝！”她说完这句话两膝盖一软，昏厥过去，张根立即把她扶进卧室。

桃儿和陈伯水全都得救了，这场浩劫有惊无险。

“你是怎么出现在院子里的？”张根问大王。

大王告诉他，说自己感觉陈伯水这天要折腾出什么事，但不敢跟师父说，担心自己又会被骂，可是念到师父对自己的恩情，所以就暗中监视陈伯水。其实陈伯水的所有举动他都看在眼里，几次他都忍不住要出手，因为陈伯水的手臂很有力，万一把握不准，伤了自己不要紧，担心会伤着桃儿，那时如果不是有师母和自己配合，惨案是绝对躲不过的。

“是我误会你了，今天该认真向你道歉。”张根拍拍他的肩。

“师父哪里话，对于牛坚和吴主管桃艺的那些事儿现在我还在内疚着呢。”大王摸一下先前被油烟熏黑的脸，露出一口白牙。

晚上大家对白天发生的事情仍然是心有余悸。

张根给陈伯水洗完澡后，在他手臂烧伤的地方抹些药膏，再把他安顿好休息，刚回到自己卧室，李桃香就这样问他：“你打算怎么教训他？”

“效仿他的手段，砍下他的右手。”张根咬牙道。

“我知道你下不了手。要不是你护着，他已变成了骨灰。”

“那就按照他自己的要求吧，他想回家，你觉得怎样？”张根坐到床沿上对她说。

她不说话，只是微微点头。她明白再强留陈伯水，那会比让他死还要痛苦。所有人只要想起今天发生的事，都不可能当作什么也没有发生过一样。

“明天早上我就联系家政公司为他定保姆。”张根说。

第二天中午，张根租了一辆电三轮，把陈伯水平常所用的物品全都一并让他带回十里河。就在李桃香和张根把他送到大门外时，李桃香忍不住拉过陈伯水的手对他说："吃的用的全充足，我会常去看你。"

陈伯水把目光从她脸上收回，低下头。

"别担心，我不记恨你。"她抬起手柔绵绵地贴上他的脸，拿泪眼认真地看着他，不再说话。

陈伯水回到自己家里以后，日子虽然过得无忧，但每天他还是改不了将轮椅滑到大门前对着白果树下眺望的习惯。他常跟保姆说，只要自己对着白果树眺望，李桃香就会回来。